神없는
神알에

# 神 없는 神 앞에

**발행일**  2021년 6월 11일

**지은이**  오승재
**펴낸이**  손형국
**펴낸곳**  (주)북랩
**편집인**  선일영
**디자인**  이현수, 한수희, 김윤주, 허지혜
**마케팅**  김회란, 박진관
**출판등록**  2004. 12. 1(제2012-000051호)
**주소**  서울특별시 금천구 가산디지털 1로 168, 우림라이온스밸리 B동 B113~114호, C동 B101호
**홈페이지**  www.book.co.kr
**전화번호**  (02)2026-5777

**편집**  정두철, 윤성아, 배진용, 김현아, 박준
**제작**  박기성, 황동현, 구성우, 권태련

**팩스**  (02)2026-5747

**ISBN**  979-11-6539-842-2 04810 (종이책)  979-11-6539-843-9 05810 (전자책)
979-11-6539-802-6 04810 (세트)

---

**(주)북랩** 성공출판의 파트너

북랩 홈페이지와 패밀리 사이트에서 다양한 출판 솔루션을 만나 보세요!

**홈페이지** book.co.kr  •  **블로그** blog.naver.com/essaybook  •  **출판문의** book@book.co.kr

---

**작가 연락처 문의** ▸ ask.book.co.kr

작가 연락처는 개인정보이므로 북랩에서 알려드릴 수 없습니다.

오승재 문집

**2**
단편

神 없는 神 앞에

# 토기장이가 빚은 질그릇

북랩 **book** Lab

# 머리말

살다 보니 어언 90을 바라보는 나이가 되었습니다. 낙엽 질 때가 되면 인간은 누구나 이 세상을 떠날 날을 생각하며 나는 어떻게 살았는가? 하고 뒤돌아보게 됩니다. 하나님께서 나를 창조하시고 나에게 줄로 재어준 구역이 있었을 텐데 나는 그것을 '수학을 가르치며 글을 쓰고 살아라.'라는 것이었다고 믿습니다. 하지만, 이 세상과 제 삶을 회계(會計)하고 떠날 때 너무 하찮은 삶을 살지 않았나 하고 부끄럽습니다. 죽을 때 호랑이는 가죽을 남기고 사람은 이름을 남긴다는데 저는 이름을 남길 만한 업적이 없습니다. 그러나 업적을 남긴다는 생각 자체가 제가 하늘 높이 높아지겠다는 교만입니다. 저는 하나님이 진흙 한 덩이로 빚은 하나의 질그릇에 불과합니다. 천하게 쓰일 그릇으로 빚어졌다 할지라도 그분의 뜻을 따라 얼마나 성실하게 순종하며 살았느냐가 제가 세상과 회계하고 떠날 몫이라고 생각합니다.

저는 바위틈이나 돌담 밑에 자기 생명력을 다해 피어 있는 제비꽃을 봅니다. 하나님이 만드시고 보시기에 아름답다고 칭찬한 야생화 중 하나입니다. 이 꽃의 다른 이름은 일야초(一夜草)라고 합니다. 발로 뭉개고 지나가면 그만인 꽃이지만 일본의 옛 시인 야마베노 아키히토(山部赤人)는 봄 들에 나와 제비꽃을 보고 너무 귀엽고 예뻐서 하룻밤을 새워 가며 바라보았다고 합니다. 그래서 제비꽃의 다른 이름은 일야초(一夜草)이고 이 제목으로 아키히토가 쓴 짧은 시, 와카(和歌)는 일 본 나라(奈良)시대에 만든 망요슈(萬葉集)에 실려 있습니다.

저는 일야초 이야기에 힘입어 평생에 쓴 몇 편 안 되는 글을 모두 묶어 『토기장이가 빚은 질그릇』이라는 이름 아래 5권으로 묶어 출판하기로 하였습니다. 각 책을 차별화하기 위해 책등에 그 책에 알맞은 부제를 써넣었습니다.

하나님을 믿는다는 사람들과 섞여 살면서 갈등하고 때로 하나님을 원망했으나 이것은 제가 높아져서 세상을 내 뜻대로 재단(裁斷)하고 싶은 오만 때문이었습니다. 지금은 더 내려갈 수 없는 나락으로 떨어져 나를 살피다가 제 소명은 제가 펼치려고 제 뜻대로 내세울 수 있는 게 아님을 깨달았습니다. 비와 눈이 하늘로부터 내려서 그리로 돌아가지 아니하고 땅을 적셔서 소출을 내게 하는 게 하나님의 섭리입니다. 저도 주님 따라 순리대로 살 것입니다. 토기장이가 빚은 질그릇은 문집의 제목이라기보다 제 존재의식이자 신앙고백이라 말할 수 있습니다. 이 책의 출판을 흔쾌히 허락하신 출판사 사장님께 감사를 드립니다. 또한 디자인으로 도와준 오근재 화백, 그리고 북랩 편집팀 여러분의 수고에 감사합니다.

2021년

계룡산록(鷄龍山麓)에서

오승재

# 차례

## 토기장이가 빚은 질그릇
## 2. 단편 - 神 없는 神 앞에

# / 전체 차례 /

토기장이가
빚은
질그릇 2

# 神 없는 神 앞에
## (1972 ~ 2007)

# 食母(식모)

:

K여고의 교목실에서 신앙지도위원회를 하고 있던 곽 선생에게 전화
가 걸려 왔다. 교회의 김 권사로부터 시골에서 올라온 식모(가사 입주
도우미)를 쓰지 않겠느냐는 연락이 왔다는데 어떻게 했으면 좋겠냐는
아내의 말이었다.

"어떻게 하긴. 이 어려운 판국에 웬만하면 두어야지. 가리고 어쩌
고 할 게 있소?"

"그런데 나이가 좀 많아요."

아내는 평소에 열서너 살 되는 어린애를 식모로 두고 싶어했다.

"할머니요?"

"아니요. 서른하나래요."

"서른하나?"

그건 곽 선생에게도 의외였다. 아내보다 다섯 살 아래였지만 그렇
게 되면 식모라도 다루기가 힘들 것이었다.

"그래서 어쩔까 해요."

"과부요?"

"몇 년 전에 이혼했대요. 어린애는 없고."

"대단하구먼. 왜 남편을 마다하고 식모살이를 할꼬?"

"교회를 못 다니게 해서 이혼을 해 버렸다나요."

"그럼 또 열렬한 크리스천이겠구먼."

"보통 열렬한 것이 아닌가 봐요. 식모살이하려고 이곳 김 권사님을 찾아왔는데 간밤 꿈에 예수님이 나타나 어린애 셋 있는 집으로 가라고 했다는 거예요."

"그건 또 걸작인데."

"그러자 김 권사님이 갑자기 어린애가 셋 있는 우리 집 생각이 나더라는 거예요."

"그럼 예수님의 명령이기에 어쩔 수 없겠구먼."

"두어요?"

아내는 결정을 못 해 답답한 모양이었다.

"당신이 결정해야지. 나야 뭐, 식모 다루는 것 아니고."

"그렇지만 그렇게 나이 든 사람을 두면 당신도 여러 면으로 불편하지 않겠어요?"

"불편하긴 따로 방이 있는데. 왜 얼굴이 예뻐?"

아내는 기가 찬다는 듯 말했다.

"그래요. 멋쟁이고 천하일색이에요. 왜 구미가 당겨요?"

"아무리 달덩이 같아도 해 같은 당신 앞에서는 빛을 잃을 건데 뭐. 도대체 얼마나 달래?"

"매달 이천오백 원이오."

"비싸지도 않은데."

"그러게 말이에요. 자기는 돈이 문제가 아니래요."

"좀 수상한 데가 있지 않소?"

"김 권사님은 그런 염려는 없대요. 그런데 사람이 좀 얌체 같아요."

모든 것을 듣고 나니 곽 선생도 결정하기가 어려워졌다.

"잘 생각해서 결정하구려. 난 당신이 좋다면 반대는 없으니까."

"그렇게 대답하면 어떡해요. 그래서 묻는 게 아니에요?"

"우선 급하니까 신원만 확실하면 당분간 두고 보든지."

그는 전화를 끊었다.

신앙지도위원회 회의는 계속되었다. 어떻게 하면 시끄러운 예배 분위기를 경건하게 할 수 있겠냐 하는 것이 논의의 초점이었다.

"경건회가 시작되어 늦게 들어오는 학급들이 있어 시끄러운데 담임이 시작하기 오 분 전에 학급에 가서 학생들을 인솔해 들어오고, 또 예배하는 도중에도 선생들은 맨 뒷자리에 앉아 있을 것이 아니라, 학생들 사이에 끼어 앉아 떠드는 애들에게 주의를 시켜야 합니다."

"그렇지만 더울 때는 누가 학생들 사이에 끼어 앉아 있으며, 또 선생들 자신이 잘 참석하지 않는데 오 분 전에 학생까지 인솔하라면 그렇게 할 선생이 있겠어요? 이것은 거의 실천이 불가능합니다."

"그렇지만 그런 선생은 목사님이 체크해 두었다가 잘 부탁하는 방법으로 실천해야지, 그렇지 않고 무슨 뾰족한 수가 있습니까?"

곽 선생은 교회의 집사였지만 이런 의무적인 예배는 반대였다.

"목사님, 사람은 강제로 이끌거나 타인이 강요한다고 해서 신앙심이 생기는 것이 아닙니다. 따라서 경건회는 일주일에 사흘 동안으로 줄이고 참여하고 싶은 학생만 들어오게 합시다. 그럼 자연히 정숙하고 경건해질 것입니다."

"그건 말도 안 됩니다. 그렇게 되면 한 사람도 안 들어올걸요."

성경을 가르치는 김 강도사가 말했다.

"그럼 문제는 더욱 심각하지요. 모두가 싫어하는 예배를 강제로 매일 끌어다 앉혀놓는다면 졸업하기까지 육백 번 이상 그런 짓을 당하고 졸업 후 어떤 학생이 스스로 교회에 나가겠습니까?"

"곽 집사님은 문제를 긍정적인 면으로 해결하려 하지 않고 언제나 부정적인 면으로 해결하려 드시는데 그렇다면 예배를 한 번도 안 드리는 것이 더욱 좋다는 말이 되지요."

목사님이 한마디 했다.

"저는 오히려 목사님이 부정적인 면만을 보고 계시지 않나 하는 생각을 합니다. 우리 학교에는 신앙이 좋은 학생들이 많습니다. 따라서 원하는 학생만 들어오게 해도 꽤 많은 수가 들어오며 또 경건회 시간이 유익하다는 것을 알면 학생 수도 자연 증가할 것이며 특히 열렬한 학생들을 묶어 몇 개의 기도 그룹을 짜고 활동을 시켜 친구들을 전도하게 하면 학교를 졸업한 학생들은 더 좋은 크리스천이 될 것입니다."

"그럼 곽 집사님이 한번 해보시오."

김 강도사가 짜증 난 듯 말했다.

"강도사님. 저는 이 학교에서는 집사가 아니고 선생입니다. 선생은 자기 맡은 과목을 연구해서 잘 가르치는 것이 직분입니다. 직분에 충실한 것이 주님의 일을 하는 것이 아닙니까? 기독교 정신을 토대로 세워진 이 학교가 할 일은, 좋은 프로그램을 만들어 학생들이 기독교 지도자가 되는 길을 열어 주고 도와주면 됩니다. 공부하러 온 학생들을 강제로 모아다가 싫은 설교를 듣게 하는 것이 강도사님의 직분이라고는 생각하지 않습니다."

공기가 좀 험악해지자 목사님이 큰 기침을 했다.

"지금 말이 많이 빗나갔는데 기독교 학교에서는 변경할 수 없는 원칙이 하나 있습니다. 일주일에 여섯 번 예배하는 것을 원칙으로 하고 논의해 주시기 바랍니다."

결국, 논의는 원점으로 돌아가서 선생들이 봉사 정신을 발휘해서 학생들 사이에 끼어 예배를 드리자는 결론을 내렸다.

직원실에 결과가 보고되자, "봉사 좋아하네." 하고 선생들은 핀잔이었다.

이날 곽 선생은 서른한 살의 식모가 궁금하여 일찍 귀가하였다. 집에 막 들어서는데 국민학교 4학년인 큰딸이 식모 아주머니가 들어왔다고 작은 소리로 말했다. 식모는 얼굴이 가무잡잡하고 무뚝뚝하여 매력이라고는 조금도 없어 뵈는 여자였다.

"어때요?"

하고 아내가 가까이 와서 말했다.

"웬 살이 그리 쪘어? 저고리가 터지겠는데."

"당신은 좀 불순해요."

아내가 짜증을 내며 옆구리를 꼬집었다.

"소 같아서 일은 잘하겠구먼."

"손이 좀 거칠 것 같아요. 그릇이나 깨지 않을지 걱정이에요."

"스텐 그릇이야 남겠지."


저녁을 마치고 신문을 읽고 나자, 가정예배를 드리기 위해 서재에 모였다. 으레 설거지를 마치고 드렸으나, 식모가 들어왔기 때문에 애들이 자기 전에 함께 보자는 아내의 요구로 좀 빨리 모인 것이었다. 예배를 드리자고 애들을 부르자 세 살짜리 꼬마가 맨 먼저 나서서 성경책을 펴들고 노래를 부르기 시작했다.

"가지 많은 나무에 바람 잘 날 없어도…"

모두 웃으며 의자에 앉았다.

"오늘은 어떤 찬송을 부를까?"

국민학교 1학년짜리가 '선한 목자 되신 예수님'을 부르자고 했다.

막 찬송을 시작하려는데 식모가 들어왔다.

"예배 보려면 나도 봐야지라우."

그녀는 낡아 빠진 찬송가와 성경까지 들고 들어왔다. 그리고 풀썩 방바닥에 앉으며 말했다.

"얘들아. 내려와 앉아라. 하나님께 예배를 드리는데 왜 의자에 앉아 있냐?"

1학년 놈이 엄마를 보며 피식 웃었다. 그러나 모두 내려앉았다.

"아줌마는 설거지 다 했소?"

아내가 못마땅한 듯이 물었다.

"예배보고 할라요."

처음 찬송은 잘 되어 나갔으나, 식모의 목소리가 점차 커지자 가락은 늘어지고 곡은 바뀌어서 완전히 식모가 찬송을 작곡하고 인도하게 되었다. 3학년 애가 성경을 읽고, 아내가 다락방을 읽고, 곽 선생이 기도하였다. 그런데 세 살짜리 꼬마가 자꾸 기도를 흉내 내어 애들은 피식피식 웃기 시작했다. 그런 데다 녀석은 말끝마다 '아멘, 아멘'했기 때문에 웃음이 터졌다. 그러자 식모는 어린애의 궁둥이를 살짝 때리는 모양이었다. 애가 '와' 하고 울음을 터뜨리는 바람에 곽 선생은 성급히 기도를 마무리 지어버렸다. 그러나 이 께름칙한 가정예배는 온통 기분을 망쳐 버렸다.

"참 별꼴이야."

아내는 식모가 나간 뒤 뾰로통해서 말했다.

"옛날처럼 애들이 잔 뒤에 하지."

"이제 드리지 말아요. 둘이 드리면 안 끼어들겠어요?"

"기독교인은 다 형젠데 같이 예배드려야지."

"성자 같은 소리 하시네요. 내일 당장 내보내야겠어요."

"가정예배 같이 드리자고 한 이유로 내보내면 말이 안 되지."

그들은 같이 웃었다.

다음날 새벽 갑자기 벨 소리가 요란하게 울렸다.

"아니, 이 새벽에 누가 왔을까?"

곽 선생은 불을 켜고 시계를 보았다. 4시 반이었다. 또다시 벨 소리가 길게 두 번 울렸다. 곽 선생이 파자마 바람으로 나가려는 것을 아내가 말렸다.

"밤에 함부로 나가는 게 아니에요. 제가 나가 볼게요."

얼마 만에 아내가 돌아왔다.

"식모가 나간 모양이에요."

"그래? 깍듯이 고별인사까지 하고 나간 건가?"

"어린애 방이랑 조사 좀 해 봐야겠어요."

그녀는 불을 켜고 먼저 식모 방을 조사한 다음 서재, 어린애 방을 두루 다녀 보고 별 이상이 없는지 돌아왔다.

"없어진 것도 없고 옷 보따리도 그냥 있어요."

"새벽기도 간 게 아니오?"

"오라. 또 주책이 거길 갔구먼."

"그럼 왜 벨을 누르고 갔을꼬? '지금 갑니다'라는 신혼가?"

"주책이. 조용히 갔다 올 것이지."

"빨리 일어나 기도도 하고 성경도 보라는 그런 신호가 아니겠소?"

"글쎄, 지금이 몇 시인데요."

아내는 짜증난다는 듯 말했다. 학교나 교회에서는 새벽기도를 강조했지만, 그들은 한 귀로 듣고 한 귀로 흘려보내고 있었다. 그러나 늘 일말의 가책 같은 것이 있었는데 이제는 식모를 통해 압력을 받는 것 같았다. 그러나 곽 선생은 형식을 강조하는 이런 신앙이 싫었다.

"그런데 어떻게 그리 시간을 잘 맞추어 일어났을꼬?"

"시계를 찾지 않아요. 안 보셨어요? 그래 봬도 멋쟁이더라구요."

막 잠이 들려고 하는데 또 벨 소리가 났다. 이제는 돌아왔다는 신호였다. 옆에서 자고 있던 꼬마가 잠에서 깨어 칭얼댔다. 그녀는 신경질을 내며 밖으로 나갔다.

"문을 두들기지 왜 깜짝깜짝 놀라게 벨을 눌러요?"

밖에서 날카로운 아내의 목소리가 들려왔다.

"아따 잠 깰 때도 되었구만이라우."

"아기가 깨니까 그러지요."

곽 선생은 학교에서 귀가하자, 벨을 뜯어 종이를 끼워 넣고 소리가 크게 울리지 않게 해 놓았다.

식모가 온 첫 주일 식모가 나가는 교회에서는 목사님을 비롯한 많은 교인이 심방을 왔다. 아내는 수박을 사 오고 차 대접을 하느라고 부엌에서 수선을 떨고, 식모는 교인들과 예수님을 만난 마리아처럼 서재에 앉아서 이야기를 나누고 있었다. 곽 선생도 수선을 피우는 어린애를 안고 왔다 갔다 하였다.

"이제, 우리가 비로소 기독교인이 되는 모양이오."

"왜요?"

"처음으로 봉사라는 것을 제대로 하고 있지 않소?"

"참 시어머니 모셔 놓은 기분이에요."

학교에서는 가을이 되어 추수감사 헌금을 하게 되었다. 금년 목표는 30만 원으로 교직원이 합계 20만 원, 학생들이 합계 10만 원이었다. 추수감사 예배를 일주일 앞둔 종례시간에 교장은 이 목표액을 말한 뒤 종이를 나누어 주고 헌금 액수를 적어내라고 하였다. 이 헌금은 학교에서 개척한 교회의 건축헌금으로 쓰일 것이었다.

"교회에서 헌금하고 학교에서 헌금하고 이렇게 이중으로 할 필요가 없잖아?"

"헌금은 자기의 정한 대로 할 것이지 공개해서 적어낼 일은 아니지."

그러나 소곤거릴 뿐 아무도 입 밖에 내어 말하는 사람은 없었다. 곽 선생은 일어났다.

"헌금을 적어내라고 하면 약간 강제적이고 즐거운 마음으로 할 수 없으니, 다음 추수감사 예배 때 각자 헌금 주머니에 넣도록 하는 것이 어떻습니까?"

하고 교무실을 돌아보았다. 그러나 아무도 거들어 주는 사람은 없었다.

"곽 선생. 적어내기가 부끄러워요?" 하고 교장 선생은 말하였다. "부끄러울 것 없어요. 하나님은 많다고 기뻐하시지 않습니다. 믿음의 분량대로 기뻐 내는 것을 받으십니다. 믿음의 분량대로 적어요. 다음 봉급 때 공제하기 위해 기록하는 것이니까."

선생들은 와 웃었다. 그리고 종이쪽지에 열심히 적기 시작했다. 곽 선생은 얼굴이 화끈 달아 올랐다. 그렇지 헌금은 임의야. 그래서 그는 이런 강제적인 헌금은 않기로 하고 '0'이라고 적어냈다. 기독교 학교가 이런 짓을 해서는 안 된다고 생각하고 있었다.

식모에 대해 아내의 불평은 점점 늘었다. 어느 날 밤이었다.

"쌀이 너무 든다고 걱정했는데 많이 먹을 뿐 아니라 퍼 내가요. 글쎄."

"퍼다 어디다 쓴단 말이오. 화장품이라도 사나?"

"교회에 성미(誠米)를 내나 봐요."

"그럼 좋은 일이구먼그래."

"한 되도 아니고, 서 되는 가져가는 것 같아요."

"특별히 헌금을 따로 주는 것도 아니고 그건 어쩔 수 없지 않소? 딴데 쓰지 않은 이상, 우리가 성미를 안 내니까 하나님이 딴 사람을 시켜 내게 하는 것 아니겠소?"

"하지만 성미란 자기 먹을 것을 덜 먹고 아껴서 모아둔 것을 내는 것인데 먹기는 황소처럼 먹고 또 퍼가니 말예요. 참 어떻게 내보내야 겠는데 많이 먹는다고 내보낼 수도 없고 또 새벽기도 나간다고 내보낼 수도 없고⋯."

"내보내긴. 하나님께서 우리 훈련을 위해 우리에게 보내신 종이라고 생각해야지."

"당신. 진정이에요, 빈정거리는 거예요?"

"좀 두고 봐요. 어느 식모치고 속 안 썩이는 사람 봤소? 아예 안 두고 살 생각을 해야 하는 건데."

"그렇지만 조금만 일하면 허리가 아파지는데 어떡해요."

그러다가 아내는 월동준비를 할 걱정을 하기 시작했다. 김장도 해야 하고, 연탄도 들여야 하고⋯.

"크리스마스 때는 또 보너스가 있잖아."

"에계계, 그 쥐꼬리만 한 보너스?"

"그래도 그게 어디야. 월동준비는 될 테니 말이야."

김장철이 왔다. 그런데 공교롭게도 김장철에 대부흥회가 있다는 광고가 마을에 나돌았다. 식모는 미리부터 신나 있었다. 이 부흥회에는 반드시 참석해야 한다고 떠들었다. 아주 유명한 부흥강사인데 "보세요, 보세요~." 이렇게 일단 길게 빼고 말을 시작하면 거미 뒷구멍에서 실을 뽑듯 줄줄줄 말을 해대는데 얼마나 은혜스러운지 모른다는 것이었다. 그 부흥강사는 책도 쓰고 노래도 지었는데 그 노래가 또한 어떻게 은혜가 충만한지 알 수가 없다고 하였다. 식모는 자기가 바로 그 부흥강사가 되는 것처럼 그가 지었다는 노래를 찬송가에 맞춰 불러댔다.

헐벗고 굶주리니 무엇으로 바치리까

돈 없고 힘없으니 마음 또한 적나이다

물질의 다소보다 중심 보는 나의 주여

과부의 헌금하는 그 믿음 주옵소서


내 생활 예산하고 주께 어찌 비치오며

쓰고서 남은 돈을 어이 즐겨 받으시랴

맡겨주신 나의 소유, 주의 전에 다 던지고

이 몸까지 다 바쳐서 제사하게 하옵소서


누구나 아는 춘향전을 듣고 흥겨워하는 사람처럼 부흥강사가 무슨 말을 하려는지 다 알면서도 또 듣고 싶어 흥이 난 것이었다. 얼마 동안 우리 집은 이미 작은 부흥회가 시작되었다.

"뭔가 신앙이 좀 빗나간 게 아니에요? 이러다가 무슨 일이 생길 것 같아 불안하고 몸이 오싹오싹해져요."

아내는 불안한 듯이 말했다.

"아니야. 우리는 머리로 믿는 신앙이고 저 식모는 뜨거운 가슴으로 믿는 참 신앙 같다는 생각이 안 드오?"

"언제는, 감정은 믿을 수 없기 때문에 그리스도를 아는 지식에 근거하지 않은 열심은 위험하다고 하지 않았어요?"

"그런 말도 했던가?"

식모의 방에서는 밤중에 가끔 준비 기도를 한다고 비명에 가까운 기도 소리가 들려왔다.

"꼭 귀신을 섬기고 사는 기분이에요."

"곡에 맞춰 찬송을 제대로 할 때보다 곡은 틀리더라도 막 광적으로 박수치며 찬송을 부르면 어떤 알지 못한 기운이 솟아나는 것 같은 환상을 갖게 되지 않아요?"

"그런 것은 신앙이라기보다는 신이 내려서 귀신들린 경지 아니에요?"

"아무튼, 신사복 입고 있는 사람은 그런 무아지경이 없어. 헌금할 때에도 감동했다고 더 많이 내지도 않거든. 그러나 사실은 분수도 모르고 몽땅 바쳐 버리는 사람이 신앙공동체에서는 더 뜨겁고 필요한 사람들이야."

"신앙공동체가 그 뜨거운 사람들의 헌신으로 생기를 찾는다고 가정해요. 그 순간의 열정들이 그리스도의 날까지 허물없는 성도로 보존되나요? 구원은 받나요? 오히려 그 사람들의 가정은 망가지는 게 아니에요?"

"무슨 걱정이야. 하나님께 맡기고 사는 건데."

"왜 그렇게 빈정거려요? 그런 사람을 보고 거듭나서 '하나님의 선하고 기뻐하시고 온전한 뜻을 분별하고 사는 하나님의 사람'이라고 할 수 있어요?"

아무튼, 식모 때문에 곽 선생 내외는 성경에 대해 더 생각하게 되었다. 아내는 조심스럽게 식모의 마음을 떠보았다. 김장할 때 도움 받으려고 식모를 쓴 것인데 부흥회에 가버리면 어떻게 할 것인가? 우산 사서 비가 올 때 남 빌려주는 격이었다.

"김장철인데 거리도 먼 부흥회에 가버리면 나는 어떻게 해요?"

"김장을 좀 빨리하면 되지라우."

"이렇게 날씨가 더운데 겨우내 먹을 김치가 시어지면 어떻게 해요?"

"그람 끝나고 하지라우."

"그러지 말구…"

"안 돼라우. 나는 부흥회는 꼭 가야 해라우."

그녀는 기겁하며 말했다. 할 수 없이 11월 말에 김장을 마쳐 버렸다. 부흥회가 시작되자 식모는 신바람이 나서 낮이고 밤이고 부흥회를 나갔다. 낮이 짧은 겨울이라 저녁을 일찍 지어 놓고 자기는 식은 밥을 국에 말아 먹고 휙 나가 버렸다. 겨우 밥만 해 놓고 나가 버리면 아내는 부엌에서 불평, 불평하였다.

"그릇은 물만 묻혀 찬장에 엎어놓으니 찬장에서는 썩은 냄새가 나지. 거미줄은 여기저기 걸려 있고 아유 난 못 살아. 세숫비누가 남아나나 트리오는 일주일에 한 병씩 없애지. 행주는 그렇게 삶아 널라고 해도 하지 않아서 방 걸레 같지. 정말 더러워서 못 살겠어. 반찬 하날 제대로 할 줄 아나. 음식 간을 맞출 줄 아나. 아유, 내가 허리만 아프지 않으면 그냥…"

"엄마 밥 줘."

애들은 졸라댔다.

"가만있어 부엌 청소 좀 하구."

곽 선생은 책을 보다 말고 부엌으로 내려가는 세 살짜리 꼬마를 안고 왔다. 이렇게 저녁이 수선스러웠다.

부흥회 마지막 날 밤도 식모는 이른 밥을 지어 놓고, 아내의 헌 바지를 입고, 헌 스웨터를 걸치고 부산하게 밖으로 나갔다. 바지도 작고 스웨터도 작아 곧 터질 것 같았다.

"정말 별꼴이야."

아내가 아니꼬운 눈초리로 내보내고 이제는 지쳤는지 반찬 만들 생각도 않고 방에 누워있는데 왁자지껄 옆집에서 싸우는 소리가 들려왔다.

"그래, 식모는 하룻밤 부흥회도 못 간다요?"

"부흥회가 뭐 말라비틀어진 것인지는 모르지만, 우리 집 애는 못 보내."

"사람은 하나님 앞에서 다 똑같어라우. 식모라고 그렇게 부려먹으면 벌 받을 것이요."

이번에는 굵은 남자의 목소리가 들려 왔다.

"도대체 저게 뉘 집 식모야. 나가요, 나가. 못 나가겠어? 남의 집에 왜 함부로 들어와 큰소리야. 남이야 벌 받든 말든 무슨 상관이야. 아무튼, 예수쟁이는 이해가 안 돼. 자기나 잘 나갈 일이지 왜 꼭 남을 데리고 가야 하는지. 재수 없게."

"보세요오, 보세요. 영원히 꺼지지 않는 지옥 불에 안 떨어질라믄 예수 믿으시오."

"여보, 아 빨리 쫓아 버리지 못해. 그리고 이 계집애도 당장 오늘밤 보따리 싸서 내보내요."

문빗장이 걸리는 소리가 나고 식모의 목소리는 더는 들리지 않았다. 그러나 옆집 소란은 끝나지 않았다.

"야 우리 집엔 너 같은 식모 필요 없다. 당장 나가라."

옆집 부인의 날카로운 목소리가 들려 왔다.

"요, 요망한 것이 천당은 가고 싶은 모양인데 지금부터 보따리 싸짊어지고 천당을 향해 가봐."

"왜 그래?"

3학년 애가 놀라서 뛰어와 물었다.

"모르겠다. 너희들은 공부나 해."

"공부 다 했어. 밥 줘."

1학년 애가 또 졸랐다.

저녁을 먹고 나자 아내는 허리가 아프다고 누워 버렸다. 갑자기 김장, 부엌 청소, 반찬 치다꺼리를 계속해서 하고 나니 그리된 모양이었다.

"엄마, 아야 해?"

꼬마가 가까이 가서 물었다.

"엄마 허리가 아프시대."

곽 선생은 이날 밤은 자기가 설거지를 하겠다고 나섰다.

"관둬요. 글쎄. 좀 있으면 좋아질 거예요. 안 되면 내일 아침 치우라 하면 되구."

곽 선생은 기어이 부엌으로 갔다.

"한 사람을 천당 보내려면 이만한 숨은 희생은 있어야 할걸."

아내는 씽긋 웃었다.

"여자들은 정말 더러워 죽겠어."

"뭐가요."

"같은 행주로 상 훔치지. 그릇 닦지. 또 그걸로 물기 훔치지. 이거 뭐 접시에 세균 묻혀 놓는 일을 하는 거 아냐?"

"그러게 자주 삶지 않아요?"

"밖에 마른 수건 걸어 놓았으니까 이제부터 물기를 훔칠 때는 그걸 쓰도록 해. 접시를 말릴 수 없을 바엔 말이야. 아무래도 부엌일도 남자가 들어야 개선이 되려나 봐."

"제발 그렇게 되었으면 좋겠어요. 여자들도 훨훨 밖으로 좀 나다니게."

"풍만한 유방만 줘. 방안에서 뒹굴며 벌어온 돈 우려먹을 테니."

밤늦게야 식모는 돌아왔다. 곽 선생 내외가 불을 끄고 자리에 들려는데 식모 방에서 우는 소리가 들려왔다.

"아니 울고 있지 않소."

"기도를 그렇게 해요."

"그렇지만 보통 때는 다녀와서 기도하지 않았잖아?"

"오늘은 특별히 은혜를 받은 모양이지요."

그러나 기도라 해도 좀 수상했다.

"가봐."

"관두세요. 그러다 잘 거예요."

"가보라니까."

아내가 식모 방에 갔다가 얼마 만에 돌아왔다.

"아이 웃겨."

"뭐가?"

"글쎄, 오늘이 부흥회 마지막 날인데 헌금할 때 부흥강사가 자기 시계를 끌러 바치라고 할 것 같더래요. 그래, 미리 끌러 호주머니에 담고 갔다지 뭐예요."

"덥석 바치려고?"

"바치긴. 바치기 싫어서 그랬지요. 그런데 집에 와 보니 시계가 없어졌다는 거예요. 버스 안에서 소매치기를 당한 것 같대요."

"그래서 서운해 우나?"

"자기 잘못을 깨닫고 회개하는 기도를 하는 거예요. 하나님은 자기 마음속까지 그렇게 잘 알아서 자기를 치시고 회개하게 하신대요."

"결국, 기도하는 소리구먼."

"식모치고는 걸작을 두었어요."


겨울 방학을 며칠 앞둔 어느 날 밤 식모가 밤 예배에 나간 뒤였다. 아내는 세면장에 풀어놓은 시계가 없어졌다고 법석을 떨었다. 그것은 결혼 때 받아 아내가 늘 아끼던 것이었다. 온 방을 뒤지고 수챗구멍까지 뒤진 뒤 맥이 풀려 돌아왔다.

"혹 식모가 차고 간 게 아닐까?"

"왜 남의 시계를 차고 가요? 그게 얼마짜린데."

"결국, 모든 물건은 하나님 것이니까 서로 나누어 써도 된다고 생각한 것 아냐?"

"무슨 농담을 그렇게…. 정말 그걸 차고 도망간 게 아닐까요?"

식모가 돌아오자 아내는 급하게 달려갔다. 거기다 마지막 희망을 건 모양이었다.

"혹 내 시계 못 봤어요?"

"여기 있소."

방에서 듣고 있자니 곽 선생은 웃음이 나왔다.

"아니, 글쎄 누구 시겐데 말도 없이 차고 가요?"

"아주머니 안 쓰길래 잠깐 차고 갔다 왔지요."

"안 쓰다니, 세수하다 잊어버리고 풀어놓은 것인데. 그래, 남의 걸 말도 않고 차고 가서 애간장을 그렇게 녹이면 어떻게 해요."

"시계가 없으니께 불편해서 그만…."

아내는 이제 더는 참을 수 없다는 듯이 말했다.

"안 되겠어요. 어떻게 해서든 내보내야지."

"왜, 시계 차고 갔다가 돌려주었으니 나가라고? 세상에는 정직한 식모도 드물잖아?"

"그렇지만 식모는 식모다운 데가 있고 식모 구실을 해야지요."

결국, 곽 선생 내외는 식모를 내보내야겠다는 결론을 내렸다. 다만 좀 더 기다렸다가 크리스마스 보너스가 나오면 퇴직금 겸 한 오천 원 쥐여 주고 보내기로 하였다. 그러나 무슨 핑계를 대서 내보내야 할지 그것이 문제였다.

방학하고, 크리스마스 보너스가 나오는 날 아침이었다. 갑자기 식모가 자진해서 나가겠다고 말했다. 그것은 의외의 반가운 소식이었다.

"왜 갑자기 그만두려고 그러세요."

아내는 서운한 표정을 지으며 그러나 명랑한 음성으로 말했다.

"엊저녁 밤에 예수님이 나타나서 나보고 북쪽으로 가라고 하등만요."

"북쪽이요?"

"내가 양을 먹이는디 풀이 갑자기 노랗게 죽어버리는 것이 아닝게라우. 그래서 근심했더니 걱정 말고 북쪽으로 가라고 하드랑게요."

"그래서 북쪽 어디로 갈려구요?"

곽 선생이 호기심이 생겨 물어보았다.

"서울로 가 볼라구요."

"무작정 서울 어디로 가겠다는 거요?"

"부흥회 때 만났던 아는 목사님이 계셔라우."

"그래 언제 떠나려구요."

"아침밥 묵고 곧 갈라요."

곽 선생 내외는 서로 쳐다보았다.

"오늘 봉급날인데 오후에 돈 드릴 테니 하룻밤 자고 내일이나 가십시오."

"돈은 있어라우."

식모는 끝내 가겠다고 우겼다. 그래서 이웃에서 돈을 빌려 2천5백 원을 주고 아내의 헌 시계를 주었다.

곽 선생이 등교하려 하는데 아내가 가까이 왔다.

"어쩐지 꿈 이야기가 기분 나빠요. 풀이 다 말랐다니 그게 뭐예요."

"무당 근성이지. 또 꿈은 반대라니까 오늘은 특별히 보너스가 많이 나올지 누가 알아? 한턱 쓸 테니 기대해요."

그는 학교로 왔다. 종업식이 끝나고 서무과에서는 봉급과 보너스 지급이 있었다. 그런데 이번 보너스는 천차만별이었다. 엉뚱하게 많은 사람, 의외로 적은 사람, 하나도 같은 사람이 없었다. 적은 사람은 모두 불평이었고 많은 사람은 안 세어보고 액수를 감추어버렸다. 이 것은 꼭 근무 성적을 따라 준 것 같지도 않았다. 서무과에 문의해도 신통치 않은 대답이었다. 교장 선생이 직접 지시한 것이기 때문에 서무과에서도 알 수 없다는 것이었다. 예년 크리스마스 보너스는 직책의 상하를 막론하고 균일하게 주어서 기독교 학교답다고 받을 때 즐거웠던 보너스였다.

"이게 도대체 어떻게 된 셈이야?"

"곽 선생은 얼마나 나왔소?"

"나는 아직 서무과에 들르지 못했습니다."

"아니, 근무 평가를 어떻게 했으면 이렇게 천차만별이지?"

"소수점까지 찍었나 봐요."

여선생들의 불평이 더 많았다.

"곽 선생님. 교장실에 한번 가보십시오."

이런 일에 교장실에 갈 수 있는 사람은 곽 선생밖에 없었다.

"왜, 곽 선생님 보너스가 적을 것 같아서 그래? 곽 선생은 갈 수가 없지. 왜 많이 주었느냐고 따지는 사람 봤수?"

곽 선생은 되도록 오래 사무를 보고 있었다. 어쩌면 다른 사람보다 터무니없이 많을지도 모른다는 기대가 가슴을 울렁거리게 했다. 그러나 풀이 말랐다는 식모의 말이 떠올라서 생각을 종잡을 수 없게 했다. 어쩌면 터무니없이 적을지도 모른다는 생각이 봉투를 받는 것을 주저하게 했다. 꿈은 반대라니까 터무니없이 많을지도 모른다는 생각을 하기도 하고. 그러나 또 꿈이 맞는다면 이웃집에서 빌린 돈도 갚을 수 없을 만큼 터무니없이 적을지도 모른다는 두려운 생각이 들기도 해서 가슴이 떨렸다. 그래서 되도록 선생들이 많이 흩어진 뒤 서무실에 들르고 싶었다. 드디어 일은 끝났다. 그는 서무과로 내려갔다. 도장을 넘겨주었다. 서무과 직원은 도장과 함께 봉급 봉투를 넘겨주었다.

"보너스는?"

"글쎄 곽 선생님 것은 하나도 없습니다. 이것이 교장 선생님이 적어준 것인데요."

그의 보너스 난은 '0'이었다.

교장실 문을 두들겼다. 교장은 안경 너머로 곽 선생을 쳐다보았다.

"잘 오셨소. 앉으시오."

곽 선생은 교장을 보고 한번 씽긋 웃으며 여유를 보였다.

"교장 선생님. 이번 보너스는 어떻게 정하셨습니까?"

"그러잖아도 보너스 이야기를 하려 했는데 잘 오셨소."

그리고서는 안경을 만지작거렸다.

"곽 선생도 수학 선생이라 수학에는 정확한 용어를 정의해서 쓴다는 것을 잘 아시지요? 어디 곽 선생이 먼저 보너스라는 용어부터 정의해 보겠습니까?"

그는 좀 당황했으나 우선 생각나는 대로 말했다.

"보너스는 봉급과 구별되며 고용기관의 약속으로 선생들의 노고에 보답하는 뜻으로 덤으로 주는 것이 아닙니까?"

"그런데 우리 학교는 무슨 약속이 있었습니까?"

"매년 주어 오는 관례가 바로 약속이지요."

교장은 안경을 까딱까딱 흔들었다.

"그런데 약간 틀린 데가 있어요. 봉급과 구별되는 것은 맞는데 보너스는 선생들의 노고에 보답하는 대가로 주어지는 것이 아니고 교장이 그냥 대가 없이 거저 주는 것입니다. 즉 성경을 빌려 말하자면 하나님의 은혜와 같은 것이지요."

"그래서 아무렇게나 줄 수 있단 그런 말입니까? 선생들의 기대에 맞게 합리적인 과정을 거쳐 주는 것이 아니구요?"

"아니지요. 하나님의 은혜는 아무렇게나 주어지는 것이 아니고 통로가 있어야 합니다. 바로 기도가 은혜의 통로지요."

"그래서 기도 많이 하는 사람은 많이 주고, 기도 적게 하는 사람에게는 적게 주었다는 말입니까?"

"말하자면 그런 셈이지요."

"그런데 교장 선생님께서는 기도 많이 하는 정도를 어떻게 아셨습니까?"

"하나님께서 지혜를 주셨어요. 신앙의 간접적인 척도는 십일조를 얼마나 성실하게 하는가를 알아보는 일입니다."

곽 선생은 자기가 십일조를 적어낼 때 '0'이라고 썼던 생각이 났다.

"바로 그것이 내가 보너스를 나누어 준 기준입니다."

교장 선생은 원칙에 맞는 행위를 했다는 기고만장한 표정으로 말했다.

곽 선생은 크게 웃으며 일어났다.

"교장 선생님은 참으로 축복받으셨습니다. 그런 아이디어를 하나님의 계시로 받으셨다니. 저는 좀 불평하러 왔는데 조금도 불평의 여지가 없습니다. 바리새인보다 더 법에 능통하신 것 같습니다."

곽 선생이 교장실을 나오려는데 "곽 선생." 하고 교장이 불렀다.

"난 곽 선생도 많은 복을 받으셨다고 들었는데. 좋은 식모를 하나님이 보내주셨다면서요?"

곽 선생은 돌아보았다.

"그렇습니다. 참으로 신앙의 본보기를 보내주셔서 큰 깨달음을 주

셨습니다. 그런데 그 축복마저 오늘 아침에 사라졌습니다. 나가 버렸
으니까요."

# 루시의 訪韓記(방한기)

:

　이것은 1970년 초의 이야기다. 루시가 조국인 한국을 방문한 것은 하늘이 높고 푸른 가을이었다. 10월 24일이 유엔데이였고 22일이 일요일이었으므로 그때쯤 와 준다면 연휴를 이용하여 2, 3일 함께 관광 여행을 즐길 수 있으리라고 했더니 마침 전세 비행기가 있었다고 16일에 서울에 도착했다는 연락이 왔다. 동행들과 서울 구경을 하고 나를 만나러 온 것은 21일이었다.

　버스는 다섯 시에 어김없이 대전의 정류소에 도착했는데 차광 필름을 한 차창 안에서 그녀가 나를 보고 마구 손을 흔들며 안절부절 못하는 모습이 보였다. 정말 얼마만인가? 벌써 그녀와 헤어진 것이 5년째였다. 다시 미국에 갈 수 있으리라고 생각했던 것이 경제적 여건으로 수포로 돌아가자 하와이에서 지냈던 일 년 반이 꿈속 같이만 생각되는 것이었다.

　그녀는 차에서 내리자 나를 껴안고 입을 볼에 맞추며 자못 감격한 표정이었다.

　"정말 꿈같아요."

　(이건 내가 할 말인데. 자기도 그렇게 느꼈나?)

　나는 얼떨결에 그녀를 껴안고 끌어당겨 어깨를 두들겨 주고, '여기는 하와이도 아닌데'라고 생각하며 좀 어색한 표정으로 주위를 둘러보며 말했다.

"전혀 달라진 게 없는데요."

그 활달한 행동하며 화려하고 대담한 옷차림이며 정말 변한 것이 없었다.

"나는 더 늙었어. 미스터 오는 더 젊어지고."

그녀의 한국말은 늘 이런 식이었다. 우리는 짐을 찾아 우선 대합실로 들어갔다.

"짐은 이것뿐이오?"

"일부는 반도 호텔에 맡겨 두었어. 또 그리로 갈 거니까."

그녀는 영어로 말했다. 영어가 우리말보다 훨씬 편리한 것이다. 한국 사람처럼 생겨서 미국 사람처럼 영어를 유창하게 하는 것이 이상한지 주위 사람들이 쳐다보았다.

"좀 의견을 물어도 돼요? 숙소를 불편하더라도 우리 집으로 할까, 아니면 호텔로 할까?"

"상관없어. 이것은 진심인데 나는 방해는 하고 싶지 않아."

"문제없어요. 그럼 집으로 가지요."

우리는 짐을 가지고 밖으로 나와 택시를 잡았다.

운전기사는 휘파람을 불며 짐을 싣더니 방향은 묻지도 않고 달리기 시작했다.

"장동(미인 양공주 촌)이지요?"

"아니요. 우리 집이요."

나는 기사가 길이 험한 우리 집 문 앞까지 가자고 하면 휘파람이 들어가고 화가 날 거라고 생각했다. 그러나 그녀는 모처럼 고국이라고 꿈을 안고 왔는데 운전기사의 불친절한 모습을 보면 어떻게 할까 하고 조마조마했다. 집 앞까지 가주어야겠다고 말하며 수고한 사례는 하겠다고 귀띔하였다.

"정말 괜찮아?"라고 그녀는 다시 물었다.

"그건 내가 묻고 싶은 말이요. 집에 가면 수세식 화장실도 없고 샤워 시설도 없거든요."

"재미있을 거야. 어머니에게 그런 한국 집 이야기 많이 들었어."

루시를 호텔에 놓아두면 신경이 쓰일 일이었다. 낯선 곳에 혼자 떼어 놓을 수도 없고, 그렇다고 그녀에게 갈 때마다 아내를 동반할 수도 없는 일이었다. 그래선지 아내는 미리 루시를 집으로 데려오라고 강권했었다. 도대체 하와이에서 어떻게 사귀고 지냈으면 한국에까지 찾아오게 되었느냐고 짜증도 부리면서.

그녀는 호놀룰루의 릴리하 거리에 있는 한인 기독교회의 교인이었다. 이 교회는 1918년에 이승만 대통령이 세운 교회였다. 한때, 이 대통령 집정 시는 미국을 드나드는 정부 고관들이 반드시 이 교회를 들러갔기 때문에 퍽 북적대는 교회였는데 대통령의 몰락과 함께 시들해지고 시내에 또 하나 있는 감리교회가 그런대로 교회답게 운영되고 있는 실정이었다. 그런데 나는 하와이 대학에 와서 처음으로 전화번호부를 뒤적여서 연락한 곳이 이 교회가 되어 같이 성가대를 하게 된 것이 그녀와의 인연이라면 인연이었다. 자주 만난다고 가까워지는 것은 아니다. 가까워진 것은 그녀의 성격 때문이었다. 그녀는 워낙 성격이 활발하고 낙천적이어서 하와이 대학에 장학금을 받고 공부하러 온 모든 EWC(동·서 문화연구소) 학생들의 누나였고 심부름꾼이었다. 그녀는 대학에 와서 공부하는 한국 학생들을 대견스럽게 생각하고 늘 자랑하고 있었다. 사실 그녀는 한국이 자랑스러워서 흥분하고 있었다. 선명회 합창단이 와서 부채춤 공연을 했을 때는 자기 밑에서 근무하고 있는 음식점의 점원들을 모두 데리고 와서 구경을 시킨 일도 있었다. 그동안 한국인은 이 지역사회에서 국적을 감추고 숨어 살고 있었던 것이다. 그래서 선명회 합창단은 숨어 있는 한국인이 밖으로 드러나는 계기가 되었다. 한국을 한 번이라도 다녀왔거나 한복 선물을 받은 미국인들은 이런 공연에 한복을 입고 나와 침이 마르게 부채춤 칭찬을 했었다. 그럴 때는 으레 한두 사람의 동양인이 자기도 사실은 한국인이라고 처음으로 자신을 드러내 보이기 시작하는 것이었다. 오랫동안 한국인은 노름꾼(gambler)이라는 누명이 퍼져 그들은 계속 조상을 숨겨 와야 했던 것이다. 그러나 루시는 이제 자신이 한국인인 것이 자랑스러운 것 같았다. 그녀는 자기 밑에서 일하는 음식점 조무래기들에게 공연히 점심을 사주고 싶으면, 세계에서 가장 멋있는 나라가 어딘 줄 아느냐고 물어서 〈한국이요〉하고 대답하면 점심을 산다고도 했다. 그 루시가 평생 처음으로 자랑스런 조국인 한국을 방문한 것이다.

집에서는 새 손님을 맞아 한동안 북적댔다. 아내와 아이들은 좀 놀란 표정이었다. 아내는 루시가 대학에 다니는 딸이 있는 과부라고 이해하고 있었는데 너무 젊은 것에 놀란 모양이고, 어린애들은 노란 머리에 눈이 우묵 들어간, 전형적인 미국인인 줄 알았다가 까만 머리의 한국 사람인 것에 놀란 모양이었다. 그런 데다 우리말은 잘 못하고 영

어를 주로 쓰는 미국인이자 한국인인 그녀를 좀 받아들이기에 혼란
스러운 모양이었다. 그렇지만 그것도 얼마 동안이었다. 모두들 곧 익
숙해졌다.

"하와이에서 아빠께 잘해주셨다는 말 들었습니다. 감사해요."

아내의 말을 통역하자 그녀는 곧 우리말로 받았다.

"아이고. 미스터 오 똑똑해. 내가 도움 많이 받았어."

그래서 모두 웃었다.

"아직도 예쁘고 젊으신데 왜 재혼 안 하세요?"

"나 인자 다 늙었어. 할머니 다 됐어."

나는 그녀의 큰 딸이 내가 오 년 전 하와이에 있을 때 한국의 국악
과 부채춤을 교습소에서 배우고 있었다고 설명했다.

"좋아하는 사람도 많을 것 같은데…."

그녀는 아무 말도 하지 않고 웃었다. 갑자기 그의 큰딸 윌마가 궁
금해져서 나는 그녀가 지금 무엇을 하느냐고 물었더니 한인들을 대
변하는 변호사가 되겠다며 법률 공부를 하고 있다고 답했다.

"마침 잘 오셨어요. 아빠가 쉬고 있는 때가 되어서."

"나는 운이 좋은 사람. 당신도 알지요?"라고 말하며 그녀는 나를 보
며 씽긋 웃었다. 별로 거리끼는 것이 없었다.

"처음으로 조국을 보는 느낌이 어떠세요?"

"아름다워요. 미국에 가면 막 뽐낼 거예요."

"특별히 무얼 다르게 느끼셨어요?"

아내는 우리말을 섞어 쓰는 영어가 재미있는지 자꾸 물었다.

"간판이 재미있어. 뉴,코,리,아,호,텔. 이렇게 힘들여 읽고 나면 영어

야. 그런 것이 많아. 오,리,온,비,스,켓,…골,덴,텍,스… 발음이 좀 이상했지만. 냄새와 빛깔이 다른 미국을 여기서 보는 거야."

하기는 그렇다. 그녀는 우리가 미처 생각하지 못했던 것을 지적했다. 식사를 끝내고 왁자지껄 한바탕 떠들고 나자 나는 그녀를 재울 것이 걱정되었다. 막상 집으로 데려오기는 했지만, 그녀는 미국에서 태어나 그 문화에 젖어 산 사람이었다. 침대가 없었고, 샤워 시설이 없었고 또 수세식 화장실이 아니고 재래식이었다. 나는 그녀에게 설명하기 시작했다. 오늘은 침대가 아니고 온돌방에서 자야 하며 샤워를 할 수 없다. 그러나 내일은 유명한 온천장에 데려다줄 테니 좀 참아라. 그리고 화장실인데, 실내에는 화장실이 없으므로 문을 열고 밖으로 나가야 한다. 만일을 위해 손전등을 줄 테니 사용하도록 해라. 그러자 그녀는 너무 세심하게 걱정한다고 나를 마구 때리며 웃었다. 그런 걱정 전혀 하지 말라는 것이었다.

각각 잠자리에 들고 문단속을 하고 들어오자 아내는 정색을 하고 물었다.

"당신 그 여자와 어떤 사이였어요?"

"왜 그래. 갑자기."

"친절한 정도가 보통이 아니에요. 수상해요. 난 당신 말을 어디까지 믿어야 할지 모르겠어요."

나는 그런 말을 들으리라고 생각했다. 그녀는 스스럼없이 나를 잘 때렸고 눈웃음을 잘 쳤기 때문이다.

"성격이 활발하고 명랑한 것 때문이야. 전혀 사심이 없는 여자야."

"그래도 나는 한국까지 찾아오는 당신의 여자 친구 싫어요."

"당신도 그 여자의 과거를 알게 되면 누군가 한국에서 그녀를 따뜻이 대해 줄 사람이 있어야 한다는 것을 알게 될 거야."

나는 그녀의 아버지가 1905년에 하와이의 설탕 농장의 노동자로 이민 간 이야기, 당시 백 불씩의 정착금을 미끼로 주었는데 무식한 노동자들은 지상천국으로 살러 가는 줄 알고 긴 날짜의 항해 기간 동안 노름을 해서 거의 돈을 잃어버린 노동자가 태반이었다는 이야기. 농장에서 노름과 패싸움 등으로 노사문제가 어려워지자 결혼을 시켜 정착시켜야겠다는 주 정부의 생각으로 고국에 사진을 보내 처녀들을 모집해 왔는데 그중에 한 처녀가 그녀의 어머니였다는 이야기. 아버지 같은 남편과 함께 살면서 오 남매를 기른 그의 어머니에게서 배운 최초의 한국말은 밥알 하나라도 버리려 하면 손을 저으며 말리면서 쓰던 〈아까와〉라는 말이었다는 이야기. 그들이 미국 학교에 다닐 때 천대받고 놀림 받던 이야기 등을 아는 대로 해주었다.

"하와이에 동정을 받을 만한 여자가 한둘이겠어요? 그렇다고 그런 여자를 당신은 다 그렇게 좋아해요?"

"며칠 있으면 그 여자는 갈 거예요. 한국이 모국인데 이곳에 와서 찾아갈 사람이 없다면 얼마나 쓸쓸하겠어요? 미국에서는 미국인이라는 인정도 받지 못하고 살다가 조국인 한국을 보러 온 거예요. 불쌍하지도 않아요? 아마 겪어 보면 그녀가 얼마나 좋은 여자인지 알게 될 거요. 이제 나보다는 당신과 더 가까운 친구가 될걸."

"나는 영어도 모르고 그런 친구 원치도 않아요."

"나와 그녀가 보통 사이가 아니었다면 어떻게 그녀가 이곳을 찾아올 수가 있겠소. 그냥 좀 친절하게 대해 주어요."

하룻밤이 지났다. 나는 일어나자마자 현관문부터 열었다. 도둑이 잘 들어서 안쪽 문고리에 자물쇠를 잠갔던 것이지만 이번에는 루시 때문에 그냥 걸어 두기만 했던 것이다. 루시가 살짝 방문을 열고 인사하더니 정신없이 밖으로 나갔다. 조금 있다가 얼굴을 붉히며 집 안으로 들어서더니 화장실에 가고 싶었는데 깨울 수도 없고 나가지도 못하고 안달을 했다고 말했다.

"때로 우리는 요강이라는 것을 쓰는데…."

그러자 그녀는 대뜸 대답했다.

"아! 바로 이거? 나도 알지. 어머니한테 많이 들었어."

그녀는 마루에 놓인 요강을 가리키며 말했다. 이게 그것이라고 몇 번 생각하고 만져 보기도 했지만 잘못하면 어쩌나 싶어 쓰지 못하고 참았다는 것이다. 어떤 사람이 한국 집에 가서 요강인 줄 알고 된장 그릇에 오줌을 누어서 큰 실수를 했다는 이야기를 해서 허리를 쥐고 웃었다. 동족이라 할지라도 70여 년을 딴 나라의 문화에 젖어 살다 보면 그렇게 달라질 수 있는 법이다. 나는 그녀가 조국도 없던 무식했던 노동자의 딸로 살아왔다는 생각을 떨쳐버릴 수가 없었다. 그래서 그녀에게 무언가 조국에 대한 자부심을 심어주고 싶다고 생각했다. 그러나 그녀는 미국 시민인데 그렇게 할 필요가 있을까? 아니 오히려 그녀가 우리를 아직도 미개한 나라에서 살고 있는 사람이라고 생각하는 것이 아닐까? 이런 생각이 내 머리를 뒤죽박죽이 되게 했다.

이날은 그녀에게 한국의 교회를 소개했다. 호놀룰루의 〈릴리하 한인교회〉와는 전혀 다른 분위기를 보여 주기 위해서였다. 미국 교회는 할머니들이 대부분이었다. 나이 많은 남편들은 벌써 사별하고 이제는 할머니들이 통조림 공장의 주문으로 마른 생선을 손으로 찢어 납품하고 있었다. 그것이 이 교회의 대부분의 운영자금이었다. 할머니들은 그때도 영어를 잘 알아들을 수 없었으므로 일부 예배로 십여 명이 한인 목사에게 설교를 듣고 있었다. 이민 일세들과 해방 후 이민 온 분들, 그리고 하와이 대학의 학생들은 함께 영어로 이부 예배를 드렸으며 이민 이세들은 거의 교회에 관심이 없었다. 그들은 이 교회가 〈한인 기독교회〉라고 한인이란 접두어를 간판에 붙이고 있는 동안에는 이 지역사회에 필요한 교회가 될 수 없다는 주장이었다. 그들은 한국인이 아니고 모두 미국 시민인데 굳이 한인이라는 말을 붙여서 미국 사회에서 고립되고 미국인의 접근을 막을 이유가 없다는 것이었다. 그것은 또 기독교 정신에도 어긋난다는 주장이었다. 그러나 할머니들은 자기들이 죽은 뒤에 그렇게 하라고 반대였다. 교회는 성장을 멈추고 있었다. 그렇다고 양로원 방문, 군인 위문 등 교회가 하는 연례행사를 안 하는 것도 아니었다. 그녀는 한국 교회에 와서 교인 수가 많은 것에 먼저 놀라고 성가대의 인원이 많은 것에도 놀랐다고 말했다.

그녀는 엄지손가락을 위로 올렸다. 아무튼, 모든 것이 대견스러운 모양이었다. 루시는 분명 한국을 좋아하고 있다. 그리고 나는 그런 그녀를 기쁘게 해주면 된다. 나는 아내가 루시와 온천장에 들리고, 다시 미장원을 들르는 동안 군인 휴양소의 벤치에 앉아 청명한 가을 날씨를 즐기고 있었다. 목사님의 설교가 떠올랐다. 그것은 에스겔의 환상에 대한 것이었다. 골짜기 지면에 말라버린 뼈가 움직이더니 이 뼈, 저 뼈들이 들어맞고 힘줄이 생기고 살이 오르며 가죽이 덮이더니 하나님이 생기를 불어넣으니 생명을 갖게 되었다는 것이다. 하와이에 가면 말라버린 역사의 토막들이 굴러다니고 있다. 정말로 하와이 이민사를 움직인 하나의 거대한 실체가 있었을까? 그래서 지금도 교회를 통해 성령이 이 과거가 되어버린 역사의 파편들에 생기를 불어넣어 서로 연락하여 생명체가 되게 할 수는 있는 것일까? 루시는 비매품으로 된, 필시 몇 권 안 되는 『재미 한인 50년사』라는 책을 집에 갖고 있었다. 그러나 그것은 먼지가 없고 우리말로 되어서 돌아보지도 않던 책이었다. 내가 그것을 읽고 그녀에게 들려주어야 했다. 그녀는 한국 사람이 한국 책을 읽지 못한다는 사실을 부끄러워했다.

그 책엔 한국의 인삼 장수가 멕시코의 메리다 지방을 지나면서 중국 사람에게 한인 소식을 듣고 하와이 노동자에게 구원을 호소하는 편지도 있었다. 한국 노동자가 멕시코의 어저귀 농장에 노예로 팔려 와서 하루 25센트씩을 받고 일하고 있었다는 것이다. 낮이면 불같이 뜨거운 가시밭 농장에서 채찍을 맞고 일하는데 농장 주인이 일터에 나올 때는 십장들이 사방에서 채찍을 들고 소리치는 모습은 소몰이 하는 목장과도 같았다고 쓰고 있었다. 밤에는 토굴에서 잤고 혹 독사에 물리거나 병으로 몸이 쓸모없게 되면 무인지경에 내다 버려졌는데 이렇게 죽은 사람이 수도 없다고 했다. 또 한국인 통역은 노동자들의 일거수일투족을 일러바쳤고, 혹 이를 못 참고 도망치는 노동자도 있었지만 말 모르고 길 모르기 때문에 중도에 잡혀 혹독한 형벌을 받기 일쑤라고 말하였다. 이것은 다 대륙식산회사(大陸殖産會社)를 경영하던 일인(日人) 다이쇼 강이찌가 한국인을 앞세우고 이민이라는 이름으로 농민들을 속여 멕시코 농장에 우리 노동자를 팔았기 때문에 생긴 일이라고 했다. 그래서 그들을 풀어주려면 몸값을 주고 구해내야 한다는 호소문이었다. 이런 말을 듣고 하와이 노동자들이 낸 특연(特捐)은 한두 번이 아니었다. 미국의 외교관 스티븐스를 살해한 장인환의 변호 비용 특연도 그중의 하나였다. 을사보호조약이 체결되던 당시 한국에서 미국 외교 고문으로 있던 그가 귀국하는 도중 샌프란시스코에서 일본의 보호 정책을 찬양하는 기사를 미국 각 언론에 게재하게 되자 오클랜드역에서 장인환이 스티븐스를 암살한 사건은 한국 노동자들의 울분을 대변한 일이었다. 그래서 장인환을 변호할 미국인 변호사 카클린의 변호사 비용도 그들이 돈을 냈다. 그의 변론 내용은 특연을 한 지부마다 알려졌다.

  … 만일에 우리를 장인환의 처지에 두면 우리는 미칠 것이다. 우리의 부형과 친척이 일인의 손에 죽으며, 우리의 강산이 일본 군대의 말먹이는 목장이 되며, 세전(世傳)하여 내려오던 건물들을 일본 통감이 차지하고 음모의 소굴을 만들면 우리 중에서 미치지 않을 사람이 누구인가? 장인환도 사람의 마음을 가진 줄 알아야 공정한 판결을 할 수 있을 것이다.

  한국의 재원을 일인이 채굴하고, 양전옥토를 일인이 경작하며, 한국 사람은 굶어 죽게 되는데 분한 마음이 없으면 한국 사람이 아니요. 혈기 있는 사람으로 그러한 일을 당하고 분하지 않을 수 없을 것이며, 그러한 일을 협조하는 사람을 보고 심상히 여길 수 없을 것을 생각하여야 공정한 판결이 있을 것이다.

  배심원 여러분! 이 재판에 대하여 생각을 많이 하시오. 만일에 우리가, 장인환을 죽이면 그 사람은 공의를 주장한 애국자인 까닭에 죽는 것이니. 그 것이 어찌 옳은 일인가? 애국자의 생명을 구하는 것이 참으로 의로운 일이 아니겠는가를 생각하여야 할 것이다.

이것이 의사 표명을 잘할 수 없던 그들에게 얼마나 시원한 청량제가 되었을까? 그들은 7,000불의 특연이 아깝지 않았을 것이다.

이 역사의 파편들이 루시와 무슨 상관이 있는가? 이 과거의 조각들이 모여 힘줄과 살이 되고 생기를 갖고 일어서기라도 한다는 말인가? 그래서 이 되살아난 생명들이 루시에게 뭐라고 한마디 하기라도 한다는 말인가? 그러면서도 나는 이런 역사와 단편들을 루시에게 읽어 주었다.

온천의 목욕장에 들리고 미장원을 갔다 온 아내와 루시는 많이 친근해져서 돌아왔다. 그날 밤 아내는 나에게 말했다. 이국땅에서 서른에 홀로 되어 지금까지 지낸 루시가 안되었다고 말했다.

"남편은 훌륭한 전기 기술자였대요. 삼 남매를 갖기까지는 아주 유순한 남편이었는데 하루 사이에 갑자기 난폭해졌대요."

"그런 이야기도 알아들을 수 있었어?"

"당신이 없으니까 말 잘하던데요. 뭐."

"나에게는 남편이 유명한 도박꾼이었다고 그런 말도 하던데요."

"아무튼, 한국인이라고 뒤에서 손가락질하고 진급도 안 되자 밖으로 튀어 나가 그렇게 된 거래요. 안됐어요. 왜 노름 같은 걸 하지요?"

"국민성은 아니겠지. 그러나 이차 대전 때 일본 사람들이 아이다호

주로 강제 수용될 때 한국인은 하와이 호놀룰루에서 헐값으로 판 일본 가옥이나 땅을 사서 한때 재산 축적할 기회가 있었는데 결국 노름으로 다 망했다는 이야기도 있긴 해요."

"직장도 팽개치고 노름해서 돈을 다 털어버리면 집에 와서 마구 울면서 용서해 달라고 빈대요. 그리고 돈을 갚아 주면 일주일이 멀다고 또 도박판에 뛰어들고 여자들도 꿰차고 다녔대요."

나는 루시가 그때부터 삼 남매의 교육비를 벌기 위해 하루 두 직장을 뛰면서 살아온 또순이라고 말하였다. 그런데도 그렇게 명랑할 수가 없었다.

다음날은 대구를 거쳐 경주로 갔기 때문에 우리가 예약한 불국사 호텔에 도착한 것은 밤이었다. 웨이터의 안내를 받고 방에 들어간 루시는 큰 소리로 나를 불렀다.

"방이 바뀐 것 같아."

"왜요?"

나는 의아해서 물었다.

"이거 봐. 더블베드 아니야?"

나는 웃었다.

"한국에는 더블 아니면 트윈뿐이랍니다."

"혼자 자기는 너무 넓어."

그녀는 덥석 앉아 침대를 쓰다듬으며 나를 보고 웃었다.

"왜 갑자기 외로워졌어요?"

"아니야 무슨 소리야. 내가 얼마나 씩씩한지 몰라?"

그녀는 호들갑을 떨면서 말했다. 나는 그녀가 가끔 애조를 띄우고 하와이 특유의 멜로디로 노래를 하는 모습을 가끔 봤었다.

검고 찬 바다의 해변 저 멀리

내 사랑은 가고 꿈은 바랬네.

그러나 울지 않네. 후회하지 않네.

그는 나를 기억할까? 벌써 잊었을까?

아. 나는

계절풍에 실어 수많은 꽃을 보내리.

나의 사랑하는 마음도 함께.

그처럼 나는 그를 사랑하네.

나는 아네.

그가 다시 내 품에 안길 것을.

그때까지 내 마음 표류하네,

해변 저 멀리.

〈해변 저 멀리〉라는 하와이 노래였는데 홀라 춤처럼 버드나무가 바람에 날리는 듯한 하와이 특유의 이 노래의 선율은 환상 속으로 끌어들이는 애처로움이 있었다. 가끔 나는 활달한 그녀의 성격 뒤에 숨겨진 애처로운 그늘을 보면 화려한 미국에서 한국의 어두운 그림자를 보는 듯했다. 그녀는 감칠맛 있는 동양적인 매력으로 충분히 남자를 매혹하고 있었지만, 재혼하지 않았다. 이 사람이라고 하는 한국 남자는 찾지 못했고, 미국 남자들은 남편을 망가뜨린 원수처럼 싫은 모양이었다. 그는 사무실에서도 더울 때 에어컨 온도를 내려놓는 여직원은 담력이 있는 한국인인 자기뿐이라고 했다. 그리고 상관이 온도를 올리면 막 대든다고 했다.

"너는 남자니까 더 벗으면 되지만 우리 여자는 더 벗을 게 없지 않아? 유, 언더스탠드?"

그러면 꿈쩍 못한다고 했다. 쫓겨나면 어쩌려고 그러느냐고 물으면 또 다른 곳으로 옮기면 된다고 말했다.

"당신은 내가 얼마나 타이프를 잘 치는지 모르지?"

하고 나에게 뽐내 보였다.

"한국인들은 담력(guts)으로 살아야 해. '나는 한국인이다 알았어?' 이렇게 보여 주어야 한다구."

그럴 때는 한국 여성 같은 유순함이 없었지만, 그녀는 혼자 사는데 필요한 걸 용기를 터득한 것 같았다. 그녀는 외로움을 달래는 슈거 대디(sugar daddy; 기둥서방)도 갖지 않았다. 자기 남편이 돈 있을 때 쫓아다니던 여인들을 증오했기 때문이었으리라. 그러나 가끔 그녀 곁을 스치는 애수는 어쩔 수 없는 일이었다. 나는 그녀를 홀로 놓아두고 우리 부부가 다정히 옆방에서 잔다는 것은 좀 잔인하다는 생각이 들었다.

"괜찮겠어요, 혼자서?"

"그럼, 당신이 나와 자 줄 거야?"

내가 멍청히 서 있으니까 내 등을 떠밀었다.

"빨리 가봐. 미세즈 오 기다리겠어. 아이구 가엾어라(poor thing)."

그녀는 내가 난처한 입장에 서면 〈가엾어라〉라는 표현을 잘 썼다.

나는 떠밀려 내 방으로 돌아왔다.

아내는 과부 방에서 뭘 하고 지금 오느냐고 투덜댔다.

"혼자 두고 오려니까 안되었어. 내일은 큰 온돌방을 하나 빌려서 셋이서 같이 자면 어떨까?"

"뭐라구요? 그렇게 같이 자구 싶으면 아예 거기 가서 자고 오세요."


다음날은 피곤할까 봐 서로 늦게까지 자기로 약속해 놓고 모두 빨리 일어났다. 우리는 식당으로 들어갔다. 식당은 한적했고 손님은 두세 그룹밖에 보이지 않았다. 우리 옆에는 두 신사가 앉아 있었는데 유창한 일어들이었다. 유창한 일어를 쓰는 그중의 한 사람은 한국인이었다. 나는 아니꼬운 눈으로 그를 쳐다보고 있었다.

"우리 자리를 옮겨요."

아내도 일인에 대해서는 별로 호감을 갖지 않고 있었다. 을미사변 때 일본 군인들이 군화를 신고 경복궁 내실로 들어가 명성황후의 머리채를 낚아채고 뒤뜰로 끌고 가 나뭇더미와 함께 석유를 뿌려 죽인 사실은 아내도 잘 알고 있는 이야기였다. 그뿐 아니라 이차 대전 말에는 겨울에 눈사람 둘을 만들어 세우고 하니는 루스벨트, 또 하나는 처칠이라고 명명하고 학생들에게 죽창으로 찌르게 하던 시대에 국민학교 졸업반에 있던 세대였다.

옮긴 자리에서 주문했던 토스트와 계란이 나왔다.

"나 날계란을 싫어하는데 왜 이렇게 묻지도 않고 해 왔어?"

루시가 얼굴을 찌푸렸다.

"스크램블로 하실래요?"

웨이터를 불러 이 계란은 스크램블로 해서 가져오라고 말했다. 이번에는 웨이터가 아니꼬운 듯이 우리를 쳐다봤다. 그는 루시를 유심히 들여다보며 물었다.

"한국 분 아니세요?"

"예. 한국 분입니다."

내가 대답하자 그는 의아하다는 듯이 고개를 갸우뚱하며 사라졌다. 그녀는 아침을 먹고 나오면서 왜 한국 사람은 토스트를 다 먹고 난 뒤 커피를 마시느냐고 또 물었다. 그녀는 말했다.

"커피는 토스트와 함께 마시는 것이 아니에요?"

우리는 맞지 않은 옷을 억지로 입고 계속 적응하려고 신경을 쓰는 어린애 같다고 생각했다. 어떻든 루시는 모든 것이 신기하고 재미있는 것 같았다. 경주의 고적과 그에 얽힌 전설을 들을 때마다 이렇게 역사가 오래되고 아름다운 전설의 나라에서 영리한 민족의 후예로 태어난 것이 자랑스럽다고 말했다. 더구나 박혁거세의 무덤은 미국대륙이 발견되기 1,500년도 전의 일이라니 이것은 동화 속의 꿈나라 이야기 같다고 말했다.

점심을 경주 시내에서 먹고 우리는 버스로 불국사에 돌아왔다. 도로공사 중이어서 껑충껑충 뛰는 버스였는데도 그녀는 그것을 더 좋아했다. 갑자기 껑충 뛰면 깜짝 놀라고 나선 마구 웃으며 좋아했다.

"미스터 오 아니면 이런 경험 평생 못 해."

그러다간 또 괴성을 질렀다.

"봐요. 저기 빨래하고 있어." 혹은 "어머, 돼지가 자전거를 탔어."

이렇게 그녀는 대단찮은 것도 동물원을 구경하는 어린애처럼 좋아했다. 개울가에서 빨래하는 아낙네, 자전거에 돼지를 싣고 가는 풍경… 어머니에게 들었던 이야기가 현실로 다가오는 이 풍경들이 그렇게도 마음에 드는 모양이었다.

"어머니가 말하던 한국 그대로예요. 다음엔 꼭 어머니를 모시고 와야겠어요."

이렇게 우리는 하루를 흥분 가운데 지내고 밤에는 셋이서 하나의 온돌방을 쓰기로 하였다. 각 방에서 서로 신경을 쓰고 자는 것보다는 마지막 밤인데 밤을 새우면서라도 떠들고 지내는 것이 좋겠다고 아내도 동의했기 때문이었다. 짐을 옮겨 놓고 불국사 경내로 갔다.

얼마 있지 않아 한 편에서 왁자지껄 떠드는 소리가 들렸다. 쳐다보니 루시가 두 쌍의 부부들과 얼싸안고 떠들어대는 것이 보였다. 우연히 서울에서 헤어졌던 친구를 만난 것이다.

"에스더, 웬일이야. 홍콩은 안 갔어?"

"마이클을 설득해서 한국을 좀 더 보기로 했어. 마침 우리에게 숙소를 제공해 줄 좋은 분을 만났거든. 사업상 알게 된 분이래."

그 옆에 키가 크고 호인같이 생긴 백인이 팔짱을 끼고 웃고 있었다.

"바로 이분들이 우리의 호스트야. 얼마나 멋진 신사인지 너는 모를 거야."

이렇게 또 한국 부부를 소개하면서 쉴 틈이 없이 떠들어댔다.

"얼마나 재미있었는지. 우리는 밤마다 파티를 했어. 한국 부인들 참 잘 놀아. 노래도 잘하고 춤도 잘 추고, 나는 그런 재미 미국에서 못 봤어."

루시도 우리를 소개하고 싶은 모양이었지만 대화 사이를 비집고 들어가기가 힘든 모양이었다. 얼마 동안 수인사가 끝나고 나자 에스더 라는 여인은 또 떠들어댔다. 그러다가 화제가 끊기는가 싶더니 이제 는 갑자기 에스더가 오른손을 이마에 짚고 씨무룩한 표정을 했다.

"왜 그래. 어디 아파?"

루시가 근심스럽게 물었다.

"이 앤 센스가 없긴. 그래, 나 여기서 새로 산 반지 안 보여?"

그녀는 바른손에 낀 수정 반지를 자랑스럽게 내보였다.

"얼마나 예쁘니 그리고 얼마나 싸다구."

그리고는 소리를 낮추었다.

"실은 수정 알을 더 많이 샀어. 미국에 가서 해 끼우려고 말이야. 한국에서는 시공 기술이 나빠 곧 빠진대."

이런 대화 목소리도 들려 왔다. 루시는 화제를 돌렸다.

"여기서 우리와 저녁 먹고 가지 그래. 우리 숙소는 바로 가까운 불 국사 호텔이거든."

"안 돼. 이분들 스케줄 때문에 우린 곧 부산으로 떠나야 해."

루시도 뭔가 자랑하고 싶은 모양이었다.

"넌 모르지. 우리는 오늘 밤 셋이서 같이 자기로 했다."

"뭐 셋이서? 위이."

에스더는 눈이 휘둥그레졌다.

"난 거기서 갑순이와 갑돌이 노래도 배울 거야."

"참 나 너희 호텔에 좀 들려야겠어. 용무가 있거든."

하고 에스더는 눈을 찡긋했다.

"뭔데?"

"쟌(john; 화장실)."

에스더는 거칠 게 없는 여인이었다.


　이 수다스러운 한 무리가 떠나자 우리는 저녁을 일찍 마치고 쉬기로 하였다. 루시는 매우 피곤해 보였기 때문이다. 그녀는 정신없이 일할 때는 모르지만 이렇게 나와 있으면 해 질 녘에는 공연히 좀 불안해지고 쓸쓸해진다고 말했었다. 어렸을 때 어머니를 기다리던 느낌이 이상하게 되살아나는 것 같다고 했다. 그녀의 어머니는 양로원의 할아버지들을 돌봐 주고 있었다. 언젠가 주일날 오후에 나더러 양로원 방문을 하지 않겠느냐고 해서 나는 숙제가 많다고 처음엔 거절했었다. 그러나 그녀의 쓸쓸한 표정을 보자 곧 마음을 바꾸었다. 나는 설탕 농장에서 일하던 그 산 증인들을 내 눈으로 보고 싶은 생각이 들기도 했기 때문이었다.

　버려진 별장처럼 생긴 곳에 양로원은 있었다. 야자수가 시원하게 높이 솟은 판잣집이었다. 그녀는 도넛이 들어있는 상자를 들고, 나는 김치 통을 들고 갔는데 노크도 하지 않고 문을 열고 들어섰다. 앞치마를 두르고 반백이나 된 뚱뚱한 할머니가 루시를 보자 다가와 껴안고 어깨를 두들기며 반겨 주었다. 그녀가 루시의 어머니였다. 한국과는 전혀 다른 풍경이었다. 양로원이라야 이름뿐이었고 대여섯 명 되는 할아버지들이 여기저기 앉아서 TV를 보고 있었다.

　"안녕하세요. 여러분. 오늘은 여러분에게 특별한 손님을 모시고 왔습니다. 이분은 한국에서 하와이 대학에 공부하러 온 미스터 오입니다."

그러자 웅성웅성 할아버지들이 일어서며 손을 내밀었다.

"우리 씩씩한 대한 청년이 왔구먼."

한국 청년이라는 말은 익숙했지만 〈대한 청년〉이란 어귀는 새로운 느낌으로 나에게 다가왔다. 그러나 그뿐이었다. 그 할아버지들의 눈에는 총기도 없고 이야기는 질서가 없었으며 기억력도 없었다. 나는 그들의 자녀 이야기를 지루하게 듣고 있어야 했다. 부모를 잊어버린 지 오랜 자녀들 이야기였다. 그들의 손으로 장인환 변호 비용 특연을 하고, 멕시코 노동자 구출 특연을 했다고 상상하기는 매우 힘들었다. 그들은 대한 독립의 선두 주자들이 아니고 순종하고 따르던 후원자들이었다. 우리나라가 일제의 굴레에서 벗어나기 위해서는 국민을 계몽하는 교육을 해야 한다고 청년 리승만은 주장하였다. 그래서 한인 기숙학교를 세워야 한다고 했다. 그러나 신한민보 주필 박용만은 대조선 국민군단을 조직해야 한다고 했다. 일제는 무력으로만 물리칠 수 있다는 것이 그의 지론이었다. 그들은 각각 특연을 자기 쪽에 해 달라고 주장하다가 유일하게 존재하던 하와이의 국민회 총회에서 싸움이 나서 당시의 총회장은 권총을 입에 물고 발사해 자살 소동까지 벌어지고 말았다. 이것이 해외 독립운동의 한 단면이었다.

이제 양로원에 있던 산 역사의 증인들은 모든 과거를 다 잊어버리고 망각의 레테강을 건너 천국에서 편히 쉴 안식만을 기다리고 있는 것 같았다. 그 과거의 현실들을 뒤로하고 루시는 지금 한국에 와 있다. 나는 루시와 아내가 먼저 방에 가서 샤워하는 동안 호텔의 커피숍에 앉아 의식이 흐르는 대로 이런 생각을 시작도 끝도 없이 하고 있었다.

그날 밤 우리는 한 방에서 오래도록 노래를 불렀다. 아내는 〈진주 조개〉라는 하와이 노래를 배웠고, 루시는 〈갑돌이와 갑순이〉를 배웠다. 그녀는 〈고까짓 것 했더래요〉 이 구절이 재미있어 깔깔대며 웃었다.

"참 잘 생각했어." 그러면서 또 〈고까짓 것 했더래요〉 하고 까르르 웃었다.

지칠 대로 노래를 부르자 우리는 내 천(川)자로 누웠다. 그러자 루시가 또 한마디 했다.

"미스터 오는 부자야."

"왜요?"

"여자가 둘이나 있으니까."

아내는 이제는 루시를 좀 이해하게 된 듯 그냥 웃었다.


새벽 일찍이 우리는 토함산으로 해돋이 광경을 보러 올라갔다. 아내는 평소에 등산에 아주 서툴렀다. 그래서 처음부터 끝까지 거의 손을 잡고 끌고 가거나 등을 떠밀어 주어야 했다. 어쩌다 내가 루시의 손을 잡아 주려 해도 루시는 거절했다. 자기 걱정은 말라는 것이었다.

"혼자 가기도 힘 드는데 어린애들까지 데리고 가는 사람들도 있네요."

아내는 숨을 헐떡이며 말했다.

"미스터 오도 장사에요. 큰 애기를 데리고 가니까."

루시는 내가 아내의 손을 끌고 가는 것을 보며 말했다. 그러면서 〈고까짓 것 했더래〉를 되풀이해 부르며 까르르 웃었다. 산정에 올라가자 운 좋게 막 빨간 해가 선을 보이며 바다 위로 올라오는 것이 보였다.

"황홀해! 놀라와!"

루시는 감탄사를 연발하고 있었다.

"욕실에서 올라오는 신부처럼 황홀하지요?"

"더구나 이 신선한 공기!"

태평양 한가운데 떠 있는 오하우(하와이)섬에서도 커다랗게 떠오르는 해를 볼 수 있었을 것임이 틀림없다. 그러나 이상하게도 내게는 그런 경험이 없었다. 섬 북쪽은 언제나 안개가 낀 것처럼 보슬비가 내리고 있었다. 남쪽인 와이키키 해변 쪽은 연중 거의 비가 오지 않았는데 거기서는 어찌 된 영문인지 뜨는 해를 본 일이 없었다. 왜 그랬을까? 아마 볼 수 있었다 할지라도 언제나 눅눅하게 덥고 꽃 냄새가 짙은 그 지방에서는 이런 상쾌한 공기는 결코 상상할 수 없는 일일 게다.

신선한 공기, 상쾌한 기분, 거기다 싸늘하게 목덜미를 스치는 동해 바람에 루시는 몸을 웅숭그리고 떨며, 아내의 허리를 꼭 껴안았다.

산정에 세워진 매점에서 우리는 따끈한 커피를 사서 들면서 떠오르는 해를 바라보고 있었다.

"루시도 아주 한국에 와서 사시지 그래요."

아내가 말했다.

"저두 미국에 있을 때는 은퇴하고 나면 한국에 와서 살면 어떨까 하고 생각했어요. 그러나 지금은 좀 불안해요."

"뭐가요?"

"미국에서는요, 내가 어쩔 수 없는 한국인이라는 생각 때문에 늙으면 한국에 나와 살고 싶다고 생각했거든요. 또 한국에 나가 묻히고 싶다는 할아버지들도 많았구요."

"그런데요?"

"여기 와 보니 모두 좋은데, 나를 한국 사람이라고 생각해 주는 사람은 없는 것 같아요. 나는 미국 사람 같으면서 미국 사람이 아니고, 한국 사람 같으면서 한국 사람이 아니에요."

루시가 감상적으로 된 것 같아 나는 그녀가 흔히 쓰던 말로 대꾸해 주었다.

"poor thing(가여워라)!"

그러자 그녀는 활짝 웃으며 노래했다.

〈고까짓 것 했더래요.〉

헤어질 시간이 왔다. 석굴암을 들려 호텔에서 아침을 마치자 우리는 경주로 나왔다. 그녀는 부산으로 우리는 대전으로 와야 했다. 버스표를 사 들고 나오자 나는 언제나 하는 말로 혼자서 괜찮겠냐고 물었다. 그녀는 손가방에서 한영사전을 꺼내어 흔들어 보였다.

"작은 문제 하나. 그것은 내가 한국말을 하면 한국 사람이 못 알아듣고, 한국 사람이 영어를 하면 내가 못 알아듣는다는 것이에요."

"그밖에는?"

"아무것도 없어. 훈련받은 대로 하면 돼."

"뭔데?"

"친절한 사람을 경계할 것. 물건은 백화점에서 살 것. 음식은 사람이 많이 들어가는 집에서 먹을 것. 어려운 일이 생기면 교회 목사님을 찾아갈 것. 이거면 돼."

"한국을 의식하지 말고 에스더처럼 살면 어때?"

"미스터 오, 걱정 말아."

"아이고 가엾어라."

그녀는 아내를 의식하지 않고 미국에서처럼 나를 꼭 껴안고 볼에 입을 맞추었다. 다시는 만날 수 없는 사람처럼, 그녀의 눈에 영롱한 눈물이 맺혀 있었다. 그러더니 이내 아내 쪽으로 몸을 돌렸다. 버스가 출발할 시간이 다 되어 있었다.

"정말 고마워요. 미스터 오와 함께 미국 와요. 나 미국 시민이야. 그리고 나 잘 살아."

아내는 루시의 목을 안고 등을 쓸어내리며 두들겼다.

"결혼해서 행복하게 사세요."

"알았어요."

그녀는 나를 다시 한번 쳐다보고 차에 올랐다. 나는 차에 오르는 그녀의 뒷모습을 물끄러미 보고 있었다. 잃어버린 그녀의 젊음을 누가 보상해 줄 수 있을까? 나라를 잃고 살길이 없어 이국땅으로 이민 가고, 사진결혼하고, 바른 독립운동이 무엇인지 모르고 연보를 하며 서로 싸우고, 그 사이에서 난 이세들은 도박꾼의 자녀라고 푸대접을 받고, 이제 자부심을 가지고 찾아온 나라에서 한국 사람이라는 인정을 못 받고 떠나는 그녀는 누구인가?

나는 속으로 외치고 있었다. 루시는 운명 지워진 삶을 잘 살 거야. 한국인의 담력을 가지고, 한국을 자랑스럽게 생각하며, 또 〈고까짓 것 했더래요〉 하고 노래하며 인정받지 못한 미국인으로 살면 된다.

이때 버스가 떠나기 시작했다. 그녀는 손에 입을 맞추어 우리를 향해 마구 흔들고 있었다. 나도 황급히 그녀를 따라 같이 했다. 차가 보이지 않게 되기까지.

# 神(신) 없는 神(신) 앞에

:

1.

전등을 확 켜자 잠결에도 눈이 부셨는지 왼편으로 돌아누우며 이 양은 오른발로 이불을 휘감아 안았다. 핑크빛 파자마 사이로 희멀건 허벅지가 탐스럽게 드러났다. 얄밉게도 흰 살결에 오뚝한 콧날, 우묵한 눈자위가 흐트러진 머리카락 사이로 퍽 요염하게 비쳤다. 탐욕스럽게 그녀를 쳐다보는 손님들은 그녀를 이 양이라고 부르는 대신 마 양이라고 불렀다. 그녀는 꼭 서양 마네킹처럼 생겼기 때문이었다. 그러나 그녀가 미국 GI와 한국 여인 사이에 태어난 가련한 고아라는 것을 눈치챈 사람은 없었다. 아마 공부를 시키고 기능만 길렀더라면 그녀는 다방에만 묻혀있지는 않았을 것이었다.

정혜란은 그녀의 궁둥이를 철석 갈겼다. 그리고 부스스 눈을 비비고 일어나는 그녀에게 말했다.

"이 양아, 오늘은 네가 밥 좀 해. 식모(가사도우미)가 집에 가고 없지 않니?"

그리고는 또 계속했다.

"그리고 말이야, 나 오늘 피곤해서 새벽기도가 끝나면 곧장 다방으로 갈 테니 밥 좀 가져다줄래? 알았지?"

그녀는 일어서 나가려다 말고 천장을 쳐다보며 머리를 뒤로 넘기는 이 양을 내려다보았다. 충만한 유방이 파자마의 앞 단추를 벌어지게 하고 있었다.

"파자마 바람으로 덤벙거리지 말고 단정히 옷을 입고 밥해."

혜란은 길거리로 나왔다. 먼 곳에서 불어온 찬 바람이 자고 나서도 아직 씻기지 않은 어제 하루의 미진한 생각들을 말끔히 앗아 먼 곳으로 달아났다. 그녀는 언제나 느끼는 너무나 공허해진 심정으로 걷고 있었다. 모세는 양 무리를 치다가 가시떨기 불꽃 사이에서 하나님을 만났으며 예수는 새벽 미명에 골고다에서 기도했다는 성구를 생각하며 부정과 사욕과 탐심도 아직 눈뜨지 않은 이 새벽이야말로 하나님을 만나기에 알맞은 맑고 깨끗한 정신 상태라고 다짐했다. 그러나 생선 장수 아저씨, 청소부 아저씨, 신문팔이 소년들과 스치는 동안 그녀는 점차 세상의 생각들을 담기 시작했다. 교회에 대해 날로 도전적인 남편, 성화를 그리겠다고 40호쯤 되는 캔버스를 이젤에 올려놓고 삼 개월간 그 앞에 앉아 있기만 하고 아무것도 그리지 못하고 있다. 자기가 경영하는 다방은 파산 직전이다. 어린애라도 갖고 가정에 안주해버리고 싶은 견딜 수 없는 갈등, 왜 이 해결 없는 상황에서 발버둥 치며 살아야 하나 하는 근원적인 문제……

교회가 가까워지자 찬송 소리가 들려왔다. 그녀는 발걸음을 재촉해서 교회로 들어서 찬송 소리에 합류했다. 처음에는 격렬한 이 찬송이 엉뚱하고 이질적인 것으로 느껴졌었다. 그러나 몇 장이고 몇 절이고 준비 찬송을 부르고 있는 동안 모든 인간적인 괴로움은 사라지고 빨리 하나님의 말씀을 듣고 싶은, 간절히 사모하는 마음이 움트는 것이었다. 이날 설교는 키가 작은 박 장로의 신앙 간증이었다. 그는 교회에 미쳤다고 할 만치 신앙이 좋은 사람이었다. 장로 장립(將立) 당시 교회에 헌납할 돈이 없었다. 그래 이 일을 위해 울부짖으며 백일기도를 시작했는데 어떤 분이 꼭 백 일째에 무명으로, 그것도 꼭 기도했던 액수만큼의 수표를 보내준 일이 생겼었다. 그는 장립식 때 말했었다.

"저는 모든 것이 부족한 사람이올시다. 부족하다 못해 이 키까지 부족합니다. 그러나 하나님께서는 이 부족한 자를 들어 쓰시기 위해 제 백일기도에 응답해주셨습니다. 저는 그분이 누구인지 알고자 하지 않습니다. 다만 하나님께서 그분을 사자로 쓰셔서 기도에 응답해주셨으니 이제는 몸으로 이 교회를 위해 봉사하겠습니다."

박 장로가 장립식 때 이 이야기를 한 뒤로 새벽기도를 하는 신도의 수는 갑자기 늘고 교인도 붇기 시작했다. 참으로 이상한 일이었다. 눈에 보이게 교인이 늘고 헌금이 늘자 신자들은 집안에 재산이 붇는 것을 보는 것과 같은 기쁨으로 더욱 교회에 열심을 내는 것이었다. 이번 새벽기도 때도 또 헌금에 대한 간증이었다.

"저는 부흥회에 참석했다가 다음과 같은 이야기를 들었습니다. 어떤 사람이 자기가 교회 재정의 2/10를 자기 십일조로 부담하겠다고 서원하고 내기 시작했는데 그 회사가 점차 잘되기 시작해서 일 년도 되기 전에 십 배가 넘는 수익을 가져왔다고 합니다. 하나님께서는 하나님 사업에 바치는 돈은 몇 배로 해서 언제든지 갚아 주십니다. 여러분! 세상의 썩어질 것을 위해 재물을 쌓지 말고 하늘나라에 쌓읍시다. 우리는 맨손으로 왔다가 맨손으로 갑니다. 그리고 먹고 입는 것을 위해 걱정하지 말라고 하나님께서는 말씀하셨습니다. 지금 우리 교회는 하나님의 은혜로 교인이 넘쳐 이 장소로는 예배를 드릴 수 없게까지 되었습니다. 이 얼마나 반갑고 기쁜 일입니까? 이제 교회를 확장하고 하나님 나라를 지상에 건설하는 데 우리를 손발로 써주시라고 우리는 기도할 수밖에 없습니다."

박 장로는 하나님 사업을 하고자 열심이 넘치는 이 교회 교인들에게 물질로도 축복해주고, 하는 바 사업이 다 번창해서 하늘나라에 많은 재물을 쌓고 천국에서 큰 상을 받을 수 있게 해달라는 기도로 그의 간증을 마쳤다. 이윽고 교인 전체의 통성기도가 시작되었다. 처음에 조심스럽게 조용조용히 시작된 기도는 점차 열도를 더하기 시작하여 마침내는 마룻장을 치는 통곡이 시작되었다. 교회 건물은 좌우로 흔들리고 온 세상의 괴로움과 슬픔, 한스러움과 목마름이 한곳에 모여 큰 파도를 이루고 바위에 부딪쳐 산산이 부서져 나가는 동요가 시작되는 것처럼 느껴졌다. 예수님은 필경 그의 살과 피를 먹이고 마시게 한 뒤 이 세상에 남겨둔 이 제자들의 고뇌를 들으실 것이었다. 그리고 예수님 만나기를 갈구하던 삭개오에게 "오늘 구원이 이 집에 이르렀다"라고 말씀하던 그 음성을 들려줄 것이었다.

혜란은 이때 꿈인지 생시인지 알 수 없는 상태에서 환상을 보고 있었다. 마드리드의 투우장에서나 볼 수 있는 것 같은 시꺼먼 맹우(猛牛)가 고개를 숙이고 침을 흘리며 맹렬히 달려오는 것이었다. 그러더니 이내 남편의 옆구리를 쳐 받고 멀리 쓰러뜨렸다. 놀란 그녀는 남편 곁으로 달려갔다. 그런데 이건 또 웬 조화인가 남편의 몸이 멀쩡게 유리처럼 변하며 앙상한 뼈가 보이는 것이 아닌가?

그녀는 소스라치게 놀라 제정신으로 돌아왔다.

"주여어!"

하는 간드러진 교회 여인의 음성이 귀를 찢는 것 같았다. 그러나 신호의 벨 소리와 함께 회중의 기도 소리는 점점 잦아 들어갔다.

그녀는 정신을 가다듬고 곰곰이 생각하였다. 이것은 남편이 교통사고를 당한다는 계시가 아닌가? 그녀는 그가 오토바이를 타고 다니기 시작한 후로 늘 교통사고가 나지 않을까 하고 조마조마하게 생각해 왔다. 그리고 뼈만 앙상하게 드러났다는 것은 죽는다는 말이 아닐까?

그녀는 가슴이 속에서부터 떨려오기 시작했다. 마치 그가 교통사고로 죽게 되었다는 통고를 받는 것 같았다. 그녀는 새벽기도를 어떻게 마쳤는지 알 수 없는 창황 속에 다방 쪽이 아닌 집을 향했다. 생각해 보면 어젯밤 그의 행동은 평소와 같지 않았다. 화실에 처박히면 으레 두시나 세 시쯤 들어와 잠자리에 들기 때문에 그녀는 언제 그가 들어왔는지도 모르고 잘 때가 많았었다. 그러나 어젯밤은 예외였다. 그녀가 퇴근하기 전부터 누워있었다. 그리고 정말 예외로 그녀에게 치근덕거렸다.

그녀는 왜 어젯밤 자기가 그렇게 매섭게 쏘아붙이고 돌아누워 버렸는지 이해할 수가 없어졌다. 정말 그녀는 원하고 있었다. 또 그때가 어린애를 얻기 위한 적기라고 그녀는 막연히 느끼고 있었다. 아니 그녀는 분명히 확신하고 있었다. 언제나 매월 그맘때가 되면 그녀는 이유 없이 어린애가 예뻐지는 충동까지 느끼곤 했었다. 결혼 뒤 삼 년까지는 피임하느라고 무진 애를 썼다. 그러나 그 뒤 어린애를 가지려 해도 가질 수 없는 것을 알게 되자 당황하지 않을 수 없었다. 어린애를 갖기 위한 노력은 고역이었다. 그녀는 자기 자신에게 아무 결함이 없는 것을 병원에서 확인했다. 오 년째 되던 해에 그녀는 조심스럽게 말했다.

"같이 종합 진찰을 받아보면 어떻겠어요?"

그런데 그는 버럭 화를 냈었다.

"나는 이상이 없는 것을 확인했단 말이야. 그런데 왜 병신이 남을 의심하는 거야?"

그때부터 그들의 부부생활에는 금이 가기 시작했다. 그녀는 남편이 미워지기 시작하고 자녀도 없이 부부생활을 하는 앞날이 허무하게 생각되었다. '생육하며 번성하라'라는 하나님의 말씀에도 어긋나는 일이었다. 평생 남편 시중이나 들고 살며 죽을 인생이 허무했다. 이런 생각으로 3년을 지낸 뒤 그녀는 자기 나름대로 무언가 자기 일을 하고 싶어졌다. 그렇게 해서 간호사 생활을 청산하고 시작한 게 다방이었다. 남편은, 미술 교사로 자기는 다방 마담으로 각각 보람을 찾아 살아보자고 한 것이다.

다방을 시작할 때만 해도 그녀는 즐거웠다. 물오른 나무처럼 싱싱한 젊은이들이 종달새처럼 지껄여대는 것을 보는 것도 즐거웠고 열심히 사는 사람들이 사업 이야기를 나누는 것도 신기했으며 직장에서 지친 사람들에게 조용한 음악을 들려주는 것도 기쁨이었다. 교회는 그녀가 찾은 작은 보람을 더욱 뜻있게 뒷받침해주고, 다시 다음 한 주일을 용기와 소망으로 살 수 있게 해주었었다. 그러나 그것도 2년이 넘지 못했다. 다방은 결코 명랑한 젊은이와 열심히 살려는 사업가와 고단한 직업인들의 안식처는 아니었다. 젊은이들은 다방을 수라장으로 만들고, 사업가와 직업인은 다방을 멸망 직전의 소돔과 고모라로 만들어버리는 것이었다. 다방에서 피땀 흘려 번 돈의 태반은 빌딩 주인이 가져가고 나머지는 세금과 인건비로 빨려가고 자기는 정신없이 허깨비와 같은 생활을 해야 했다. 솜처럼 지쳐 빠진 몸으로는 부부생활마저도 의무감에서 행하는 게 달갑지 않은 봉사에 불과했다. 그녀가 스스로 기꺼이 바치는 것은 교회의 헌금뿐이었다. 무엇을 위해, 왜 사는 것일까? 하고 생각의 수렁 속에 빠져들기 시작했다. 목사의 우렁찬 축복기도에도 불구하고 다방 손님은 한산해지고 빚은 늘었다. 전세를 사글세로 바꾸었다. 그러나 이제는 월세도 내기가 어려워졌다. 거기다 남편 박 선생은 교회 주일학교 교사로 열심히 교회에 다니더니 자기의 다방경영을 반대하면서부터 교회에도 발을 끊고 최근에는 집안 화실에만 박혀 있게 되었다. 함께 즐겁게 교회에 나갈 때는 새벽기도 때도 하나님이 자기들의 어려움을 아시고 사랑의 손을 뻗어 주리라는 확신이 있었는데 이제는 그것마저 사라졌다. 집에 올 때는 피곤해진 육체가 있을 뿐이었다.

어젯밤 그녀는 그의 욕구를 거절한 뒤 한순간 너무 심했다는 생각을 하였다. 새벽부터 온종일 너무 피곤했었다. 한편 화가 치밀어 올라 병신, 병신, 하고 마구 소리를 치고 싶은 심정이었다. 종족을 보존하고 싶다는 본능적인 욕구는 쾌락을 동반할지는 모르지만, 그의 치근덕거림은 욕구 충족을 위한 일방적인 발작에 불과하였다. 그들의 부부생활은 파멸로 달려가고 있는 기분이었다.

그러나 혜란은 새벽기도 때의 환상 때문에 걱정이 되어 허겁지겁 집에 들렀다. 집 입구의 작은 문이 방긋이 열려있어 이 양이 쓰레기를 버리면서 잊은 것으로 생각하고 문을 닫고 안으로 들어갔다. 마루문을 열고 곧장 침실 문을 열었을 때였다. 혜란은 그 안에서 벌어지고 있는 진풍경에 아연했다. 남편과 이 양은 최절정이어서 한순간 사람이 들어온 것도 못 알아볼 정도였다. 남편은 교통사고가 난 것이 아니었다. 혜란은 제정신을 잃고 어설프게 일어서는 이 양의 머리채를 끌고 그녀 방에 처넣으며 욕설을 퍼부었다.

"이 화냥년."

그리고 가슴이고 어깨고 허리고 되는대로 꼬집었다.

"빨리 짐 싸서 못 나가?"

"그래요, 나가겠어요. 다 망해가는 다방인데 뭐. 그러잖아도 오늘은 나갈 셈이었어요."

당하고 있는 이 양이 아니었다.

"뭣이 어쩌고 어째? 보기도 싫어, 빨리빨리 나가지 못하겠어? 무식한 걸 불쌍해서 데리고 있었더니 못할 말이 없어, 요망한 것이."

혜란은 옷장을 열고 되는대로 그녀의 옷을 머리 위에 팽개쳤다.

"그래 무식해서 그랬어요. 무식하면 그것도 못 하나요?"

"아니 이 벼락 맞을 년 좀 봐. 남의 남편을 넘보고선."

그리고는 할 말을 찾지 못해 발을 동동 구르며 머리통을 쥐어박았다. 그러나 이양은 그녀대로 동댕이친 옷을 걷어 가방에 넣으며 대드는 것이었다.

"언니도 사람이면서 너무해요."

"아유, 요걸 그냥."

혜란은 발을 동동 구르며 남편 방과 그녀 방을 왔다갔다 하며 어쩔 바를 몰랐다. 하긴 이렇게 죄의식도 없는 무식한, 이 양만을 탓할 것도 아니었다. 그녀는 남편 방으로 뛰어갔다. 그는 벌써 출근할 준비를 하고 마루로 나오고 있었다.

"뻔뻔스럽게 이래놓고, 출근이오?"

그녀는 소매를 꽉 붙들었다.

"놔. 왜 이리 사람이 일시에 추해지지?"

그는 소매를 휙 뿌리쳤다. 도대체 누가 할 말인지 알 수 없는 노릇이었다. 그녀가 정신이 나간 채 서 있는데 오토바이를 타고 나가는 소리가 요란하게 들렸다.


2.


우울한 날이었다. 우울한 날씨였다. 하늘은 눈도 내리지 않고 찌푸리고만 있었다. 혜란은 병원을 향해 걷고 있었다. 남편이 교통사고로 입원했다는 소식을 들었기 때문이었다. 혜란은 남편을 찾아가면서도 일 년 전 어느 월요일 아침 일을 회상하고 있었다.

그녀가 멍하게 다방의 홀을 지키고 있을 때였다. 열두어 살쯤 되는 껌팔이 소녀가 다방에 들어섰다가 손님이 없는 것으로 보고 약간 망설이더니 그녀 곁으로 왔다.

"아주머니, 잠깐 제가 이야기할 수 있어요?" 그러더니 작은 책자 하나를 꺼냈다.

"아주머니는 사영리(四靈理)에 대하여 들어보신 적이 있나요?" 이렇게 자기에게 전도를 시작하는 것이었다. 그녀가 작은 책자 하나를 넘겨 가면서 설명하는 말은 너무 조리가 있었다.

"예수 그리스도를 아주머니가 나의 주님, 나의 하나님으로 인격적인 영접을 해야 합니다. 그러면 우리 하나님이 우리 한 사람 한 사람의 생애를 위하여 마련하신 하나님의 아주머니를 위한 계획과 아주머니를 위한 사랑을 경험하게 됩니다."

"예수님을 인격적으로 영접한다는 말이 무엇인지 너는 아니?"

혜란은 너무 신기해서 어려운 질문인 줄 알면서 다시 물었다. 그러나 소녀는 당황하지 않고 그 책자에 있는 두 개의 둥근 원을 보여주었다. 둘 다 마음의 상태를 나타내고 있는 것이라는데 왼편은 '나' 중심의 그림이었고 원 안은 혼란한 점들이 산만하게 찍혀 있었으며 바른편은 '하나님' 중심의 그림이었고 원 안은 찍힌 점들이 질서정연한 상태였다. 그녀는 바른편을 지적하며 이 그림처럼 하나님을 주인으로 모시고 사는 게 인격적으로 주를 영접하는 것이라고 말했다.

"아주머니, 주님은 아주머니를 문 밖에서 기다리십니다. 응답하고 문을 열고 주님을 영접하면 됩니다. 그럼 주께서 아주머니의 삶을 살아주십니다."

소녀는 자기 기도를 따라 하라고 말하며 기도하기 시작했다.

"주 예수님. 나는 주님이 필요합니다. 지금 나는 내 마음 문을 열고 예수님을 나의 주님, 나의 하나님으로 영접합니다. 내 죄를 모두 용서해주심을 감사합니다. 내 몸을 드립니다. 내 안에 들어와 내 인생을 살아주십시오. 예수님 이름으로 기도합니다. 아멘."

그녀는 십여 년 동안 교회에 다녔어도 한 번도 들어보지 못한 심오한 설교를 한 껌팔이 소녀에게서 들은 것이었다.

그 후 그녀는 새벽기도를 나가기 시작하면서 자기도 참으로 예수를 인격적으로 영접하고 살아야겠다고 결심하였다. 그러나 그녀가 새벽기도로 교회에 대해 열심을 내면 낼수록 남편은 교회에 대해 부정적인 태도를 보이기 시작했다. 중·고등부 학생들을 가르치던 열심과 그림으로 교회 환경 장식을 위해 헌신하던 열심을 다 팽개치고 그는 화실에 틀어박히었다. 참 예수님을 그려보고 싶다는 게 그의 집념이었다. 그러나 이젤에 놓인 캔버스에는 삼 개월간 아무것도 그리지 못하고 있었다. 날이 갈수록 그의 화실에는 성경과 신학 서적과 철학 서적, 교재용 성화, 스케치북 등만 무질서하게 널려져 있을 뿐이었다.

그녀는 기울어져 가는 다방을 오직 새벽기도에서 하나님께 매달리므로 일으켜 세울 생각이었다. 새벽기도에서 하루 생활을 소리쳐 울며 통회(痛悔) 자복하고 나면 허탈해진 마음에 "소녀야, 오늘 구원이 너희 집에 이르렀다." 하는 따뜻한 예수의 손길이 뻗쳐오는 것을 느꼈다. 그녀는 껌팔이 소녀가 시도했던 '사영리'를 손님들에게 시도하였다. 그러나 아무도 진지하게 들어주는 사람은 없었다. 옆에서 계속 그녀의 손과 발을 집적거리며 허튼수작이었다.

"허허, 이거 마담이 완전히 돌았구먼. 삶이란 원래 목적이 없는 거야. 목적 전에 생명이 세상에 던져진 거지. 예수쟁이들이 공연히 목적이 있다고 조잡하게 이론을 뜯어 맞추는 거라구." 하든가 아니면 "마담, 오늘 밤 나하고 엔조이할까? 그 맛을 알게 되면 이까짓 복잡한 생각들은 아침이슬처럼 사라질걸." 하는 게 고작이었다.

세상 사람들은 왜 생각이라는 것을 안 하고 사는 것일까? 인간은 영과 육을 공유한 것이 불행의 시초다. 영은 영원을 사모하고 육은 죄악의 산실이다. 영·육을 공유한 인간은 괴로울 수밖에 없다. 어떻게 하면 그칠 줄 모르는 육신의 탐욕에서 벗어나게 될까를 생각해야 한다. 탐욕을 벗어나는 것은 괴로움을 수반한다. 누가 그러고 싶겠는가? 그러나 육신의 욕망만큼 인간은 영원을 사모하는 영적인 갈망도 못지않게 크다. 그래서 진지하게 생각하고 싶어지는 것이다. 다방에 죽치고 앉아 있는 고객들은 지칠 줄을 몰랐다.

"마담, 하나님을 만나려면 말이야, 술을 마셔야 해. 진탕 취해서 세상을 말끔히 잊어버리면 그 최상의 기분 상태에서 한순간 하나님이 보인단 말이야. 어때 오늘 밤 만나러 가볼까?"

그녀는 너무 많이 걸어서 엉뚱한 골목으로 들어서고 있었다. 병원은 그쪽이 아니었다. 그녀는 되돌아 걸었다. 처음 병원에서 걸려온 전화를 받았을 때 그녀는 올 것이 왔다는 생각이었다. 조금도 가슴이 떨리지 않았다.

"어느 정돕니까?"

"왼쪽 팔이 골절되고 안면에 약간의 상처가 있을 뿐이고 교통사고로는 가벼운 편입니다. 안심하십시오."

그녀는 처음엔 갈 것인가 말 것인가 하고 약간 망설였다. 어느 정도 아침에 한 죄를 반성하는 아픔이 그에게 있어야 한다는 생각이었다. 그러나 이내 찾아가야겠다고 결심했다. 자기들은 무엇인가 서로 어긋

나있다고 생각했고 이번 일을 계기로 서로 소통하고 새로운 길이 모색되어야 한다고 생각했기 때문이었다.

병실에는 얼굴에 붕대를 감고 왼팔에 부목을 댄 남편, 박 선생이 비스듬히 누워있었다. 혜란은 말없이 의자에 앉았다. 갑자기 미운 생각이 치밀어 아무 말도 나오지 않았다.

"어때, 시원하지?"

그는 오히려 빈정대는 말을 했다.

"당신, 벌 받은 거예요."

그녀는 그의 시선을 피하며 말했다.

"벌 받아? 하나님이, '네끼 이놈' 하고 나에게 벌을 주었단 말이지." 그는 계속했다. "만일 하나님이 살아 계신다면 그렇게 한가하게 혜란의 손발이 되어 벌주고, 상 주고, 하시지는 않아. 하나님은 우리의 손발이 아니고 위에서 우리를 보고 계시는 분이야. 오늘 아침에 벌써 이런 일이 일어날 심리적인 요인이 움터 있었던 것을 알고 계셨고 그 일이 일어났으니 이제 어떻게 하나 우리의 행위를 보고 계시는 것뿐이야."

그는 일 년 전부터 당신이란 말을 쓰지 않고 혜란이라고 부르고 있었다. 그건 심리적인 별거의 통고였다.

"그래, 어떻게 할 것인데요?"

그녀는 죄를 회개하는 빛이 없는 남편을 보자 다시금 수그러진 노여움이 복받쳤다.

"기도해 봐. 하나님이 살아 계시면 분명 대답해 주실 거야. 그러나 그 대답이 당신 뜻에 꼭 맞는 것이면 그 하나님은 참 하나님이 아니고, 당신이 손발로 쓰기 위해 만들어 놓은 하나님이야."

"그럼 하나님께서 일흔 번씩 일곱 번이라도 용서해라 그러실 것 같아요?"

"기회를 주었잖아. 어젯밤부터 나에게 욕구불만이 되게 하고 새벽기도 갈 때는 집에 오지 않고 직접 다방으로 가겠다고 말했고, 또 이양이 어떤 애라는 건 당신이 더 잘 알고 있잖아?"

"듣기도 싫어요, 새벽기도는 어제오늘 다닌 게 아니잖아요?"

그녀는 버럭 소리를 질렀다.

"화낼 건 없어. 혜란은 이때를 기다렸지? 내가 그렇게 될 때를."

그녀는 부들부들 떨며 일어섰다.

"당신 미쳤어요? 이제는 자기 죄를 남에게 뒤집어씌우려는군요."

"둘 중 하나는 미쳤지. 아니 둘이 다 미쳤는지도 몰라. 그러나 이말은 해둬야 해. 혜란은 줄곧 음모를 꾸며온 거야. 그래서 그 음모를 실현하기 위해서는 뭔가 구실이 있어야 했어."

"교묘한 방법으로 자기의 죄를 합리화하는군요. 그래 내가 불의한음모를 꾸민 것이 무엇이며 그 증거를 대봐요. 대보라니까요."

"증거는 댈 수 없지. 그러나 인간에게는 보지 못한 것을 느낄 수 있는 초자연적 능력이 있단 말이야. 마치 하나님의 무한 차원에 있는어떤 것이 인간의 유한 차원에 떨어뜨리는, 이성으로는 해석할 수 없는 그림자 같은 것 말이야."

"그걸로 날 때려잡겠다는 거예요? 난 그런 당신을 보러온 것이 아녜요."

그녀는 문을 열고 나오려 했다.

"혜란, 잠깐만. 이제 우리 문제에 종지부를 찍을 순간이 왔잖아. 만일 내일 새벽 다시 새벽기도에 나가거든 혜란이 믿는 하나님께 우리 문제를 물어봐. 그러나 다방을 꼭 하겠다는 자기 욕심을 내려놓고 '주님 뜻에 순종하겠습니다.' 하고 낮은 자세로 물어보란 말이야. 끝까지 '누군가 도와줄 사람을 보내주세요' 하고 빌면 그것은 바른 기도가 아니야."

"그럼 손들고 당신 곁으로 오란 뜻이야?"

"아니면 평소에 그리던 임 곁으로 가든지."

"말조심해요, 평소에 그리던 임이 어디 있어요?"

그는 능글능글 웃고 있었다.

"많지 않아? 임 박사, 김 교수, 송 대리, 또 요즘 몇 사람쯤 더 생겼을지 모르지."

혜란은 문을 땅, 닫고 밖으로 나갔다.


3.


병원에서 준 아침을 마치고 박 선생은 천장을 바라보고 침대에 비스듬히 누워있었다. 하얀 병실의 천장이 백호 화판처럼 보이는 것이었다. 그가 삼 개월간 헤매었지만, 그리고 싶은 예수의 상을 찾을 수가 없었다. 사실 자기가 그릴 예수는 또 하나의 우상에 불과할지도 모른다. 한복 입고 갓 쓴 예수? 입술이 두툼한 흑인 예수? 이것은 피조물이 창조주를 그리겠다는 오만이다. 그러나 피조물이며 그림을 그리는 작은 창조자가 그릴 수 있는 예수님도 있지 않을까? 세상 사람이 듣지 못한 음성, 보지 못한 행동, 깨닫지 못한 사랑을 예수에게서 듣고 보고 느꼈다면 그분을 그릴 수도 있을 것이다. 이 세상 말로는 설명할 수가 없어 그리는 것이다. 죄인인 내가 그분의 하는 말과 행동을 이해할 수 없어 그리는 것이다. 이성을 초월한 영의 세계에서 그분의 모습을 섬광처럼 한순간 보았다면 누가 그것을 이해할 수나 있을까? 내가 그분의 고뇌하는 모습을 보고 그림을 그렸다면 그 그림을 이 세상의 말로 설명할 수 있을까?

이런 생각을 하고 있는데 노크 소리가 나서 박 선생은 제정신으로 돌아왔다. 문을 열고 들어선 사람들은 목사와 전도사, 그리고 몇몇 여집사들이었다. 문병의 상례적인 말들이 오간 뒤 목사는 교통사고에서 생명을 구해준 하나님 은혜에 감사한 뒤 병이 낫게 해달라는 간구와 혜란이 하는 다방 사업도 번창하게 해달라는 기도를 하였다. 그리고는 갖가지 세상에서 일어난 교통사고에 관한 이야기들을 한 뒤 그들은 자리에서 일어났다.

"목사님, 제 신앙 문제에 대해 목사님과 단둘이서 이야기를 좀 하고 싶은데 틈을 내주시겠습니까?"

목사는 순순히 응하고 다른 사람들을 내보낸 뒤 자리에 앉았다.

"목사님, 이제 곧 병 낫게 해달라는 것과 사업이 잘되게 해달라는 기도를 해 주셨는데 하나님께서 들어주실까요?"

박 선생은 대뜸 이렇게 물었다.

"그게 무슨 뜻이오? 그래 박 선생은 목사의 기도를 의심합니까? 의심하는 자의 병은 예수님도 고치지 못하십니다."

"목사님, 제 병은 단순한 골절이고 목사님의 기도가 아니더라도 곧 나을 것입니다. 그리고 다방 사업은 현재의 운영방법을 계속하는 한 기도하셔도 가망이 없습니다. 하나님께 인간들의 생각대로 잘 되게 해달라고 떼쓰는 것이 아닐까요?"

"박 선생, 이거 완전히 사탄의 시험에 드셨구먼. 아무리 나을 수 있는 병일지라도 하나님이 내일 박 선생의 생명을 가져가실 수 있습니다. 또 인간의 지혜로는 도저히 안 되는 사업일지라도 하나님이 함께 하시면 번창할 수가 있어요. 인간의 방법을 의지하면 하나님은 그곳을 떠나십니다."

"목사님, 제 말의 뜻을 잘 이해하지 못한 것 같습니다. 제 병은 곧 회복될 것이지만 아무튼 목사님 기도 때문이었다고 해 둡시다. 그러나 혜란의 다방은 문제가 심각합니다. 혜란은 목사님이 그렇게 긍정적으로 기도하시기 때문에 사업이 잘될 것으로 믿고 '믿습니다.' 하고 계속 밀고 나가고 있습니다. 그런 부담스러운 기도를 안 하시고 그냥 두면 자연스럽게 망하고 지옥을 헤매다가 하나님을 만나고 왜 주님께서 자기 몸을 못 박히면서까지 자기를 사랑하시고 떠나셨는지를 깨달아 하나님을 만날 텐데 목사님이 그 사이를 가로막고 혜란에게 하나님보다는 목사님을 의지하게 하신 것 같아서 하는 말입니다."

"아니, 목사가 병자 낫게 해달라는 기도와 교인 사업 잘되게 해달라는 기도가 무엇이 잘못되었습니까?"

"기도란 목사님이 처방해 주는 만병통치의 약이 아니지 않습니까? 병들고, 상처받고, 진로가 막혔을 때 스스로 말씀 가운데서 하나님의 음성을 듣고 새 힘을 얻고 일어서도록 산파 역할을 해주어야 신자 개개인이 사는 게 아닐까요? 저는 목사님이 사이에 끼어 이들을 위해 대신 기도해 주심으로 교인들은 점점 생각하는 힘을 잃은 가금의 무리가 되어간다고 생각을 합니다."

"박 선생. 선생은 지금 제사장을 모욕하는 거요? 기도를 받기 싫으면 안 받으면 될 것 아니오?"

목사는 화가 머리끝까지 치밀어 안절부절못하였다.

"그 제사장 말인데요, 제사장의 시대는 지나고 예수님의 시대가 왔습니다. 그런데 목사님이 지금도 제사장이라고 주장하고 새로운 율법을 강요하시면 하나님께서는 교회 안에서 못 사시고 떠나실 것입니다. 그래 지금 신도는 예수님 없는 우상 앞에서 예배하고 있는 것 아닐까요?"

"가시교인, 채점관 교인이 많다고 들었지만, 당신 같은 교인은 처음이오. 난 바쁜 몸이오."

"죄송합니다. 실은 제가 이번 일을 계기로 교회 생활을 계속할 것인지 그만둘 것인지를 결정하기 위해 이렇게 생각나는 대로 교회에 대해 여쭈어보는 것입니다."

"교회에 나오고 안 나오는 것은 박 선생의 문제고 내 문제가 아니오. 하나님이 계시다고 하건 안 계시다고 하건 당신의 자유요."

목사는 벌떡 일어났다.

"목사님, 예수님은 잃은 양 한 마리를 찾기 위해 얼마나 애쓰셨는지 아시지 않습니까. 조금만 더 앉아서 제 고뇌와 결정에 도움을 주시지요."

그는 방안을 왔다갔다 하다간 다시 의자에 앉았다. 박 선생은 바싹 마른 입술로 또 묻기 시작했다.

"우리 교인은 이 세상에 살면서 동시에 하나님 나라 백성으로 살고 있지요?"

"그렇습니다."

"그럼 목사님은 이 세상에 살면서 이 세상에 속하지 않은 삶을 사는 이율배반적인 어떤 갈등과 고뇌를 느끼신 적은 없으십니까?"

"그 고뇌란 세속적인 것을 십자가에 못을 박고, 예수님을 참 구주로 영접하지 못한 데서 오는 것이오."

"그럼 참 기독교인은 고뇌가 있을 수 없다는 말씀인데 하나님은 이삭을 바치라고도 했을 때 아브라함은 고뇌가 없었을까요? 살기등등한 인공치하에서 그래도 예수를 믿는다고 고백한 신도들은 고뇌가 없었을까요? 이 고뇌를 이기고 사는 모습이 세상을 천국으로 바꾸는 누룩인데 고뇌가 없다니 죽은 누룩에 생명이 있을 수 있습니까?"

"성경 어디에 고뇌가 누룩이라고 쓰여 있습데까? 원 세상을 살다 보니 별 교인을 다 보는구먼."

"목사님, 잠깐만 앉아서 제가 어떻게 길 잃은 양이 되었나를 들어주시지요. 목자가 하라는 대로 따라오다 보니 이렇게 절벽에 왔습니다."

"내가 박 선생을 절벽으로 끌고 왔단 말이오?"

그는 또 방안을 왔다갔다 했다.

"목사님은 하나님이 계신다는 것을 어떻게 느끼십니까?"

"나는 목사의 권위를 인정하지 않은 신도와 이야기를 할 수 없습니다. 사탄·마귀여, 물러날지어다."

목사는 버럭 화를 내며 문을 열고 나가버렸다.


4.


정혜란은 눈을 감고 홀 안의 의자에 앉아 있었다. 손님이라곤 한 사람도 눈에 뜨이지 않았다. 목욕하고 느지막이 나타난 박 양은 하품만 하고 앉아 있더니 어디론지 사라지고 없었다. 주방장은 주방 안 의자에 앉아 졸고 있었다. 그러나 정물화와 같은 이 다방 안도 노란 하나의 세계였다. 난로는 기름을 태우고, 파이렉스 병 안에 끓는 커피는 향기를 날리며, 스피커는 장엄한 음악으로 외계의 소음을 가로막고 있었다. 그 속에 또 하나의 세계가 있었다. 눈을 감고 있는 혜란의 가슴 속이었다. 그녀는 헨델의 메시아를 듣고 있는 동안 걷잡을 수 없이 흥분되어가는 자신을 막을 도리가 없었다. 할렐루야 코러스가 시작되었기 때문이었다. 청중들이 일어서는 모습이 선하게 보이기 시작했다. 그녀는 우리말 가사를 붙여 속으로 따라 부르기 시작했다.

> 왕의 왕, 또 주의 주, 왕의 왕, 또 주의 주, 또 주가 길이 다스리시리.
>
> 왕의 왕, 또 주의 주, 할렐루야, 할렐루야
>
> 할렐루야, 할렐루야, 할렐루야

지휘자의 지휘봉이 딱 멎었다. 그녀는 숨을 몰아쉬었다.

할. 렐. 루. 야.

　청중의 박수가 터져 나오자 그녀의 흥분은 절정에 달했다. 얼마나 황홀한 밤이었던가? 그녀는 십 년이 넘은 과거를 회상하고 있었다. 비록 아마추어들이긴 했으나 교회의 성가대원 백삼십여 명이 연합하여 가진 자선음악회는 일생 그녀가 잊지 못하는 황홀한 순간이었다. 그날 밤 임 교수와 한 호텔 방에서 지냈다. 처녀가 결혼하기 전 한 남자를 알게 된다는 것은 성경에서 죄라는 것을 잘 알고 있었다. 그러나 평소에 흠모하던 그와 함께 지낸다는 것에 대해 그녀는 조금도 죄의식을 느끼지 못하고 있었다. 그가 애무로써 끝내고 자제하려는 괴로움을 그녀는 용납하지 않았다. 그녀는 더 깊고 깊은 관계를 원했던 것이다. 그리고 그날 밤 천국을 소유했다. 할렐루야를 부르던 때의 그 황홀과 임 교수를 소유하는 이 황홀은 참으로 동이 서에서 먼 것 같이 먼 것이었지만 하나였다. 그녀는 그 순간 그런 모순을 조금도 죄로 의식하지 않은 채 천국을 소유했던 것이다. 다음 날은 새로운 날이었다. 그와 공유했던 하나의 비밀이 세상을 뒤바꾸어놓았다. 삶에 목적이 생기고 혼돈의 세계에 질서가 보이며, 나타나지 아니한 미래에 소망이 태동하기 시작했다. 그의 행복이 그녀의 행복이었으며 그의 아픔이 그녀의 아픔이었다. 그의 곁을 지나칠 때면 아무리 참으려 해도 눈웃음이 절로 나오고 몸이 비비 꼬이는 것을 막을 길이 없었다. 내의를 세탁해주고 싶고 하다못해 양말이라도 빨아주고 싶어 몸이 탔다. 그러나 그의 태도는 정반대였다. 다른 간호부가 눈치 챌까 봐 조마조마했다. 그러더니 육 개월 후에 그는 미국으로 떠났다. 그것이 그와의 마지막이었다. 그녀는 몇 해 뒤 체념하고 지금의 박 선생과 중매결혼을 했으며 임 교수는 도미한 지 오 년 뒤 박사학위를 받고 새 부인과 함께 귀국했다. 그리고 혜란이 근무하는 옛 병원으로 돌아왔다. 한 번 남편이 병원에 들렀을 때 임 박사는 짓궂게 찾아와 남편과 인사를 했다.

"박 선생님 결혼할 때는 와보지도 못해서…."

하고 남편에게 자기소개하던 임 박사를 보았을 때 당황하면서 참으로 뻔뻔스럽다고 생각했다. 그러나 죄인처럼 어쩔 줄 몰라 하는 임 박사를 보았을 때는 옛날 천진스럽고 수줍어하던 임 교수의 모습이 떠올라 오히려 측은해지는 기분이었다. 생각해 보면 황홀했던 하룻밤이 죄가 되었다면 그 죄는 자기에게 있는 것이었다. 합창 발표 후 이대로 병원으로 가고 싶지 않다고 드라이브를 제안한 것도 자기였고 밤새워 같이 이야기하고 싶다고 유혹한 것도 자기였기 때문이다.

임 박사는 귀국 후 옛날 교회로 다시 돌아가고 얼마 안 되어 장로가 되었다. 여기까지 생각한 그녀는 고개를 살래살래 흔들며 두 손으로 얼굴을 싸안았다. 복잡한 과거도 다 잊어버리고 복잡한 현실도 다 털어버리고 주님 뜻대로만 살고 싶다고 생각했다. 임 교수가 떠나간 뒤부터 세상은 다시 혼돈이었다. 미래의 소망은 허깨비 같은 것이 되고 인생은 목적 없이 이 세상에 던져진 귀찮은 살덩이였다. 그가 돌아온 지 오 년 동안 그와 한 직장에서 얼굴을 마주하며 지내는 것이 고통스러웠다. 드디어 그가 돌아온 오 년 뒤 그녀는 다방을 개업하고 직장을 그만두었다. 다방이 기울어진 뒤부터 그녀는 새벽기도에 매달리기 시작하고 남편은 교회를 멀리하고 화실에 처박혀있기 시작했다.

아무도 그녀의 친구는 없었다. 이제는 이 양도, 남편도, 임 박사도 원망의 대상이었다. 오직 의지할 곳은 주님밖에 없었다. 새벽기도에서 외치고 울부짖으며 통성기도를 하면 공허해진 한순간에 "사랑하는 내 딸아 너에게 구원이 이르렀다" 하는 사랑에 넘치는 예수의 목소리를 듣는 것 같아 마음의 평안함이 왔다. 가슴이 뜨거워지고 불끈 눈물이 치솟으며 차마 고백하지 못했던 과거의 모든 죄를 단숨에 통틀어 고하는 방언이 튀어나오고 다음 순간 용서의 은총이 온몸에 느른히 퍼지는 행복감이 오곤 했다.

그녀는 발작적으로 일어서며 말했다.

"주방장 뭘 해. 찬송가를 틀어, 찬송가를."

언제 들어왔는지 임 박사가 바로 앞에 서 있었다.

"마담, 왜 이러시지?" 그는 측은해진 눈으로 혜란을 내려다보며 말했다. 그녀는 한순간 나락으로 떨어지는 듯한 느낌으로 의자에 주저앉았다. "뭔가 잘못된 게 아니오?" 그는 걱정스럽게 말했다.

"전 잘못된 게 없어요."

그녀는 팔짱을 끼고 외면한 채 말했다.

"그러나 다방에서 찬송가란 정상이 아니잖소. 다방은 경건과는 거리가 먼 곳이요. 스트레스를 풀러 온 사람들에게 찬송가가 어울리기나 합니까?"

"전 세상 사람들의 변덕스러운 취미를 따라다니지 않기로 했어요. 따라서 교회음악으로 하나님의 사랑을 느끼게 하고 싶다는 소망 때문이에요. 얼마 동안 나는 손님을 잃을 거예요. 그러나 반드시 이곳은 교회음악을 들을 수 있는 곳으로 소문이 나고 이곳을 찾아들 사람이 많아질 거예요."

"혜란. 이곳은 천국에서의 장사가 아니고 이 세상에서의 장사요. 고객이 왜 다방을 찾는가 하는 심리를 연구해야 하고 동업자와 치열한 경쟁을 해야 한단 말이오."

"그럼 다방이 어떡하면 더욱 퇴폐적인 분위기를 만들어줄 수 있는가에 대해 연구하란 말인가요? 전 못하겠어요. 또 그렇게 해서 돈을 벌어도 난 괴로울 거예요. 저는 온 세상을 복음화하라는 예수님의 지상명령을 따를 결심이에요. 굶어 죽어도 전 그게 보람이고 소망이에요."

"다방이 꼭 퇴폐적이라야 한다는 이유도 없지 않아요? 그러지 않아도 잘 되는 다방이 얼마든지 있지 않소?"

"정도 문제예요. 하나님도, 세상 사람도 다 만족할 수 없는 그런 미지근한 상태에 저는 더 머물러있을 수 없어요."

"혜란, 이런 말은 참으로 불쾌하게 들리겠지만 당분간만 이렇게 생활하면 어떻겠소. 신앙생활은 교회 안으로만 한정하고 밖에서는 철저하게 세상 사람으로 살면 말이오. 그럼 모든 괴로움은 없어지고 장사는 잘될 것이고 교회 생활은 그대로 또 즐거울 것인데."

그녀는 멍하게 임 박사 아니, 임 장로를 쳐다보고 있었다.

"임 장로님은 지금까지 그렇게 살아오셨나요? 하나님도 기쁘시게 하고 세상도 기쁘게 해주는 그런 삶 말입니다."

"솔직히 말해서 그렇습니다. 성형외과라는 내 직업 자체가 죄스러운 것이니까요. 하나님의 피조물을 마음대로 뜯어고치다니 말이 됩니까? 저는 환락과 경건의 쌍두마차를 타고 인생을 살아오고 있습니다. 어느 한쪽이 강해져도 제 인생은 절름발이가 되는 거지요."

"참으로 편리한 인생이군요. 그래서 기독교인은 위선의 탈을 벗지 못하는 거예요."

"혜란은 철저한 기독교인 상이 어떤 것인지 아십니까?"

"그것은 목수의 아들을 통해 나타난 하나님의 아들 예수그리스도지요."

"그리고 그런 참 기독교인은 지금까지 이 세상에 한 분, 예수밖에 없었지요. 결국, 예수 그리스도는 제자들에게 육의 사람과 영의 사람 사이를 사는 갈등과 고뇌만 가르쳐주고 떠난 것입니다."

"임 장로님은 무엇 때문에 교회에 나갑니까? 환락과 경건 사이의 지뢰밭을 곡예를 하며 지나가기 위해서입니까?"

"말에 가시가 있네요. 사실 인간은 도덕적인 존재입니다. 그래서 경건의 말을 쏘아 죽여버릴 수가 없어서 번뇌를 이겨낼 만한 용기를 달라고 기도하기 위해서 교회에 나갑니다."

"무엇 때문에요?"

"경건한 말을 죽이지 않기 위해서."

"왜 살려두나요?"

"기적은 언제나 그쪽을 통해서 나타나거든요."

"해괴한 궤변이군요."

"궤변이 아닙니다. 저는 이제 신학의 초점이 종말론이나 기독론이나 교회론에 있지 않고 인간론에 있다고 생각해요. 인간을 통해서만 신의 세계는 현현되는 것이니까요. 동과 서는 정반대로 멀지만, 그것이 만나는 한 점, 이상점(理想点)이 있습니다." 그는 계속해서 말했다. "저는 가끔 교회가 온갖 우상들을 하나님의 이름으로 섬기는 악의 소굴 같다는 생각을 합니다."

"임 장로님은 그래서 악의 소굴에 자기 하나쯤 있어도 된다고 생각하시는군요."

"혜란, 할 말이 없습니다. 그러나 그래서 저는 평생 고뇌에서 벗어날 수가 없는 게 아니오? 그게 내가 혜란을 어떻게든 돕고 싶다는 생각을 하게 만듭니다. 또 누구를 위해서든 선한 일을 하고 싶다는 마음을 갖게도 하고."

"그래서 우리 교회, 박 장로 장립 때는 수표를 무명으로 보냈나요? 그건 장난이에요. 순진한 교인을 농락하는 장난이란 말이에요."

그녀는 버럭 소리를 질렀다.

"혜란, 끝없는 토론은 그만둡시다. 그것보다도 혜란은 지금 허약해졌어요. 이 다방을 제가 인수하겠습니다. 당분간만, 정말 당분간만, 쉬지 않겠습니까? 건강이 회복되면 다시 돌려드리지요."

그녀는 벌떡 일어섰다.

"제발 제 생활을 그만 간섭해주세요. 제가 하는 일은 선생님의 모습을 말살하는 일이에요. 그리고 새사람이 되어 하나님의 계명을 지키다 죽는 일이에요. 돈을 벌고 못 버는 게 무슨 상관입니까? 나가주세요. 제발 나가주세요."

그녀는 발작하듯이 소리를 지르더니 얼굴을 싸안고 주저앉아 버렸다.

5.

　임 장로는 저녁을 마치자 우울한 기분이 되어 밤거리로 나왔다. 술이라도 한잔 들이켜고 싶은 기분이었다. 그는 언제나 혜란을 만나고 나면 가슴이 답답해지고 맥주라도 마시고 싶은 갈증을 느끼는 것이었다. 장로가 음주한다는 것은 옳은 일이 아니었다. 그러나 그는 그런 편의상의 계율에 개의하지 않았다. 그러면서도 완전히 마음이 편한 것은 아니었다. 그러기 때문에 그런 자리에 어울릴 때마다 자기 나름대로 자신의 행위를 합리화하는 성구를 머릿속에 하나쯤 아예 담아두는 것이었다. 예를 들면 "입에 들어가는 것이 사람을 더럽게 하는 것이 아니다."라는 마태복음 15장 11절의 구절 같은 것이었다. 그는 사실 종교를 하나의 색안경이라고 생각하고 있었다. 기독교라는 색안경을 낀 사람과 불교라는 색안경을 낀 사람은 똑같은 세상을 다르게 보고 있다고 생각했다. 그는 기독교라는 색안경이 반드시 다른 색안경보다 우월하다는 생각도 하고 있지 않았다. 1926년 가을 캐나다의 선교사 서고도(William Scott) 씨가 유급 교역자 강습회를 갖고 "공자와 석가, 예수를 비교하라."라고 요구하자 수강하고 있던 한 한국인 목사는 "모기 새끼와 학, 두루미를 어떻게 감히 비교하며 범과 생쥐를 어떻게 감히 비교한단 말인가? 양은 신선한 샘물과 꼴만 먹고자 한다. 그대들이 주는 뜨물은 도야지(돼지)나 먹을 것이 아닌가?" 하고 일갈 후 주먹을 들어 강대상을 쳐 두 조각을 내고 이를 부드득 갈며 서 선교사를 향하니 모두 박수 갈채했다는 선교 비화를 읽었을 때 그 목사는 색안경도 유별나게 우월한 색안경을 꼈다고 그는 코웃음을 쳤었다.

임 장로는 자기 자신이 왜 기독교인이 되었는가? 하는 질문에 대해서도 자기 나름의 답을 준비하고 있었다. 사실 자신이 기독교인이 된 것은 기독병원에 근무하게 되었기 때문이었다. 그래서 교회도 나가보고, 권유에 못 이겨 찬양 대원도 되어보고 하던 것이 모르는 사이에 기독교인으로 굳어진 것이었다. 그러나 그는 이런 모호한 답변을 하고 싶지 않았다. 세일즈맨이 이 색안경 한번 써보라고 권고했기 때문에 쓴 색안경을 평생 벗지 못하는 병신 같은 존재가 되고 싶지 않았기 때문이었다. 그렇다고 안경원에 가서 어떤 색안경을 살까 하고 망설이다가 기독교라는 색안경을 고르게 되었다고 말하고 싶지도 않았다. 그렇게 되면 자신의 가치 기준이 모든 종교보다 우월한 척도가 되고 그런 상황에서 기독교를 신봉하는 신자가 되었다는 것도 우스웠다. 도대체 그는 어떻게 기독교인이 되었다는 말인가? 그는 이렇게 대답하고 싶은 것이었다. 고아가 어떤 사람을 아버지로 삼을까 하고 망설이다가 친아버지가 나타나는 순간 숙명적으로 그를 맞아들인 것처럼 이 색안경은 그에게 숙명적이었다고 말하고 싶었다. 다른 색안경으로는 갈아 끼울 수도 없고 또 벗어버릴 수도 없는 숙명적인 색안경이었다. 그러나 이것은 모호한 꿈을 꾸고 후에 합리적인 해몽을 하는 것과 비슷한 논법이었다. 어떻든 그는 기독교인의 시발점을 자기의 노력이나 판단이 아니고 신이 가져다준 은총에 두고 싶었다. 그리고 지금까지의 과정은 말끔히 잊어버리고 그 시발점으로부터 세상을 새로 보기 시작했다. 따라서 그에 의하면 이 안경을 쓰게 되면 음주·흡연을 해서는 안 되며, 무슨 책을 읽어서는 안 되며, 악한 세상을 바라봐서는 안 되며……, 하는 따위의 세일즈맨의 선전에 속아 쓴 색안경은 아니었다고 믿고 있었다. 따라서 그 안경을 쓰면 세상 사람이 상상도 못 하는 신기한 것을 보게 되며 하늘을 쳐다보고 누워있으면 기적이 일어난다는 선전도 믿지 않았다. 그것을 믿고 색안경을 사 쓴 사람은 사이비 기독교인이라고 단정했다.

　머리에는 이토록 질서정연한 논리가 들어있었지만, 이 논리를 세차게 뒤흔들어 놓는 강박관념은 자기 자신은 어쩔 수 없는 위선자라는 생각이었다. 재산과 생명을 초개같이 던지는 신자들 앞에선 이런 논리는 아침 이슬처럼 무력하고 오히려 타산(打算)적이기 때문이었다. 솔직히 그는 자신이 그런 맹신자가 되어 재산과 명예를 다 잃을까 봐 늘 겁먹고 견제해오는 처지였다. 신에게 종속적인 나를 언제나 주장하면서 그는 내가 없이 어떻게 신을 생각할 수 있었단 말인가 하고 자기중심적인 생각으로 돌아오곤 했다. 가끔 그는 신 없는 세계를 더 향락하였다. 사실 몇 가지 의식만 행하면 모든 사람 앞에서 신을 잘 섬기는 게 되는 교회 생활을 그는 즐기고 있었다. 그러나 그것은 참 신이 없는 교회 생활이었다. 그러다가 한순간 '이것이 아닌데' 하는 생각이 들면 곧 오뚝이처럼 자기의 위치를 되찾고 갈등 속에서 번민하는 것이었다. 그는 환락과 경건 사이에서 곡예를 했다.

　그는 술집 문을 열고 성큼 들어섰다. 하얀 제복에 보타이를 맨 녀석이 기세 좋게 어서 오라는 말을 하며 서양 사람의 흉내를 내고 허리를 굽실거렸다. 실내는 어두컴컴하고, 왁자지껄했다.

"어머, 임 박사님 웬일이세요?"

한 여인이 성큼 앞으로 나서며 팔을 끼고 아양을 떨었다.

"이 양 아니야. 이거 어떻게 됐어?"

임 장로는 눈이 휘둥그레져 바라보았다. 혜란의 아담다방에 있던 이 양이었다.

"저 얼마 전부터 여기서 일하게 됐어요."

그녀는 물씬한 유방을 비벼대며 그를 마구 밀고 가서 의자에 앉혔다.

"아이 재밌어. 며칠 후 며칠 후 요단강 건너가 만나리."

그녀는 마구 손뼉을 쳐댔다.

"아니 너 돌았니?"

웨이터가 물수건을 가져와서 정중히 서 있었다.

"여기 맥주 좀."

"그리고 푸짐한 안주두요."

그녀가 덧붙였다.

"너 술집에서 그런 노래 부르면 벌 받는다."

"누구헌테요? 예수님헌테 말이에요? 그럼 이렇게 딱 껴안고 입 맞춰 드리죠."

그러면서 그녀는 임 장로를 껴안고 입을 갖다 댔다.

"왜 이래."

그는 멀찍이 그녀를 밀어냈다.

"자, 술이나 들자."

"훙, 사람 팔자 시간문제예요. 혼자 잘난 체하지 마세요. 돈만 있으면 제일인가요? 공부만 많이 했음 제일인가요? 저 같은 사람은 천당에도 갈 수 없나요?"

"이 양, 그럴 리가 있나. 너무 장난기가 심하다는 것뿐이지."

그녀는 술잔을 거뜬히 비우고 안주를 뜯기 시작했다.

"며칠 굶었어?"

"그래요. 좀 먹여줄래요?"

"아무렴 너 하나 못 먹이겠니?"

"이것 가지고는 어림도 없어요. 오늘 밤 신나게 좀 먹여줘야 해요."

임 장로는 웃었다.

"아무리 허기지기로 되는대로 주워 먹으면 몸 버려."

"쓰레기 같은 몸인데 버리고 말고 할 게 있나요?"

그녀는 안주를 뜯으며 씽긋 웃었다.

"이양, 자포자기하지 말고 새롭게 살고 싶은 생각 없나?"

"시시해요."

그녀는 다시 술을 꿀꺽 들이마셨다.

빈 병이 점차 늘기 시작했다.

"이러다 취하겠는데."

"취하고 싶어 마시는 걸요 뭐."

그는 멍하게 주기가 오른 이 양을 건너보았다. 그가 맥줏집을 드나드는 것은 취하고 싶어서였다. 취하면 한 번쯤 색안경을 벗을 수 있으리라는 생각에서였다. 그러나 그는 분수를 지키고 한 번도 취하지를 않았다. 그것이 오히려 그를 견딜 수가 없게 했다. 친구들도 그래서 그를 소심하다고 말했고 한 번도 성인이 되어보지 못한 어린애라고 희롱했었다. 그는 취한 사람이 부러웠다. 종교가 되었든 돈벌이가 되었든 여자 문제가 되었든 광적으로 한 번쯤 취해 보고 싶다고 생각했다. 혜란과 결혼하지 못한 것도 그렇게 취할 수 없는 말짱한 정신의 타산 때문이었다고 생각되는 것이었다.

"선생님, 나 오늘 실컷 먹여준다고 했지요?"

그녀는 좀 취한 음성으로 그의 허리를 끼어 안고 가슴을 비벼댔다.

임 장로는 술잔을 단숨에 비웠다.

"이 양, 어린애 갖고 싶어?"

"그래요. 꽃씨 좀 심어줄래요?"

"몇이나?"

"열은 낳을래요."

"열은 너무 많고 넷만 낳는다고 생각해봐."

"왜요?"

"아니 그래서 말이야, 삼십 년 뒤 그놈들이 다시 넷씩을 낳고……"

"왜 그렇게 자꾸 낳기만 해요."

"그렇게 되면 삼십 년에 인구가 배씩 불어난단 말이야."

"인구가 무슨 상관이에요?"

"이 맹추야. 그렇게 인구가 기하급수적으로 늘어나면 땅은 한정되어서 얼마 안 가면 한 사람당 자기가 죽어 묻힐 땅도 못 갖게 돼."

"박사님, 지금 무슨 꿈을 꾸고 계세요? 우리가 죽은 뒤의 일인데. 그리고 미래가 사람 생각대로 되나요?"

임 장로는 갑자기 껄껄 웃어댔다.

"야, 나도 취했어, 취했다니까."

그러면서 다시 술을 따랐다.

"자, 건배하자. 아주 기분이 좋은데."

그는 술을 들이켜고 일어났다.

길거리에 나서니 좀 어지러운 것 같았다. 마지막 한잔이 취하게 한 모양이었다. 그는 이양에게 가볍게 손을 흔들었다. 그러나 그녀는 사라지지 않고 걸어 나왔다.

"임 박사님, 저 오늘 드라이브시켜주세요."

그러면서 그녀는 택시를 잡고 뛰어들었다.


6.


정혜란은 밤늦게까지 텅 빈 다방을 지키며 생각에 잠겨있었다. 2년 계약 사글세로 들어왔는데 그동안 전혀 장사가 되지 않아 월세도 내지 못하고 보증금에서 매월 까나가고 있는 형편이었다. 이제 좀 있으면 쫓겨날 처지였다. 결혼해서 10년, 다방을 연지 3년째였다. 인생 초반에 너무 빨리 어둠이 덮쳐오는 것 같았다. 모두 초년 때 임 교수와의 불장난이 불행의 시작이었다. 그 상처가 오래도록 가슴을 짓누르고 있었다. 그래서 남편과의 결혼 생활은 행복하지 않았다. 임 박사가 유학 후 같은 병원으로 돌아오지만 않았더라도 그런대로 직장 생활을 계속했을 것이다. 왜 임 장로의 호의를 받아들이고 용서하지 않았던가? 왜 그것은 자기의 잘못이었다고 인정하려 하지 않았던 것일까? 다방에서 자기의 보람을 찾으려 했던 것은 하나님의 인도가 아니라 자기 자신의 탐욕이 아니었을까? 정말 자기는 예수를 믿는다고 하면서 자기 욕심과 자기의 죄는 내려놓지 못하고 내 말 잘 들어주는 하나님만을 섬기고 있었던 것은 아니었을까?

그녀는 일찍 다방을 정리하고 밖으로 나왔다. 교회에서 철야기도라도 해볼 생각이었다. 남편은 자기가 새벽기도를 나가기 시작하자 머리끝까지 화를 냈었다.

"혜란의 하나님은 죽어버렸어. 무엇 때문에 뻔질나게 쫓아다니느냐 말이야."

"뭐라구요?"

"죽었어. 죽었다니까. 대부분 목사가 모시는 하나님도 다 생명이 없는 우상이야. 살아계신 하나님을 모셔야 해." 그녀는 그가 정신이 돈게 아닌가 하고 멍하게 쳐다보았었다. "믿음이 뭔지를 알고 믿어야 참 신을 섬기지, 마룻장만 때리면 기적이 나타나냐? 하나님은 자기 소원대로 뭔가 해주는 존재가 아니야. 그런 하나님은 자기가 만든 하나님이라니까."

그녀는 그제야 피가 거꾸로 도는 것을 의식했다. 그녀가 생명까지라도 바쳐 헌신하고자 하는 삶의 소망인 하나님이 죽었다고 공언하는 것은 있을 수 없는 일이었다.

"그래, 알량한 당신의 믿음은 어떤 것인지 말해봐요."

"믿음이란 지식이 아니에요. 목사님이나 누가 가르쳐 주어서 생기는 것이 아니란 말이오. 자신이 예수를 만나서 그의 음성을 듣게 되어야 믿음이지요."

"누가 가르쳐 주지 않는데 어떻게 믿게 된단 말이오? 성경에도 '듣지도 못한 이를 어찌 믿으리요'라고 했잖아요?"

"물론 들어야겠지. 그러나 믿는 것은, 나 자신이 하는 겁니다. 아버지를 통해서, 친구를 통해서, 목사를 통해서 믿는 것은 예수가 아니에요. 전하는 사람은 그를 하나님께 인도하는 초등교사에 불과하다는 말이요. 하나님께 인도되면 이제는 내가 문 밖에서 문을 두드리는 하나님의 음성을 듣고 문을 열고 이에 응답해야 한다고요. 그래야 하나님이 내 아버지가 된다니까."

"하나님이 안 보이면 어떻게 해야 하는데요."

"고난과 역경 속에서 울부짖으면 성경의 말씀에서 갑자기 내 눈에 하나님이 보이는 순간이 올지 누가 알겠어요?"

"나는 성경에서는 하나님을 못 보지만 목사님이 가르쳐주는 하나님을 믿어요. 목사님이 거짓말하겠어요?"

"누가 가르쳐 주어서 하나님이 존재하는 것이 아니라는 말이요. 내가 직접 만나서 아버지라고 부르고 하나님이 나를 자기 아들이라고 부르는 사이가 돼야 참 하나님이 된다는 말이에요. 너무 답답해."

"뭐라구요? 그래 교회도 안 나가는 당신의 하나님은 화실 속에서 잘 살아 계시나요?"

"이거 봐. 교회, 교회, 하지만 새벽기도 잘 나가고, 주일 잘 지키고, 십일조 잘하고, 주의 종이라고 목사 말 잘 순종하고 그러고 나서 자기는 구원받았다고 구원의 방주에 앉아 물에 빠진 영혼을 구한다고 거들먹거리다가 천국에 가면 어떻게 되는 줄 알아? 하나님은 '내가 너를 도무지 모르겠다.'라고 말씀하실 거야."

남편의 반항은 언제나 자기를 태초의 혼돈 속으로 몰아넣었다.

교회는 금요 철야기도회를 하고 있었다. 순서가 다 끝나고 몇 사람이 남아 계속 기도하고 있었다. 혜란은 교회의 이곳저곳을 다시 한번 둘러보았다. 이 날따라 교회가 낯설어 보였다. 남편의 독설 때문이었는지 하나님 품에 푹 안긴 것 같은 포근함을 느끼지 못했다. 세상의 모든 것은 목적이 있어 만들어졌다는데 나는 어디에 쓰시려고 만드신 것일까? 나에게 주신 사명은 무엇일까? 하나님은 나에게 어떻게 살라고 하는 것일까? 임 장로도 싫고 남편도 싫고 다방도 싫다. 그렇다고 내게는 실낱같은 소망을 두고 살아가야 할 어린애도 없다. 나에게 세상을 사는 무슨 낙이 있는가? 교회는 무엇 하는 곳인가? 주를 부르며 마귀와 치열하게 싸우는 곳? 교회는 천국 가기까지 너무 지치고 힘든 곳이다.

혜란은 습관을 따라 기도하는 자세로 마루에 무릎을 꿇었다. 아무 말도 나오지 않았다.

"하나님, 너무 힘듭니다. 여기가 구원의 방주라고요? 나 같은 죄인이 누구를 구원합니까? 여기가 주의 피를 마시고 주의 살을 먹으며 천국 잔치하는 곳이라고요? 제가 어떻게 감히 그 잔치에 참여할 수 있습니까? 제가 다방으로 죽기까지 전도하며 주의 지상명령을 수행한다고요? 사영리도 제대로 전하지 못한 제가 무슨 능력이 있습니까? 성령도 받지 못하고 내 욕심으로 허황한 꿈을 꾸었습니다. 제발 빨리 데려가 주세요. 나는 어떻게 변하고 또 죄 속에서 헤맬지 모르는 나약한 존재입니다. 나는 무력하오니 주께서 오셔서 지상에서 마귀를 소탕하고 천국을 이루어 우리로 낙원에서 살게 해주시옵소서…."

이렇게 꿈속같이 횡설수설하고 있는데 일어나 보니 어느새 새벽 세시가 넘은 때였다. 그녀는 밖으로 나와 터벅터벅 집을 향해 걸었다. 남편은 지금쯤 병원에 있을 것이었다.

초인종을 누르자 식모가 나왔다.

"저 아저씨가 돌아오셨어요."

"언제."

"점심때쯤이요."

"그럼 왜 알리지 않았니?"

"알리지 말랬어요."

그녀는 가슴이 뛰기 시작했다.

"지금 주무시니?"

"아니에요. 계속 화실에 계셨어요."


화실은 대낮처럼 밝았다. 그녀는 급하게 문을 열었다. 이젤에 세워진 캔버스는 그대로 백지였다. 그가 살아 있다고 주장하던 신의 모습은 그려져 있지 않았다. 그는 큰 스케치북 곁에 기도하는 자세로 고꾸라져 잠들어 있었다. 결국, 그는 살아 있는 신의 모습을 형상화할 수 없었던 것이다. 그런데 스케치북 앞면에는 브러쉬 드로잉으로 예수님 모습이 그려져 있었다. 빈약한 나귀 새끼 옆에서 내려 예수님은 울고 계셨다. 예수님이 쳐다보고 있는 곳은 성전이 아니고 그녀의 교회였다. 예수님 주변에는 남녀 많은 군중이 종려나무 가지를 들고 환호하는 모습도 흐리게 그려져 있었는데 그것은 그녀 교회의 교인들 같았다. 키가 작은 박 장로, 열성적인 여 전도사, 목사님 같은 분도 보였다. 또 자세히 보니 정혜란 자신 같은 여인도 종려나무를 들고 환호하는 것 같이 보였다. 그뿐 아니라 임 장로도 그곳에 있는 것 같았다.

혜란은 우뚝하니 서서 그 그림을 보고 있었다. 환호하고 있는 여인은 자기가 아닌지도 모른다. 그러나 '호산나 다윗의 자손이시여, 주의 왕국을 회복하시어 고난과 박해에서 우리를 구원하소서.' 하고 열렬히 외치는 것처럼 보이는 그 여인은 분명 자기라는 생각이 강하게 들었다. 그러자 왠지 모르게 와락 눈물이 쏟아졌다. 어디에 그렇게 눈물이 쌓여 있었는지 한없이 눈물이 쏟아졌다. 얼룩진 눈으로 예수님을 바라보자 교회를 보고 울고 계셨던 예수님이 말했다. "이제, 나는 십자가에서 죽을 것이다. 너를 죄 가운데서 풀어주기 위해서다. 너를 내게 맡겨라. 내가 너를 쉬게 하겠다."라고 말씀하시는 것 같았다. 고단한 그녀에게 들려준 이 말씀은 그녀를 더욱 울게 하였다. 그녀는 쓰러져 잠들어 있는 남편을 껴안았다.

# 無聊(무료)한 승부

"어이 중대가리. 오늘 어때 핑퐁 외교 한번 안 할래?"

열한 시에 교회에서 대학생 예배를 마치고 나오던 병주가 늘 어울리던 네 사람만 만나자 며칠 전 삭발한 윤구를 보고 말했다.

"난 그만두겠어. 주일을 조용히 성스럽게 보내겠어."

"그건 또 무슨 소리야. 핑퐁 외교가 성스럽지 못할 건 또 뭐야. 지난번에는 우리가 져주었지 않아. 그런데 갑자기 도전을 회피하는 이유는 뭐야. 사람이 너무 변했는데."

"정말이야. 오늘은 그냥 좀 보내줘."

윤구는 계속 사양했다.

"이거 봐. 삭발로 자신의 정체성을 드러낸 역사적인 시간을 그냥 넘길 순 없잖아. 자, 오늘 깨끗이 지는 편이 점심을 사는 거야. 여기 최여사도 기대를 걸고 있으니까."

병주는 함께 있는 파트너 최미자를 돌아보며 말했다.

"그래요. 아이 정말 멋있어. 율 브리너처럼 남성적인 매력이 넘쳐요. 오늘은 져 드려도 난 기분이 좋은 것 같은데요."

"정말 왜 이렇게 내 머리를 가지고 이러지?"

윤구는 햇빛에 반짝이는 머리를 손으로 쓰다듬으며 말했다.

그가 처음 삭발을 하고 대학 교문에 들어서자 여기저기서 적지 않게 수군거렸다. 며칠 전부터 어린 1학년 학생들의 삭발이 몇 사람 있었지만 군에서 제대하고 3학년에 복학한 그는 그들과 어울릴 리 없을 뿐 아니라 쉽게 그들과 부화뇌동할 성격도 아니었다. 따라서 그를 본 여학생들은 피식피식 웃었고 공교롭게도 자기와 함께 복학한 막역한 친구 병주도 처음에는 "감기 들려고 이게 무슨 짓이야" 하고 맥 빠진 소리를 냈었다.

　"장발이라고 집에서 어찌나 성환지 그냥 깎아버렸어."

　윤구는 분위기가 너무 의외여서 쑥스러워 귀밑을 어루만지며 말했다.

　"그렇다고 이렇게 낙지 대가리처럼 밀어버리라고야 누가 생각했겠어?"

　"깎을 바에야 이게 시원하고 좋지."

　"하지만 너하곤 안 어울리는데."

　삭발했다는 게 문제는 문제였다. 소문이 났는지 그는 학생처장에게 불려갔다. 왜 군대에 갔다 온 주제에 삭발했냐는 것이었다.

　"왜 머리 깎을 자유도 없나요?"

　"누가 그걸 묻나? 동기가 뭐냐는 것이지."

　"처장님, 삭발하면 반드시 동기가 있어야 하고 그 동기를 학교 당국에 보고해야 하나요?"

　처장은 호탕하게 웃었다.

　"정군. 나는 말이야 요즘 교정에 중대가리들이 여기저기 활보하고 다니는 것을 보면 몸이 오싹해진단 말이야. 그런데 군대까지 갔다 온 자네가 삭발하고 나타나니 혹 또 이 처장을 잡아먹으려고 그러는 게 아닌가 하고 겁이 나서 그러는 거지."

"걱정하지 마십시오. 중은 살생을 미워한답니다."

"그런데 자네 갑자기 중이라도 될 생각을 했나?"

"아닙니다. 전, 장발보다는 이게 어울린다는 생각을 하게 된 겁니다."

"때를 보고 그런 생각도 해야 하는 게 아닌가?"

"글쎄 어디 생각이 때를 따지고 형편을 따져서 나는 겁니까?"

"자넨 성적도 우수했고 품행이 얌전했기 때문에 모든 사람이 자네의 행동 하나하나를 더 주시할 거야. 그러니 조심해서 행동해야지."

"걱정하지 마십시오. 저는 민청학련(전국민주청년학생총연맹)과는 아무 상관도 없습니다. 또 이 삭발이 내게 어울리지 않는다고 생각되면 적당한 선에서 머리를 기를 것이니까요."

윤구가 처장실을 나오려 하는데 처장은 다시 그를 불러 세우고 엄숙한 표정으로 한마디 했다.

"정군. 삭발은, 때를 보고 하는 거지 함부로 어느 때나 하는 것이 아니야. 알겠지?"

삭발한 뒤 처음 졸업반에 있는 영희를 만난 것은 바로 그 뒤였다. 복도에서였다. 그녀는 그를 처음 보자 아! 소리를 지르며 두 손으로 얼굴을 싸 안았다.

"왜 안 되겠어?"

"몰라요. 난 몰라요."

그녀는 얼굴을 가린 채 마구 그를 피해 2층을 올라가 버렸다. 큰 충격이었던 모양이었다. 그녀는 그가 입대하기 전에 애송이 기자로 대학신문사에 들어와서 함께 일한 일이 있는 여학생이었다. 입대 후 계속 신문을 보내었고 그 뒤로는 3년간 편지 왕래가 계속되었던 여학생이었다.

처음 삭발을 했을 때의 친구 병주는 이런 말을 했다.

"난 말이야, 어젯밤 네가 왜 삭발을 했을까를 곰곰이 생각했는데 이건 삭발을 한 1학년 학생들에게 힘을 실어주기 위한 것이 아니라는 결론을 내렸어."

"그건 새삼스런 것이 아니잖아."

"문제는 말이야 네가 스스로 결단한 삭발의 동기가 뭐냐는 건데 그걸 알아냈다는 거야."

"웃기는 짓 하는군."

"넌 장발로는 내 미모를 당해 낼 수 없다는 생각을 굳힌 거야. 그래 삭발로 나를 대적하겠다는 생각을 한 거지."

그땐 모두 장발이었는데 병주는 특히 장발을 좋아했다. 그는 약간 곱슬머리인데 귀 뒤로 내려간 머리가 살짝 커브를 그리며 목덜미를 덮고 있었다. 그도 그것을 멋있다고 의식하고 있었는지 거기에 약간 물기름을 발라 까만 윤을 내고 다녔었다. 그러면서 윤구만을 좋아하는 것 같은 영희에게 "영희 씨 어때요. 내 머리 멋있죠?" 하고 뽐내기도 했다.

"야, 시시하게 제멋대로 해석을 하지 마. 나는 그저 깎고 싶어 깎았을 뿐이니까."

　윤구는 주일 오후 대학생회 예배를 끝내고 탁구를 하고 싶지 않았다. 이날은 조용히 식사나 하며 영희와 이야기를 나누고 싶다고 생각하고 있었다. 또 그렇게 영희와는 약속이 되어 있었다.

"우린 그냥 가요."

　영희가 윤구의 팔을 끼며 자리에서 비켜서려 하자 미자가 대들었다.

"어머 언니 너무해요. 우리가 보는 데서 팔짱을 끼고 그렇게 갈 수 있어요?"

　영희는 당황해서 손을 내리고 얼굴을 붉혔다.

　미자가 교태를 부리며 말했다.

"윤구 씨, 저도 좀 데리고 가 주세요. 그렇게 둘만 가기에요?"

　그러자 병주가 한마디 했다.

"나하구 가면 되지."

"싫어요."

　윤구는 야릇한 분위기를 의식하며 말했다.

"좋아. 탁구 시합을 하자. 오늘은 지더라도 두말없이 내야 해."

　그들은 가까운 탁구장으로 들어갔다. 윤구는 영희의 어깨를 두들기며 귀에 대고 작은 소리로 말했다. "미안해요. 약속을 못 지켜서. 그러나 힘내요."

　영희도 작은 소리로 속삭였다. "하지만 기분 안 나요."

"오늘은 파트너를 바꿔서 시합하면 안 돼요?"

　미숙이 말했다.

"그럼 복수전이 아니잖아."

윤구의 말을 받아 또 미자의 독설이 시작되었다.

"나는 시합할 때의 윤구 씨가 제일 귀엽더라. 보통 때는 표정이 약간 바보스러운데 시합 때만 되면 도둑고양이처럼 눈을 반짝이고 상대방을 잡아먹을 기세거든."

윤구도 한마디 했다.

"나는 몰상식한 상대와 싸울 때는 더블 스코어로 이기려고 긴장하는 버릇이 있거든. 아마 그래서 그렇게 느낄 거야."

그러나 이번에는 윤구네가 졌다. 미자는 영희가 톱스핀이나 쇼트커트에 약한 것을 잘 알고 있었다. 그녀는 계속 그걸로 약을 올리고 영희는 라켓을 던져버렸다.

그들은 식사를 마치고 다방에 가서 앉았다. 윤구는 그리 기분이 나쁘지 않았지만, 영희는 씨무룩한 채 별로 말을 하지 않았다.

"언니, 시합은 이기기도 하고 지기도 하는 건데, 왜 그래요. 핑퐁 외교가 아니라 절교가 되어서는 안 되죠."

"난 이젠 탁구는 안 할 거야."

영희는 차를 마시고 대화하다가 화장실로 가겠다고 나갔다. 미자가 병주의 귀에 대고 뭐라고 소근거린 뒤 자기도 따라나섰다. 윤구는 미자의 활달함에 놀라 말했다.

"정말 미자는 보통내기가 아니야."

"오늘도 네가 영희 씨만 데리고 갈려는 눈치가 보이자 그렇게 심통을 부린 거야." 그러면서 병주는 갑자기 말했다. "너 미자 좋아하니?"

"무슨 소리야. 너도 다음번에 파트너를 바꿔서 시합하고 싶어?"

"아니야. 나는 미자가 너를 좋아하는 것 같아서 하는 말이야."

"싫고 좋고 문제가 아니야. 걔는 솔직하고 직설적이어서 누구나 좋아할 타입이야. 그러나 나는 관심 없다."

"걔는 질투도 심하다. 그러니 일단 여기서 나갈 때는 뿔뿔이 헤어져 가는 것으로 하자. 영희 씨와는 세 시쯤 딴 장소에서 만나라. 그래 서대전 삼거리에 왕성이라는 다방이 있어. 새로 개업했는데 가보니 깨끗하더라고."

병주는 그런 제안까지 했다. 이때 미자가 오면서 말했다.

"무슨 구수 회담을 그렇게 하시죠?"

"음. 신학교에 다니는 무슨 여자가 그렇게 왈가닥으로 생겼느냐고 흉보는 중이야."

그녀는 코웃음을 친 채 아무 대꾸도 하지 않았다.

\*

윤구는 영희에게 3시에 왕성 다방에서 만나자고 약속하고 집으로 돌아왔다. 정 산부인과 원장이 그의 아버지였고 병원 2층이 그의 거실이었다. 막 문을 열고 들어서는데 카운터에 있는 순이가 소리쳤다.

"윤구 오빠, 윤구 오빠, 거기 좀 서 봐요."

나이 어린 간호사들은 그를 다 오빠라고 불렀다. 그는 무슨 영문인지 모르고 우뚝 섰다.

"오빠 나 꼭 한 가지만 부탁드릴 게 있는데 들어 줘요."

그녀는 보조개를 파고 장난스럽게 웃고 서 있었다.

"뭐야?"

"나 오빠 머리 한번 만져보고 싶어. 꼭 한 번만."

"뭐야?"

"아니야. 나 만져보고 싶어. 만져보고 싶어."

그녀는 발광하듯이 말했다.

마침 2층에서 내려오던 어머니가 이 꼴을 보고 호되게 꾸중하자 그녀는 얼굴을 붉히고 고개를 숙였다.

2층에서는 어머니의 설교가 시작되었다. 채신머리없이 삭발하니 어린 간호사들이 놀려대지 않느냐는 말부터 시작하여 국내외 정세, 그리고 인류의 사활문제까지 설교는 계속되었다. 중동문제로 유류파동이 밀어닥쳐 현재 난방도 제대로 못 하는 형편이며, 또 모든 물가가 덩달아 올라 생활고가 피부로 느껴진다는 이야기며, 국가에서는 이런 난관을 헤쳐나가기 위해 갖은 애를 쓰며 노력하고 있는데 국민이 총력을 기울여 협조해야 할 시국에 삭발은 웬 말이냐? 비록 중동의 석유 문제가 해결된다고 할지라도 동력자원의 새로운 개발이 없으면 인류가 모두 멸망하지 않겠는가? 하나님께서 그래도 인간을 사랑하시어 중동문제를 통해 잠을 깨워주시는 것은 감사한 일이다. 이래도 잠을 깨지 못하면 구원받을 수 없는 말세를 당하게 될 것이다. 도대체 대학생들은 올바른 정신이 있는지 없는지? 신랑은 도둑같이 올 텐데 기름이 떨어진 다섯 처녀처럼 되고 싶은가? 그러고 나서 끝으로 지각없는 아들을 둔 것이 후회된다는 이야기였다.

어머니는 어떻게 해서 이렇게 유식한 용어들을 기억하게 되었는가? 아마 빠지지 않고 교회에서 다닌 부흥회의 설교를 통해서 또 여성 봉사단체의 임원으로 활약하고 있는 동안 그리되었을 것이다.

"어머니 몇 번이나 이야기해야 합니까? 제 삭발은요, 그런 거창한 것과는 아무 상관이 없어요. 정말 왜들 이러십니까?"

그는 영희와 약속한 3시까지 기다리지 못하고 30분 전에 집을 뛰쳐 나왔다. 서대전 삼거리를 서성거리고 있자 새로 세운 빌딩 2층에 '왕성'이라는 간판을 단 다방이 눈에 띄었다. 그는 문을 열고 들어섰다. 레지와 손님들이 일제히 이상한 눈초리로 쳐다보는 것 같아 그는 눈을 내리깔고 구석진 자리에 가 앉았다. 의자가 편하고 좋았다. 원색 전등이 많아, 세련되지 못하다는 느낌을 줄 뿐, 새 다방답게 깨끗한 곳이었다. 카운터 옆 보라색 유리판 안에서 리시버를 끼고 분주히 LP 판을 고르고 있는 디스크자키를 멍하게 보고 있는데 누군가가 앞 의자에 덥석 앉았다.

"어머나 윤구 씨, 웬일이세요? 그러잖아도 만나고 싶었는데. 지금 막 전화를 걸어볼까 하고 망설이던 중이에요. 그런데 윤구 씨가."

그건 미자였다.

"아니 여긴 웬일이요?"

"그건 제가 묻고 싶은 말입니다."

그는 이상한 기분이 되었다. 뭔가 올가미에 걸려든 기분이었다.

"언니가 개업한 다방이에요. 개업 날 병주 씨와도 한번 왔었지요. 그런데 윤구 씨가 웬일이세요?"

"심심해서 걷다가 새로운 이름의 다방이 보여서 그냥 들어왔을 뿐입니다."

그는 영희와의 약속을 말하지 않고 건성으로 대답했다.

"마침 잘 되었네요. 그러잖아도 윤구 씨에게 이 다방을 소개하고 싶었던 중이었거든요."

그녀는 참새처럼 잘 종알댔다. 그리고는 "언니" 하고 손짓해서 마담을 앞에 앉히고 인사를 시켰다.

"말씀 많이 들었어요. 멋있는 분이라고. 저희 다방 좀 아껴 주세요. 미자는 어려서부터 동생처럼 귀여워해 왔답니다."

"음악이 좋습니다. 디스크자키의 목소리도 좋고."

그는 한마디 거들었다.

"네 다 미자의 아이디어였지요. LP 판도 귀한 것을 많이 구해 주었고. 또 일류 디스크자키도 소개해 주었다우."

미자는 곧 말을 가로챘다.

"언니 내가 말했잖아요. 어젯밤 꿈에 윤구 씨를 만났는데 아무리 불러도 본 체도 하지 않고 가버리더라고. 그런데 이렇게 만났으니 얼마나 좋아요. 꿈은 반대라더니 정말 그런가 봐."

그녀는 두 손을 박수하듯이 소리 없이 두들기며 지껄여댔다.

"이 집에서 제일 좋은 차로 대접해 주어요, 언니."

"그럼 누구신데. 그렇게 하지."

마담은 "김양." 하고 소리를 쳤다.

벽시계는 3시 5분 전을 가리키고 있었다.

"아닙니다. 저 그냥 가봐야겠습니다. 시간 약속이 있어서요."

"그렇지만 차도 안 들고 가요?"

레지가 옆에 서서 기다리고 있었다.

"그럼 커피요."

그는 당황해서 말했다. 난처하게 되었다고 생각했다. 영희가 나타나면 큰일이다. 어떻게 빠져나갈 것인가? 그가 차를 들고 황급히 일어나는데 미자도 따라 일어섰다. 디스크자키가 그들을 보고 있었다. 걸어 나오는데 씽긋 웃으며 눈인사를 하는 것 같았다. 아는 사람이던가? 그러나 윤구에게는 전혀 기억이 안 나는 사람이었다. 아마 미자에게 인사하는 것을 잘못 본 거로 생각했다.

"오늘은 제가 윤구 씨를 기쁘게 해 드릴게요. 이렇게 우울한 계절에는 기분전환이 필요해요."

밖을 나오자 미자가 말했다.

"난 우울하지 않습니다."

제기랄. 머리를 깎았기 때문에 우울하다고 생각하는 것일까?

"뭐래도 전 알아요. 저도 같은 대학생이니까요."

"정말입니다. 전 우울하지 않아요."

그래도 아랑곳없이 미자는 택시를 잡아 세웠다.

"자 타세요."

"정말 왜 이러죠? 난 가 봐야 한다니까요."

운전기사가 고개를 쑥 내밀고 그들을 쳐다보며 수상한 눈초리를 보였다. 미자는 발을 동동 굴렀다.

"정말 숙녀를 이렇게 세워두고 창피를 주기에요? 그렇게 창피를 주기에요?"

미자의 눈에서 글썽한 눈물을 보자 떠미는 미자를 막아내지 못하고 차에 올랐다.

"어디로 가자는 거요?"

"동학사요."

그녀는 화난 듯이 말하고 문을 쾅 닫았다. 차는 구르기 시작했다.

"미자 씨, 이건 이야기를 안 할 수가 없습니다. 솔직히 난 미자 씨가 싫습니다."

"저도 윤구 씨가 싫어요. 하지만 우리의 세대는 이렇게 싫은 사람끼리 사귀며 사는 법을 배워야 해요. 미국과 소련(러시아)이 그렇고, 한국과 북한이 그렇고, 월남과 월맹이 그렇고…."

윤구는 기분이 이상해졌다. 어쩐지 미자가 짜놓은 각본에 자기가 말려들고 있는 기분이었다.

"미자 씨. 좀 솔직해집시다. 미자 씨의 목적이 무엇이오?"

"기분전환 시켜드리려고 그런다고 말했잖아요."

"왜요?"

"왜는요. 윤구 씨를 보자 그런 생각이 들었을 뿐이에요. 순수하게."

"난 기분전환이 필요 없소. 우울하지도 않으니까."

"그건 억지에요. 우리는 우울하고 불행한 시대에 살고 있어요. 우리는 뭐예요. 기성세대는 무력해 빠져서 우리가 사회정의를 외치고 나서면 소리도 못 내고 속으로 손뼉을 치고 있어요. 또 어떤 정당은 우리의 행동을 협상의 유력한 무기로 심으려고 엉뚱한 짓을 하고 있구요. 도대체 제대로 살아보지도 못한 우린 뭐냔 말이오. 꼭두각시처럼 일선에 서서."

윤구는 차츰 가슴이 떨려오기 시작했다. 도대체 이자의 정체가 무엇인가? 작은 신학교의 전도사 지망생. 그리고 교회 대학생회에 나와 예배를 드리는 학생. 그리고 그녀에 대해 알고 있는 것이 무엇인가?

"그래 우울하지도 않은 나를 붙들고 당신은 우울하다. 당신은 불행하다고 최면을 걸고 있는 거요?"

"뭐라 해도 좋아요. 윤구 씨가 치기어린 일학년 학생이라면 이런 말도 하지 않아요. 군중심리에 어울려 함께 삭발하고 반정부 데모를 하고 또 그것이 대외적으로 인정되기를 원하고 이러는 일 학년 학생이라면 말이에요. 그러나 혼자 결단하고 홀로 그 아픔을 참는 윤구 씨이기 때문에 존경하는 거예요."

"이건 정말 삭발 수난인데. 솔직히 나는 내 개성에 맞는 조발을 찾기 위한 것뿐요. 그런 거창한 것과는 아무 상관이 없어요."

"삭발 이야기는 그만두죠. 개미 쳇바퀴 도는 식이니까요. 그 대신 저 재미있는 이야기를 하나 할게요." 그러면서 그녀는 이야기를 시작했다.

"우리 대학 이야긴데요. 하루는 학교에 나갔더니 신과 학생 대부분이 갑자기 삭발하고 나왔어요. 그리고는 찬송가를 가지고 교정으로 나오라고 하지 않겠어요? 그래 나갔더니 모두 찬송을 부르며 예배실로 들어가는 거였어요. 거기서 예배를 드리고 결의문 낭독을 했어요. 그리고는 계속 학내에서 구국 기도회를 할 것인지 거리를 나가 데모를 할 것인지를 토의했어요. 그런데 대부분이 거리로 나가재요. 그땐 벌써 경찰이 교문 밖을 지키고 있을 때였어요. 학생들은 밖으로 나왔지요. 그런데 정문은 사람 하나 지나갈 정도의 길을 남기고 양편으로 경찰이 즐비하게 서 있었어요. 학생들은 다시 후문으로 달렸지요. 그런데 그때 교수님들의 표정이 재미있었어요. 사색이 되어 허겁지겁 이리 뛰고 저리 뛰는데, 정말 우습기도 하고 불쌍하기도 하고…"

"어. 재미없어 난 반정부적인 언동은 질색이오. 군대에서, 학교에서, 집에서 그렇게 배웠으니까."

"윤구 씨는 모르시는군요. 싫어하기 때문에 이렇게 나란히 앉아 있는 것처럼 사랑하기 때문에 비판해야 한다는 역설을."

"잠깐. 미자 씨 부친은 뭘 하시지요?"

"네? 제가 무슨 '개 조심' 팻말이라도 붙이고 있나요?"

"아니요. 미자 씨는 연막을 잘 치기 때문에 부친께서 혹 화생방 장교 출신이 아니신지 궁금해서요."

윤구는 오랜만에 씩 웃었다. 영희에 대한 미안함을 잊은 것이다. 그리고 대화의 주도권을 잡아야겠다고 생각했다.

"연막이요?"

"그렇지요. 난 지금 방향감각을 잃어가고 있어요. 그래 우리 대화를 다방부터 다시 시작해야겠습니다."

"뭘 시작한다는 말입니까?"

"날 정말 거기서 우연히 만난 것입니까?"

그는 그녀의 표정을 유심히 살피며 물었다.

"그래요. 우연이에요. 왜 그 우연이 싫어요?"

그녀는 뾰로통해 앞을 보며 말했다.

"저도 지금은 이것이 우리 두 사람의 우연의 인연이길 바래요. 하지만 미자 씨는 3시쯤 누군가와 만날 약속이 있었을 거라는 생각이 들었거든요."

"천만에요. 아마 윤구 씨가 그곳에 약속이 있어 온 게 아닙니까?"

그녀는 마주 보며 말했다.

"그걸 어떻게 아세요?"

"그런 억측을 하는 걸 보니 그렇게 생각이 되네요."

"사실 저는 심심해 그곳에 들린 게 아니라 3시에."

그가 말을 멈추자 긴장한 미자의 표정이 눈에 들어왔다. 그러나 태연히 말을 계속했다. "사실 병주와 만날 약속이 있었어요."

"뭐라구요?"

"왜 그렇게 놀래죠?"

"거짓말 같으니까 그러죠. 탁구 치고 헤어진 지 얼마 안 되는데 다시 만날 이유가 있었어요?"

"사실은 영희와 만나기로 했습니다."

"흥"

그녀는 코웃음을 쳤다.

"이것도 거짓말 같습니까?"

"그건 정말 같군요. 그런데 이걸 어쩌나 그럼 내가 가로챘으니. 언닌 지금쯤 엄청 화났겠어요." 그러면서 화제를 바꾸었다. "참 윤구 씨 부친은 무얼 하시죠?"

"산부인과 의삽니다."

"경찰 출신이 아니구요?"

그들은 함께 웃었다.

*

동학사에서 돌아온 것은 여덟 시쯤이었다. 집에 들어서자마자 부친이 그를 불렀다.

"너 어디 갔다가 이제 오는 거냐?"

"친구들과 어울리다 보니 좀 늦었습니다."

"친구? 어떤 친구야?"

"그런데 왜 요즘 갑자기 제 행동에 대해 관심이 커지셨습니까?"

"네가 수상한 짓을 하고 다니니까 그렇지."

"머리만 깎으면 수상합니까?"

"어서 바른대로 대봐."

"친구들과 어울렸다잖아요."

"너 동학사에 갔었지?"

"네? 그걸 어떻게?"

"누구와 갔어?"

"같은 교회에 다니는 최미자란 학생과 갔습니다."

"뭐하러 갔어?"

"그냥 우울해서요."

"뭐가 우울해?"

"그 애가 우울했어요."

"가서 지금까지 뭘 했어?"

"산을 헤맸어요. 그런데 아버지 이건 알아야겠어요. 누구예요? 고해바친 자가?"

"그건 알아 뭘 해?"

"감시를 받고 산다는 건 견딜 수 없는 일입니다. 남잡니까, 여잡니까?"

아무 말 없이 그를 내려다보고 있던 아버지가 말했다.

"남자다."

"학생입니까? 일반인입니까?"

"그건 나도 모르지. 그러나 넌 행동을 조심해야 해."

"아버지. 한 가지만 더. 그건 몇 시입니까?"

"다섯 시쯤이다."

아버지는 더 말하지 않고 자리를 떴다.

5시. 남자. 병주인가? 그가 따라올 리가 없지 않은가? 그럼 동학사 유인은 병주와 미자가 함께 짠 각본이란 말인가?

동학사 입구에서도 이렇다 할 만한 사람을 만난 기억이 없다. 가을 한 철 새빨갛게 혹은 샛노랗게 자신을 불태우던 활엽수들은 앙상한 가지 끝에 한 잎 두 잎 시든 이파리를 달고 쌀쌀한 바람에 한들거리고 있었다. 한두 쌍의 어린 학생 차림의 등산객을 만났을 뿐 만난 사람은 없었다. 기억에 남는다면 파견근무 하는 순경이 손을 잡고 걷는 그들을 이상한 눈초리로 한번 쳐다보는 것 같았으나 그뿐이었다. 또 한 사람 키가 작은 동학사의 주지 스님을 만나 인사한 일이 있었다. 미자네 집엔 가끔 들리는 스님이라나?

그리고 5시경 여관방에 앉아 있었다. 구두를 신어 발이 아프다고 그녀는 말했다. 날씨가 추워 그들은 여관방에 들어갔었다. 그리고 맥주 두 병을 놓고 땅콩을 수두룩이 까고 있었다. 그녀는 술을 따르며 말했었다.

"저는 어른들을 참 싫어했어요. 그런데 이렇게 어른들 흉내가 내보고 싶어지네요."

"나도 남녀가 여관방에 드는 것은 참 지저분한 일이라고 생각했습니다. 그런데 오늘은 어쩐지 그런 생각이 안 드는군요."

"윤구 씨의 흠은요 누구에게나 잘해준다는 점이에요. 그러면서도 사람을 경계하고 더는 가까이하지 않으려는 점이에요."

"그게 흠이 됩니까?"

"제가 알기론 기독교의 사랑이란 그런 껍질을 깨뜨리고 영혼이 교감하는 자리로 옮겨가는 데서 움트는 것으로 생각하는데요."

그녀는 대화가 퍽 능란했다. 그의 손을 잡으면서 그녀는 이렇게 말했었다.

"미운 사람의 손을 잡아야 해요. 원수도 사랑하라는 기독교의 사랑을 체험하려면 미운 사람의 손을 잡고 그 사람의 가슴에서 뛰고 있는 심장의 고동을 이해해야 해요."

그는 그녀의 행동을 흥미 있게 관찰하고 있었다. 영희에게서는 결코 볼 수 없는 접근이었다. 영희를 미리 알고 있지 않았다면 미자를 사랑하게 되었을지도 모른다는 생각까지 하였다.

"윤구 씨 공룡이 이 지구상에 살고 있었다는 것을 믿으세요?"

"화석이 나오고 있으니 믿어야지요."

"그 공룡이 어떤 순간에 갑자기 사멸하고 새로운 형태의 생물이 이 지상에 서식하기 시작했다는 것도 믿구요?" 그녀는 계속했다. "그럼 어떤 순간에 인간이 멸종하고 딴 형태의 생물이 나타날지도 모른다는 가능성도 믿으세요?"

"그럴지도 모르죠."

"그게 성경에서 말하는 종말이 되나요?"

"글쎄, 그럴 것 같지 않은데. 세상의 끝이 아니잖아요."

"자기 형상대로 지은 인간이 다 사라졌다는데도요? 하나님도 '다이루었다' 하고 사라질 것 같은데요?"

"그럴 것 같지는 않은데 만일 새로 나타날 생물이 인간보다 지능이 뛰어나다고 생각해봐. 그 종족들도 하나님의 피조물일 텐데 이 피조물들이 창조주를 '그는 인간들의 하나님'이었다고 박물관에 보관해버릴 수는 없잖아?"

"바로 그 점인데요. 그럼 우리가 생각하는 종말은 그것이 바로 성경에서 말하는 종말이 아니잖아요."

"그렇지만 그렇게 되면 최후의 심판을 기다리고 있던 인간들은 그냥 안 있을걸. 지옥과 천당이 분명하지 않고 엉뚱한 선도 악도 아닌 생명체가 생겨나니 말이야."

"또 복음은 어떻게 되죠?"

"그건 이스라엘 백성에게만 국한된 복음이 바울을 통해 이방인에게 전해지듯 인간에게 국한된 복음이 다시 무엇인가에 의해 새로운 생명체로 전해지겠지?"

그들은 이렇게 상상의 세계를 현실을 잊고 즐기고 있었다.

윤구는 한순간 미자가 귀엽고 예쁘다는 생각을 얼핏 했다. 두툼한 입술, 오뚝한 콧날, 반짝이는 눈동자, 잘 익은 복숭아를 생각나게 하는 보얀 살갗 … .

그녀는 그의 따가운 시선을 느꼈는지 눈부신 듯 눈을 깜박이다 그의 손을 덥석 잡았다. 눈을 감고 그녀는 속삭이듯 말했다.

"윤구 씨, 저 한번 안아주어요."

순간 그는 오른손으로 그녀의 허리를 안아 일으키며 귀에다 소곤거렸다.

"미안해요. 저는 여전히 속물입니다. 도덕과 관습의 굴레를 벗어나지 못한 속물이에요. 인제 그만 돌아가지요."

그녀는 눈을 뜨고 원망스러운 듯 그를 노려보더니 표변하여 그의 손을 뿌리쳤다.

"그래요. 가요."

그리고는 혼잣말처럼 지껄였다. "나는 참 바보예요. 정복해야 할 순간에 나는 나 자신의 의지를 꽁꽁 묶어 물건 짝처럼 적 앞에 내동댕이치거든요. 정말 이게 바보스러운 줄 알면서 말이에요. 이 창피와 자학이 날 오래 두고 괴롭힐 줄 알면서 말이에요."

그들은 시내에 나와 그래도 저녁을 먹고 헤어졌다. 스스로 이성적이라고 생각하면서. 이것이 동학사에서 미자와 있었던 행동 전부였다.

윤구는 생각했다. 자기를 밀고한 사람은 누구일까 하고. 미자를 밀고자로 생각할 아무런 이유도 없었다. 그럼 병주인가? 그가 왕성 다방에 3시에 나간다는 것을 알고 있던 사람은 병주, 영희 그리고 자기뿐이었다. 그는 생각한다. 병주가 우리의 만남을 확인하려 3시쯤 왕성에 온다. 그러다 자기가 미자와 택시를 타고 나가는 것을 본다. 호기심에 추적한다. 유성까지 따라가다 동학사 쪽을 가는 것을 보고 돌아서 왕성 다방으로 온다. 영희가 그때까지 나를 기다리고 있으리라고 생각해서다. 영희를 만난다. 그때 윤구는 안 올지도 모른다고 자기와 영화나 보러 가자고 말한다. 영희가 거절하지 윤구는 내가 미자와 동학사를 갔을 것이라고 알려 준다. 영희는 화가 나서 기숙사로 돌아간다. 병주는 5시쯤 아버지에게 내가 어떤 여자와 동학사에 갔다고 밀고한다.

그럴듯한 시나리오다. 그런데 왜 병주가 밀고한다는 말인가? 미자가 나를 좋아하는 것 같아 질투가 나서? 그럼 병주는 정말 미자를 좋아하고 있었던가?

윤구는 밤이 늦었지만, 전화기를 들고 여자 기숙사를 불러 영희를 찾는다. 이윽고 영희의 목소리가 들려왔다. 반가워서 소리쳤다.

"여보세요. 나 윤굽니다. 오늘 약속을 못 지켜서."

말도 끝나기 전 철컥 전화가 끊겼다. 다시 걸까 하다 그만두고 이번에는 남자 기숙사의 병주를 찾았다.

"야 너 오늘 재미 좋았니?"

병주는 먼저 명랑한 목소리를 들려주었다.

"뭐라고? 그거 무슨 소리야?"

"미자와 함께 나갔다며?"

"그건 어떻게 아니?"

"왕성 다방의 마담이 그러던데. 도대체 어딜 갔니? 시내는 아닌 것 같고."

"야, 시치미를 떼지 마. 너 내가 어디 간지 알고 있지?"

"야가 날 사립 탐정으로 아나? 너 어디 못 갈 데라도 갔니?" 그러면서 계속했다. "너 그러면 못 쓴다. 영희 씨를 놔두고 또 한 아가씨를 노려?"

"그래서 너 고자질 했구나."

"뭐라구? 고자질? 누구에게?"

퍽 흥분한 목소리였다.

"산부인과 원장님께 말이다."

"자식, 너 사람을 우습게 보는구나. 야, 난 그런 더러운 짓 않는다."

"미안하다. 내일 만나 얘기하자."

그는 수화기를 놓았다. 도대체 뭐가 어떻게 꼬인 건지 아리송해졌다.

*

다음날 일찍이 그는 학교에 나갔다. 전국적으로 각 대학의 겨울 방학이 앞당겨지고 그가 다니는 대학도 시험이 일주일 앞당겨졌으며 이날은 시험 준비 기간으로 수업이 없는 휴일이었다. 그러나 그는 영희의 오해를 풀고 병주와도 만나 좀 더 이야기하고 싶었다. 운동장에는 학생들의 모습이 하나도 보이지 않았고 쓸쓸한 방학 기분이었다. 그러나 도서관 안은 그래도 많은 학생들이 꽉 차서 시험공부에 여념이 없었다. 그는 두리번거리며 영희를 찾았다. 일 층 열람실에는 보이지 않았다. 이 층을 올라가자 저쪽 구석에 그녀가 앉아 공부하고 있는 것이 보이었다. 얼마 동안 쳐다보고 있자 그녀와 눈이 마주쳤다. 그는 손가락을 까딱거렸다. 그러나 그녀는 모른 체하고 고개를 숙여버렸다. 할 수 없이 다가가 어깨를 가볍게 쳤다.

"좀 만날 수 있겠어요?"

그녀는 어깨를 흔들어 버리고 책상에 엎디었다. 옆 친구들은 옆구리를 찌르며 킥킥 웃었다. 그는 잰걸음으로 밖으로 나왔다. 한순간 여러 가지 생각들이 홍수처럼 밀어닥쳤다.

그는 그녀가 밉지 않았다. 그녀는 동양적인 애정을 그렇게 표현하고 있는 것으로 생각했다. 군대에서 외로움을 참으며 주고받던 편지들, 그립다, 보고 싶다고 가슴 울렁이던 순간들, 휴가 나와 다방이나 영화관을 순례하던 며칠들, 그것은 무엇으로도 흔들 수 없는 사랑의 순간들이었다. 그녀가 토라져 앉은 것은 춘향의 일편단심으로 둥지를 찾아 알을 품은 자세가 아닌가? 오해를 풀어라. 나는 변함 없이 너를 사랑하고 있다. 그러고 있는데 학생처장이 호출한다는 연락이 왔다. 처장실에 들어서자 처장은 다짜고짜 묻기 시작했다.

"자네 어제 오후에 어디 있었나?"

"왜 그러십니까?"

도대체 어떤 자식이 장난하는 것일까 하고 윤구는 적지 않게 화가 났다.

"글쎄 어제 지냈던 얘기를 좀 해봐."

"처장님, 이건 학원이 아니고 마치 죄인 다루는 수사과 같은 생각이 드는데요."

처장은 능글맞게 웃었다.

"그렇다면 미안하게 되었네. 자네 알리바이가 성립되어야 할 일이 생겼어. 그래 어제 하루 어디 있었는지 좀 알려주지 않겠나?"

"몇 시쯤 말입니까?"

"그건 나도 모르겠어. 다섯 시 이전까지만 말해 주었으면 충분해."

"우선 어디서 일어난 무슨 사건인지를 말씀해 주시죠."

"그건 차츰 알게 될 테니까 먼저 자네 행방부터 말해."

윤구는 학교를 그만두겠다고 말하고 나와 버리고 싶은 심정이었다.

"부재증명이란 어느 장소에 없었다는 증거를 대는 건데 시간도 장소도 안 대주고 무슨 증명을 하란 말입니까?"

"좋아 한 가지만 말해 주게. 이 학교에서 일어난 일이야."

"그럼 난 상관없습니다. 이 학교에 나타난 일이 없으니까요."

"그래 그 이야기를 좀 해 주게. 그동안 뭘 했다구."

처장은 발을 괴어 올리며 말했다.

"처장님, 이거 전교생을 이렇게 조사하고 있는 겁니까? 소수 혐의자 뿐입니까?"

"소수야."

윤구는 화가 머리끝까지 치솟았다.

"처장님, 내게 혐의를 둘 이유가 무엇입니까?"

"삭발했기 때문이야."

"몇 번이나 이야기해야 합니까? 개성에 맞는 스타일을 찾기 위해 깎은 것이라고 당초에 말하지 않았습니까? 교수님이 학생을 이렇게까지 불신하면 이 대학이 어떻게 지탱되겠습니까? 나는 어제 이 학교에 오지 않았습니다."

처장은 어색하게 웃었다.

"글쎄, 믿고 싶지만, 이 세대는 그렇게 믿고만 지낼 수는 없게 되었어."

"사제 간도 말입니까?"

"자네 상당히 반항적인데 좀 따가운 맛을 보아야 알겠나?"

"처장님은 품속에 권총을 가지고 계시던가요? 전 권총으로 쏴도 사건과는 상관이 없습니다."

처장은 화를 낼 줄 알았는데 껄껄 웃었다.

"알겠어. 난 자네의 분명한 태도를 알고 싶었을 뿐이야. 그런데 이 부탁만은 들어주게."

그러면서 팔 절 백지와 사인펜을 가져왔다. 필적 검사용이라고 했다. 그는 펜을 받아 '너구리, 곰, 늑대, 여우'라고 크게 써주고 나왔다.

그는 너무 화가 났기 때문에 병주를 만날 생각도 하지 못하고 집으로 와 버렸다. 시험기일이 내일로 박두했는데도 책이 손에 잡히지 않았다. 그는 거울 앞으로 가 자기 얼굴을 비춰보았다. 표정이 묘하게 일그러져 있었다. 민숭한 머리통을 보자 픽 웃음이 나왔다. 여기저기서 발길로 채는 축구공처럼 보였기 때문이었다. 차라리 공부를 집어치우고 중이 될까 하고 한순간 생각했다. 공부하면 뭘 하겠는가? 제대만 하면 좀 더 열심히 공부하겠다고 거듭 다짐했었다. 겉으로만 아니고 참 신앙인이 되어 지식을 올바로 쓰는 지혜를 터득하리라고 결심했었다. 그런데 반년도 못 되어 이 모양이었다.

점심을 먹고 낮잠이 든 게 깊은 잠에 빠져 주위가 어둑해서야 눈을 떴다. 그것도 병원 카운터의 순이가 흔들어 깨워서였다. "오빠 전화에요."

그녀는 수화기를 건네주며 웃고 있었다.

"너 설마 자는 내 머리 만지지는 않았겠지?"

그녀는 키들키들 웃으며 뛰어 내려갔다. 전화는 병주에게서였다. 5시 반쯤 시내에서 만나자는 것이었다.

"나 오늘 나가고 싶지 않다."

"난 만나야겠어. 물어볼 말도 있고 해서 말이야. 어젯밤에 말한 고자질이란 무슨 뜻이야?"

"아무것도 아냐."

"너 나 만나는 거지?"

그는 다짐했다. 그들은 다방에서 만났다.

"도대체 어제 어디 있었니?"

병주는 들어서자마자 이렇게 서두를 꺼냈다.

"알아 맞춰봐." 윤구는 싱글싱글 웃으며 말했다. 병주가 시치미를 떼는 것이지 정말 모르는 것인지 알 수가 없었다.

"시내는 아닐 거구. 속리산?"

"아냐."

"유성?"

"아냐."

"동학사?"

"아냐."

"그럼 어디야 공주?"

"아냐."

"야. 속 시원하게 말 좀 해봐."

아무래도 병주는 행선지를 모르는 눈치였다.

"동학사였어."

"이 추운 날씨에 가서 뭘 했어?"

"애인끼리 춥고 덥고가 있나? 뜨거운 연앨 했지. 질투심 안 나?"

"내가 왜 질투를 해."

"너 미자 좋아하지 않아?"

"솔직한 점은 좋은데 좀 변덕스럽고 정신이 약간 이상하지 않아?"

"어떻게?"

"말하자면 철학가 타입이랄까? 꼭 그렇지만도 않아. 공상이 많고 공상을 실현해 보려는 탐정적 요소도 있고…, 어떻든 평범한 주부 형은 아니야."

"생각이 비상하던데."

"그렇다니까 글쎄. 그러나 일관성이 있는 것도 아니야. 또 집요한 승부 근성도 있어."

병주는 밀고자가 아닌 것이 분명했다. 그렇다면 미자가 누구를 시키고 있는지도 모를 일이었다. 그러나 왜?

"그러나 내가 시내에 없었다는 것은 어떻게 알았지?"

"야 인마. 3시부터 거의 5시까지 영희 씨와 함께 시내 다방, 빵집은 다 더듬었잖아."

"영희는 어떻게 만났지?"

그는 웃었다.

"내가 왕성에 3시 좀 넘어서 갔었지."

갔더니 영희 혼자서 우뚝하니 앉아 있더라는 이야기였다. 병주가 미자와 함께 나간 것을 알게 된 것은, 다방 마담에게 들었다는 것이었다. 병주는 싫다는 영희를 데리고 시내 갈만한 곳은 다 더듬었다는 이야기였다. 영희는 함께 먹자는 저녁을 끝내 거절하고 돌아간 모양이었다.

"3시에 나타난 이유는 무엇이야."

"글쎄 그 이야기를 해 주고 싶어 만나자고 했던 거야."

그는 주일 점심을 끝내고 다방으로 들어와서부터는 미자의 각본대로 움직이고 있었다고 말했다.

"뭐 각본? 그게 뭔데."

"나더러 너를 시험해 보라면서, 헤어진 뒤 너더러 왕성 다방에서 영희와 데이트 약속을 하라고 말해 보라는 거야. 너는 순진해서 꼭 그렇게 할 거래. 그런데 그 후 미자가 너를 빼돌릴지는 상상도 못 했지. 나는 호기심으로 왕성에 가본 것뿐이고."

윤구는 웃음이 절로 나왔다. 결국, 미자의 각본대로 자기가 놀아났다는 것이었다.

"그렇다면 나의 행방은 누가 밀고했을까?"

"그러게 말이야. 나도 전화를 받고 곰곰이 생각해 봤는데 결국 미자가 아니었을까?"

병주는 얼마 동안 주저하고 있다가 이렇게 서두를 꺼냈다.

"내가 이런 말을 하면 어떤 생각이 드는지 모르지만 너 혹 미자를 좋아하는 건 아니야?"

"무슨 말이야?"

"영희는 그것 때문에 무척 괴로워하는 것 같애."

"지금 그런 질투로 괴로워할 때야? 아무튼, 그런 오해가 없도록 내가 찾아갔거든. 그런데 만나주지도 않잖아. 어처구니없게."

"영희는 말이야, 네가 미자 같은 애를 좋아할 타입이래. 내가 이건 미자의 장난일 거라고 누누이 말했지만 네가 주관이 있다면 그렇게 따라나설 수 없다는 거야."

"그래서 어쩌겠다는 거야."

"어쩌긴. 단단히 화가 났지. 아무튼, 이번엔 네가 철저히 회개해야 할 것 같아."

"회개는 무슨 회개. 삼 년 동안의 애정행각이 내 장래를 구속할 수 있다고는 생각 안 해. 내가 변명하겠다는데 왜 피하는 거야."

"너 정말 좀 변한 것 같은데."

"모르겠어. 하지만 지금은 춘향이 시대의 사랑을 하는 것은 아니잖아? 내 심장은 구멍이 뻥 뚫렸어. 사랑한다면 서로 이 뚫린 구멍을 어루만져 줄 대화자가 되는 것이 아니야? 영희를 만나면 이야기를 해 줘. 난 지금 지쳐있다고."

그들은 우울하게 얼마 동안 앉아 있었다.

"자 모든 걸 잊고 저녁이나 같이하자."

병주가 먼저 일어났다. 저녁을 하면서 그는 병주로부터 학생처장이 필적 검사를 하는 것은 주일 오후 강의실에서 낙서한 선동적인 종이쪽이 발견되었기 때문이라는 것을 알았다. 〈무력한 학생회는 물러나라〉, 〈어용단체인 학생회는 총사퇴하라〉 등등 학생회에 대한 선동적인 낙서를 해서 뿌린 것은 대머리들이라고 생각한 모양이었다. 사실 서울 각 대학의 데모는 이제는 거의 마무리가 되어가는 단계인데 이 지방 대학은 이제야 뒷북을 치는 것 같았다. 서울의 각 대학이 조기 방학을 하겠다고 하자 이 대학도 교수회에서 대학력을 바꾸어 시험을 일주일 앞당긴다는 결정을 내렸다. 일학년의 과격한 학생들은 이 대학의 학생회는 무얼 하느냐고 항의했다. 따라서 낙서해서 뿌린 자의 혐의는 삭발한 학생들에게 돌려진 모양이었다.

"그런데 오늘 공기로 봐서는 학생회의 움직임도 심상치 않단 말이야."

병주가 조용히 말했다.

"어떻게?"

"내일부터 시험이 시작되잖아? 그래 이번에는 학생회가 주동이 되어 수업 거부 데모를 할 기세야."

"이유는 뭐야?"

"시험도 보기 싫고 학생회가 삭발한 애들에게 밀리고 싶지 않다는 뜻이겠지."

"그러나 오늘 도서관엔 학생들이 꽉꽉 차 있던데."

"물론 시험을 대비하고 있는 학생이 대부분이지 그리고 기왕에 시험을 볼 바엔 공부한 김에 보고 치워버리는 게 낫겠다는 의견이야. 그러나 대학가의 분위기는 안 그렇잖아? 일단 학생회가 수업 거부에 나서면 개인감정으로 반대는 못 하게 되어 있어."

"뭐야, 그 지조 없는 학생회의 뜻을 따라 부화뇌동해야 한다는 말이야?"

"학생회는 조직이 있잖아. 시험 보기 싫은 것은 뒤편이고 대학이 학사력을 마음대로 바꾼다. 정부의 강압에 못 이겨 교육행정이 이렇게 흔들리면 학원은 이미 진리의 전당이 아니다. 우리는 불의에 항거한다. 이렇게 외치면 학생들은 따를 수밖에 없지 않아?"

"아무튼, 우울한 계절이야. 대학가에 낭만이 있나, 진리 탐구의 상아탑이 있나. 야 한잔 안 할래?"

병주가 이야기에 싫증이 났는지 기지개를 켜며 말했다.

막걸릿집은 잡담과 담배 연기로 꽉 차서 사람들을 잘 분간할 수 없었다. 일곱 신데 벌써 떠들고 노래하고 악을 쓰고…, 이건 바로 젊은 애들만 모인 지옥이었다.

"어서 오세요."

아주머니는 그들을 대머리들의 무리 속에 끼워 넣었다. 벌써 너덧 명의 대머리들이 나와 마시고 있었다.

"형님, 웬일이세요."

한 애가 불쑥 술잔을 내밀며 술을 따랐다. 그러자 또한 놈이 고개를 쑥 빼며 말했다.

"형님, 너무 도도하게 굴지 마십시오."

"무슨 소리요? 내가 잘못 들었소?"

그들은 교대로 거침없이 물어댔다.

"형님, 도대체 삭발한 이유가 뭐요? 이유나 들어봅시다."

또 삭발 수난이 시작되는구나 하고 그는 생각했다.

"정말 오해는 말아줘. 난 삭발이 내 개성에 맞는 조발일지도 모른다는 생각을 갑자기 하게 된 거요."

"그거 좀 이유치고는 치사하고 비겁하지 않습니까?"

"그러나 사실이요."

"그럼 한 가지 더 물어봅시다. 형은 요즘 사태에 대해 전혀 울분을 느끼지 않습니까?"

"요즘 사태라뇨?"

"꼭 말을 해야 합니까? 형사들이 학원에 죽치고 앉아 있는 것. 서울에서지만 교수나 동료 학생들이 구속된 일 등등 말입니다."

"난 울분이 한물갔습니다"

윤구가 술잔을 권하자 상대편은 저만치 밀어놓았다.

"야 너희들, 이 형이 치사스럽게 생각되지 않니?"

그는 동료를 쑥 둘러보며 말했다.

"맞아, 맞아."

한 학생이 고개를 흔들흔들하며 일어나 엄지를 쳐들며 말했다.

"형, 나 좀 봅시다."

"이거 왜 이래?"

분위기가 수상해지자 병주가 사이에 끼었다. 지금까지 아무 말 없이 고개를 숙이고 있던 대머리 하나가 고개를 들며 말했다.

"야 참아라. 우리 미자 누나가 좋아하는 사람이다."

"체, 꼴좋다. 또 이 틈바구니에 연애는."

일어선 녀석이 덥석 주저앉으며 말했다.

"정말 미자와는 남매 간이요?"

윤구는 번쩍 정신이 들어 물었다.

"그냥 누나라고 부를 뿐이요. 왜 그러시오? 말해 주겠는데 난 미자와 연애를 한 게 아니요. 미자는 내가 가장 미워하는 여자요. 그리고 또 한 가지. 난, 이 삭발 때문에 오늘 학생처장에게 혐의를 받고 필적 검사까지 받았지만 내 삭발은 울분과는 하등 관계가 없소."

"철저하게 박퀸데."

그는 일어서서 밖으로 나왔다.

"이거 오히려 기분 망치게 해서 안 되었는데."

병주가 미안한 얼굴을 했다.

"아니야. 큰 성과를 거두었는지도 모르겠어. 그럼 또 만나."

그는 헤어지자마자 택시를 타고 집으로 돌아왔다.

*

그는 방안에서 걸려올지도 모를 전화를 기다리고 있었다. 무엇 때문에 그렇게 열을 내고 있는지 자기도 모를 일이었다. 그러나 밀고자의 정체를 꼭 파헤치고 말겠다는 생각은 변함이 없었다. 그는 들어오면서 카운터를 지키는 순이에게 원장을 대달라는 전화는 무조건 누구냐고 묻고 귀에 익은 목소리가 아니면 2층 자기 방으로 돌려달라고 당부를 해 놓고 있었다. 한 시간이 채 못되어 전화가 걸려 왔다.

"네. 정 산부인과입니다."

그는 부친의 목소리를 흉내내고 있었다.

"원장님이시오?"

그는 바짝 긴장했다.

"네. 내가 원장입니다."

"당신 아들 윤구가 학원 내에 뿌려진 불온문서 사건에 혐의가 있다는 걸 아시오?"

"뭐라구요? 우리 윤구가요?"

"조심하시오. 그는 오늘 밤에 또 삭발한 학생들과 어울려 술자리에 있었소."

"여보세요. 당신 도대체 누구요?"

전화가 찰칵 끊겼다. 술집에서 만난 애는 아닌 듯했다. 그러나 그가 미지에게 연락했을 테고 미자가 누군가를 조종하고 있을 거라는 생각이 들자 갑자기 눈앞이 환해지는 느낌이었다. 미자가 틀림없다는 생각이었다. 마지막 미자의 수족은 누구일까?

그는 밤 내 잠을 자지 않고 미자의 주변을 샅샅이 뒤지기 시작했다. 어떻게든 이 미로의 출구를 찾아 영희의 오해를 풀어주어야겠다는 생각이었다.

*

다음날 느지막이 학교에 나가 사태의 잔말을 살폈다. 데모는 예상대로 싱겁게 끝났다. 학생회에서는 수업 거부의 벽보를 교문과 기숙사 등에 붙이고 학생들을 다 노변에서 해산시켜 귀가시켜버렸다. 교수들은 호들갑을 떨고 교수회를 소집하여 이날부터 방학이며 기말고사는 1월 중으로 연기한다고 덩달아 써 붙였다. 이것으로 학생회는 실추된 명예를 회복했으며 으르렁거리던 삭발족은 울분의 탈출구를 찾은 것이 되었다.

대학. 참으로 무의미하고 재미없는 대학 생활이다. 윤구는 병주에게 전화했다. 오후 3시에 영희를 달래어 꼭 왕성 다방에 나와달라고. 그리고 미자에게 전화를 했다.

"어머. 웬일이세요. 윤구 씨가 전화를 다 해 주시고."

퍽 반가운 목소리였다.

"그젠 즐거웠습니다. 한편 미안했구요. 오늘 우리 학교가 데모를 했어요. 그런데 퍽 싱겁게 끝났구요. 오후에, 나 좀 안 만나줄래요?"

"누구 부탁인데요. 나가죠. 어디서요?"

"글쎄 어디가 좋겠어요?"

"다방? 제과점? 음식점?"

"다 싫습니다."

"그럼 어디서요?"

"길에서 만나면 어떻습니까?"

"그거 좋은 생각인데요? 목척교 위 노숙자들의 거처 위에서요."

그들은 한 시 반에 만났다. 약간 쌀쌀한 날씨였다. 해가 비쳤다간 구름 속으로 숨고, 다시 밝은 햇볕이 내리쬐곤 하고 있었다. 그들은 천천히 도청 쪽으로 걷기 시작했다.

"데모 얘기해 줘요." 그녀는 어린애처럼 졸랐다. 그러면서 계속했다. "정말 심심해 죽겠어요. 아니 답답해 죽겠어요. 도대체 뭐 흥미진진한 게 있어야죠."

윤구는 발을 맞춰 걷는 두 사람의 구두를 내려다보며 얼마 동안 말없이 걸었다.

"오늘은 미자 씨에게 좀 고백할 일이 생겼습니다."

"아주 충격적인 거예요?"

그녀는 장난스러운 표정을 지으며 몸을 가까이하며 말했다.

"난 그때 나 자신이 도덕과 관습의 굴레를 벗어나지 못한 속물이라고 이야기했죠?"

"그걸 여태 심각하게 생각했어요? 그런 건 그 순간 버리는 게 아니에요?"

"전 미자 씨가 좋아질 것만 같거든요. 그런데 그 문제를 해결하지 않고는 난 마음이 개운해지지 않아요. 난 무던히도 이 속물근성에서 탈피해 보려고 애쓰는 사람입니다. 그런데도 그게 안 되거든요. 따라서 난 이런 고백을 해보기로 결심한 겁니다."

그들은 도청을 돌아 서대전 쪽을 향하고 있었다.

"영희의 이야기에요."

"네? 언니요?"

"내가 대학신문에 취재부장으로 있을 때 그녀는 애송이 수습기자로 들어왔거든요. 그녀는 퍽 내성적이었어요. 그때 여름 방학 때, 기자 세미나를 갔었는데 혼자 너무 어울리지 못하는 것 같아 옆에 앉아 같이 노래도 부르고 묵찌빠도 해 주곤 하며 즐겁게 놀도록 애를 썼지요. 그것이 아주 인상적이었나 봐요."

"무슨 이야기를 하려고 그러는 거죠?"

"아닙니다. 나는 이 이야기를 다 해야 합니다."

그는 독백 같은 이야기를 계속했다.

"내가 입대하자 그녀는 계속 신문을 보내 주었어요. 그리고는 내가 고맙다는 편지를 내자 편지와 신문이 번갈아 가며 오가게 되었지요. 편지에는 꽃잎이나 아까시나무 잎, 단풍잎들이 예쁘게 붙여져 있었고 군에서는 그녀의 편지가 화제였습니다. 전 그 편지를 자랑하지 않고는 견딜 수가 없었으니까요. 우리는 개인의 사생활 하나하나를 적어 보냈습니다. 따라서 주일날 교회에 앉아 있으면 그녀의 행동 하나하나가 눈에 보이고 마주 앉아 기도하고 있는 기분이었습니다."

그들은 유성 쪽을 향해 걷고 있었다. 미자에게서는 조금 전의 명랑한 표정이 보이지 않았다. 그러나 윤구는 계속했다.

"첫 휴가에서 서로 만나자 우리는 아주 다정한 친구가 되어 있었어요. 영희는 그래도 수줍어서 손을 잡지 못했습니다. 그러나 영화관에서는 서로 꼭 깍지 끼고 영화를 봤습니다. 손을 깍지 끼고 있는 동안은 우린 서로 포옹하고 있는 것이나 마찬가지 심정이었습니다. 우리는 손을 통해서 서로의 심장의 고동을 듣고 있었으니까요."

"아이, 지겨워. 무슨 놈의 고백이 그리 길어요?"

드디어 미자가 분통을 터뜨렸다.

"나는 지금 미자 씨 지혜가 필요해요. 내 머리는 온통 뒤죽박죽이거든요. 그래 영희와의 관계를 찬찬히 간추려 고백하고 일단 정리를 해야 해요." 그는 다시 시작했다. "우리의 편지는 날이 갈수록 대담하게 우리의 마음을 열어놓는 그런 것이 되었어요. 드디어 그녀는 너무나 대담한 짓을 해 왔습니다. 그녀가 3학년이 되기 전 방학 때쯤이었을 것입니다. 빨간 립스틱을 입술에 묻혀 키스 마크를 해 보내왔습니다. 나는 그 편지를 받아들자 가슴이 후들후들 떨려 왔습니다. 그래서 그때부터 난 편지를 친구들에게 보여줄 수 없게 되었습니다. 나는 몇 번이고 몇 번이고 그 키스 마크에 입을 맞추고 전율했습니다. 그 뒤 휴가를 왔을 때였습니다. 우리는 중국집 작은 방에서 저녁 식사를 하고 있었습니다. 나는 그때 군에서의 외로움과 성적 유혹을 어떻게 이겨내고 있었는지를 말했습니다. 그렇지만 그럴수록 너무 고독해서 너무 유혹이 강해서 도저히 이겨낼 수 없을 것 같다는 이야기도 했습니다. 그녀는 아무 말도 없이 고개는 숙이고 있었습니다. 나는 가까이 가서 그녀의 손목을 잡았습니다. 그녀의 손은 뜨거웠습니다. 나는 그녀를 일으켜 세웠어요."

"발아 아파 더 못 걷겠어요."

미자는 하이힐을 신고 있었다. 그녀가 두 번째 발악했을 때는 수침교까지 왔을 때였다.

"그럼 되돌아가죠, 그러나 이 이야기를 나는 미자 씨에게 해야 해요. 그런 뒤 미자 씨의 이야기를 듣고 싶어요."

그는 자기의 시나리오가 너무 심했다고 후회했으나 그냥 계속했다.

"참 그 방안에서 일어난 이야기를 하다가 말았지요? 난 그녀를 일으켜 세우고 마주 섰어요. 그녀는 그냥 고개를 숙이고 있는 거예요. 다음 순간 나는 그녀를 와락 껴안고 참으로 길게 입 맞추었어요."

"윤구 씨, 절 고문할 셈이에요?" 미자는 아픈 다리를 절절 끌며 말했다. "다 알았어요. 그래 어쩌겠다는 이야기예요?"

"우리는 거기서 그치지 않았거든요. 이제 바로 고백할 한 단계가 더 남았는걸요."

미자는 어처구니없다는 듯이 윤구를 쳐다보았다.

"알았어요. 까짓것 다 말해 보세요."

"이건 미안하게 되었는데 즐거운 대화가 아니고 우울한 대화가 돼서 말이오."

"뭘요. 십팔 세기 신파도 들어줄 만한데요."

그녀는 시큰둥해 툭 쏘았다.

"이런 이야기가 군대에서는 신나는 이야기인데 대학에서는 왜 이렇게 공허하고 유치하게 울리는지 모르겠어요."

"군대는 수거위들만 모아놓은 곳이 아니에요?"

"미자 씨 대답 좀 해 주세요. 난 내 속물근성을 끊어버리기 위해서도 영희와의 관계를 끊어버리고 싶은데 그래도 정말 괜찮은 것일까요?"

"저도 윤구 씨에게 한 가지 묻고 싶은데요. 윤구 씨는 지금 각본을

외우다가 딴 길로 샌 것 아닌가요?"

윤구는 심각한 표정을 하며 말했다.

"미자 씨는 세상을 너무 장난스럽게 생각하는데 세상은 심각한 것이란 하나도 없다고 생각하십니까?"

그녀는 고개를 흔들었다.

"아니요. 각본이 완벽한데 끝에 좀 빗나간 것 같아서 하는 말입니다."

"결국, 내 마지막 물음에는 노코멘트입니까?"

"글쎄요. 속물이라고 했는데, 그런 문제는 속물들끼리 해결해야 하는 것 아닐까요?"

그들은 어느새 왕성 다방 가까이까지 와 있었다.

"좀 쉬었다 가죠."

윤구는 다방을 가리키며 말했다.

"정말에요. 저는 그놈의 결론 없는 고백 때문에 지쳤어요."

그녀는 발을 절룩거리며 윤구에게 의지하다시피 다방의 계단을 올랐다. 그는 시계를 봤다. 3시가 좀 지나 있었다. 다방에는 병주와 영희가 와 있었다.

"야, 웬일이야"

미자는 놀란 듯했다. 병주는 미자와 함께 그들 곁으로 갔다.

그들은 아무 말 없이 나란히 앉아 있었다. 얼마 동안 침묵이 계속되었다. 마담이 싱글벙글 웃으며 다가왔다.

"마담 신청곡 받아줍니까?"

"물론이어요."

윤구는 종이쪽에 곡명을 써 건넸다. 그리고 디스크자키가 음반을 고르고 있는 것은 물끄러미 보고 있었다. 흔해 빠진 곡이어서 없을 리가 없었다. 이윽고 판이 갈아 끼워지고 디스크자키의 목소리가 들려왔다.

"다음은 신청곡의 순서입니다. 흐느끼는 운율이 매혹적인 영원히 위드 유, '그대와 함께 영원히' 입니다."

"시시하게."

미자가 입을 뾰족 내밀었다. "그대와 함께 영원히. 그대와 함께 영원히."를 윤구는 몇 번이고 디스크자키의 목소리를 되뇌고 있었다. 틀림없어. 바로 저 목소리야. 그는 환성을 지르고 싶은 생각이었다. 윤구는 다시 마담을 불렀다.

"저 디스크자키 말이에요. 나와 잘 아는 사람 같아요. 좀 만날 수 없어요?"

"그럴 리가 없어요."

미자가 펄쩍 뛰며 말했다.

"아니요. 틀림없어요. 좀 나오라고 그러세요."

세 사람이 다 의아한 눈으로 그를 쳐다보았다. 디스크자키가 고개를 갸웃거리며 걸어 나왔다.

"어, 나 모르겠나?"

윤구는 손을 내밀며 일어섰다.

"글쎄."

그는 정말로 모르겠다는 표정이었다.

"어젯밤에도 나에게 전화했잖아. 일곱 시 사십 분쯤. 나 정 산부인과 원장이야."

"그런 일 없어요. 전화 안 했어요."

그는 사색이 되어 물러났다. 윤구는 미자를 보고 웃으며 말했다.

"미자 씨, 저 애는 장난이 심했어요. 일일이 내 행적을 집에 보고했거든요."

미자는 그러나 능청맞게 대답했다.

"생각해 보세요. 저 보라색 유리 상자 속에서 얼마나 답답했겠어요. 너무너무 심심해서 그러지 않았겠어요? 그러나 이제는 완전히 윤구 씨에게 손들었을 거예요."

윤구는 승리감에 취해 영희를 내려다보았다.

"끝났습니다. 이 이상 변명은 안 해도 되겠죠? 이제 가시지요."

그러나 영희는 꿈꾸듯 몽롱한 목소리로 병주를 향해 말했다.

"병주 씨 우리 먼저 가요."

영희는 병주를 눈으로 재촉하여 밖을 나갔다.

승리의 쾌감은 순간에 그치고 다시 우울하고 무거운 기운이 내리눌렀다. 윤구는 호주머니에 손을 찌르고 천천히 그들의 뒤를 따랐다. 해는 구름에 가려지고 거리는 한없이 단조롭고 쓸쓸했다. 앞을 걷는 병주와 영희의 발걸음도 결코 가벼워 보이지는 않았다.

"너무 장난이 심했어요. 그러나 어떻게 해요. 이렇게라도 지내야죠. 안 그래요? 이 무료하고 의미 없는 시대에. 네? 윤구씨 안 그래요?"

미자가 발을 절름거리며 황급히 따라 나와 지껄여댔다.

# 액자 속의 인생 [1]

:

상쾌한 가을 날씨였다.

테니스장에는 두 쌍의 남녀 학생이 난타(랠리)를 하고 있었다. 금요일 오후 체육 시간이었다. 이 작은 대학에서는 체육 시간에는 한 학년 학생들 전체가 같은 시간에 체육 교사의 지시에 따라 체육을 했고 이날에는 테니스, 배구, 농구 등 흩어져서 연습하고 있었다. 테니스 라켓을 들고 나간 나는 허공에 대고 발리, 스매시, 포워드, 레프트 워드 스윙 등으로 얼마 동안 몸풀기를 한 뒤 학우들이 흩어져 연습하고 있는 모습을 물끄러미 보고 있었다. 철우가 상대하고 있는 여학생은 별로 보지 못했던 작고 귀엽고 깜찍한 애였다. (하긴 내가 알고 있는 여학생이 몇이나 있었던가?)

삼 년간의 군대 생활을 마치고 돌아오니 알 수 있는 얼굴들은 흔하지 않았다. 그녀는 늘 공을 높은 타점에서 치고 있어서 깡똥한 원피스를 입고, 마치 스케이팅 왈츠라도 추고 있는 것 같은 모습이었다. 가끔 엉뚱한 곳에 공을 쳐 던지고 괴성을 올리며 라켓을 가슴 앞으

---

1)  이 작품은 현대문학(1974.09)에 발표된 「음괘와 양괘」를 개명 개작한 것이다.

로 몰아 쥐며 동동거리는 꼴을 보고 있으면 그녀는 테니스 연습생으로서의 매력보다는 상대방 남자에게 여자가 얼마나 가냘프며 도와주고 싶은 존재인가를 보여주는 매력이 강했다. 그러나 철우는 공 심부름하는데 퍽 권태로운 표정이었다. 나는 나와 한 반인 철우 옆으로 다가갔다.

"교대 좀 할까?"

그는 잘 되었다는 듯이 선선히 물러섰다. 그녀는 공을 치려다가 상대방이 바뀐 것을 보자 벌겋게 달아오른 얼굴로 씽긋 웃어 보이며 고개를 까딱 숙여 인사를 했다. 마치 이 정도의 예의는 알고 있다는 듯이.

"전 잘 못 쳐요."

"네, 알고 있습니다."

나는 준비 태세를 하며 건성으로 대답했다. 그러자 급작스럽게 공이 날아왔다. 백스윙으로 좀 높이 띄워주어야 할 것인데 워낙 급작스러운 공이었기 때문에 깊게 깎인 공이 되어 공은 땅에 닿자마자 수직으로 낮게 뜨고 그녀는 허공을 치고 앞으로 뒤뚱거렸다.

"잘 좀 쳐요. 엉터리 코친가 봐요."

네트 앞까지 헐레벌떡 뛰어드는 모습을 보았다.

"미안합니다."

나는 공손히 머리를 숙였다. 그녀는 초년생이기 때문에 치기 쉬운 공을 띄워주어야 했다. 그러나 워낙 제멋대로 쳐서 난타로 연속해서 그녀를 기쁘게 하려면 나는 온 테니스장을 헤매지 않으면 안 되었다. 그러나 그날 오후 지치는 줄을 별로 몰랐다. 나는 그녀가 지쳐서 네트에 공을 처박고 포만 상태의 만족한 얼굴을 보여주는 것을 보고 싶었다. 그러나 한 번이라도 그런 표정을 보였던가? 아니다. 그녀는 오히려 내가 짜증이 나서 물러서기를 기다리고 있는 것 같았다. 지기 싫어하는 아가씨였다. 그런데 그녀는 드디어 양팔을 쭉 늘어뜨리고 허덕거렸다.

"피곤해요. 그만 쳐요."

나는 흩어진 그녀의 공을 주워 모아 곁으로 갔다. 아무래도 하드는 여자에게 힘에 겨운 운동 같다는 생각을 했다. 이 대학은 외국인이 경영하는 곳이어서 일찍부터 하드 테니스가 유행했다. 나란히 소프트인 정구장이 없는 것도 아니었다.

그녀는 양다리를 쭉 뻗고 벌겋게 달아 오른 얼굴로 펜스에 기대어 풀밭에 앉아 있었다. 내가 다가선 것도 모르고 눈을 감은 채. 나는 거기까지 가는 동안도 그녀가 너무 힘들게 공을 치고 있다고 생각했고 따라서 그립을 잡는 자세, 포워드 스윙의 자세, 그리고 라켓이 공에 닿는 타격중심점 등을 잘 지적해 주고 싶다고 생각하고 있었다. 그러나 뻐근히 지쳐 있는 그녀를 보자 곧 이 생각을 버렸다. 오히려 측은하다는 착잡한 감정으로 그녀를 내려다보고 있었다.

그녀는 눈을 뜨더니 나를 보고 다시 쌩긋 웃었다. 가지런한 하얀 이가 햇빛에 섬광처럼 반짝였다. 그녀는 부끄러운 듯이 일어서 치마를 잡아당겨 무릎을 가리더니 "고마워요. 잘 쳤어요."라고 재빠르게 지껄였다. 나는 공을 담아 그녀에게 건네며 "개인지도비 안 내요?"라고 말했다. 그녀는 어이없다는 듯이 쳐다보더니 허리춤을 두들겨 보이며 "십 원짜리가 없네요."라고 애교 있게 말했다.

"커피 한 잔이면 되는데요. 여섯 시에 금문교에서."

나도 재빠르게 말했다. 그녀는 들을 체도 하지 않고 고개를 숙인 채 잰걸음으로 펜스 밖으로 나가버렸다. 그 순간 나는 그녀와 사귀고 싶다는 강렬한 충동을 느꼈다.

그녀를 보내고 나서 철우와 지칠 때까지 난타를 했다. 이날은 참 컨디션이 좋은 날이었다.

정각 여섯 시에 다방 '금문교'로 나갔다. 그녀가 꼭 나오리라고 기대하고 있지 않았지만 나는 시내에서 아르바이트하고 있었기 때문에 좀 일찍 들렀을 뿐이었다. 엽차로 마른 입을 축이고 의자의 등에 기대어 눈을 감고 있었다. 아홉 시까지 아르바이트, 그리고 기숙사에 돌아와 학교 공부를 하고 나면 다음 날 일과가 바쁜, 고된 고학 생활이었다. 그러나 이런 고된 일과를 나는 좋아하였다. 나를 잘 알고 있었기 때문이다. 여자의 사랑에 굶주려 있어서 이 갈증을 자제할 외적인 제재가 내게는 필요했던 것이다.

눈을 뜨자 그녀가 어느새 저쪽 구석 빈 탁자 앞에 와 앉아서 이쪽을 바라보고 있는 것을 알았다. 초록색 방울 무늬의 원피스를 입고 부드러운 긴 머리칼을 어깨 위로 늘어뜨리고 있었다. 반갑고 설레는 마음으로 미소하며 벌떡 일어서자 그녀는 고개를 돌리고 못 본 체하고 있었다. 그녀 곁으로 다가갔다.

"누굴 기다리시나요?"

나는 짓궂게 물었다.

"그래요."

"그분이 오시기까지 잠깐 앉아도 됩니까?"

"좋도록 하세요." 그녀는 새침하게 말하며 덧붙였다. "그러나 그분이 아니에요. 얌체 남학생이니까 그놈이지요."

나는 나오는 웃음을 겨우 참고 그녀의 앞에 마주 앉았다.

"오늘 오후에 같이 공을 치던 놈 말이죠? 그놈도 금문교에서 새침데기 여학생을 만나야 한다고 분주하게 하교하던데요."

내가 그녀의 표정을 살피며 말하자 그녀는 씩 웃었다. 가까이서 보니 치열이 더욱 고왔다.

"그놈, 잘 아세요?"

장난기 있는 물음이었다.

"그럼요. 생사를 같이하는 놈입니다."

"좀 잘난 체하는 데가 있죠? 관상은 궁상인데."

그녀는 재빠르게 내 표정을 곁눈질하며 말했다. 나는 따끔했으나 곧 눈길을 피해 고개를 돌리며 소리 없이 말처럼 웃었다.

"무엇인가를 숨기려는 허세일 테지요. 난 그 녀석이 우리 학교에서는 허세가 가장 강한 놈이라고 생각하고 있었어요. 그런데 이놈은 자기보다 한 수 더 뜨는 새침데기 여학생을 만났답니다."

"입심 좋군요."

그녀는 손들었다는 듯이 말했다.

"그만하고 차 드시지요. 커피 들래요?"

나는 고개를 까딱거렸다.

"화났어요?"

그녀는 눈을 크게 떠 보이며 말했다. 나는 또 고개를 가로저었다.

"나는 가끔 나 자신을 객관화해 보는 것을 좋아합니다. 말하자면

나 자신의 생활에 액자를 둘러 현실로부터 붕 띄워보는 겁니다. 액자 속의 괴로움은 괴로움이 아니거든요. 또 덤으로 날개가 붙어 천사의 옷을 입을 수도 있으니까요."

"감미로운 설득력을 갖고 계시네요. 국문학 전공이세요?"

"천만에. 화학입니다."

"그렇다면."

"주제 넘는다는 이야기죠?"

"아니에요." 그녀는 얼굴을 붉히며 당황해 부정했다. 이때 커피가 운반되었다. 나는 크림을 치는 것을 거절하고 입술이 바싹바싹 마르는 갈증을 느끼고 있었기 때문에, 꿀꺽 한 모금 들이마셨다. 그러나 입안에 가득 찬 커피는 너무 뜨거운 것이었다. 한순간 뱉어야겠다고 생각했다. 그러나 다시 그럴 수 없다고 생각하고 꿀꺽 마셔버렸다. 뜨거운 불덩이가 목줄을 타고 내려가는 기분이었다. 눈물이 확 치솟았다. 나는 그녀를 쳐다보지 못하고 고개를 숙이고 있었다. 그러자 그녀가 잔을 드는 소리가 들렸다. 나는 당황해서 말리려 했으나 그녀는 약간 입술을 대보는 정도로 다시 잔을 놓았다. 입안이 화끈거려 찬물을 머금었다. 그런데 갑자기 그녀가 잔을 들고 자기도 꿀꺽 한 모금 들이마시는 것이 아닌가? 나는 놀랐지만 못 본 체하고 있었다.

"미술의 감상에도 그런 이론이 적용되나 봐요." 그녀는 아무렇지도 않은 듯 말을 계속했다. "미술 작품은 화포와 색채라는 가시적 질료로 구성되었거든요. 그런데 이차원 평면에 그려진 이 그림은 관조자가 처해 있는 현실의 공간과는 전혀 다른 차원의 현상의 공간으로 관조자를 유인하고 이 격리된 현상의 공간은 투명해지면서 다시 환상,

거리, 배합, 온도, 색채, 운동 등 특수한 미의 진수를 보게 한대요. 따라서 그림에서도 액자는 실제와 현상을 격리하는 역할을 하는 것 아니에요?"

나는 황홀하게 그녀를 쳐다보고 있었다.

"미술 전공입니까?"

"아니에요. 영문학이에요. 저도 당돌하지요?"

그 말은 여간 애교가 있는 것이 아니었다.

"아닙니다. 황홀했습니다."

나는 시계를 들여다보았다. 곧 아르바이트를 나갈 시간이었다.

"과학도답게 시간이 아까운가 보지요?"

그녀는 눈치 빠르게 말했다.

"뭐 개인지도비를 받았으면 이제 물러나야 하잖아요?"

다방 문을 나오자 그녀에게 손을 흔들어 주었다. 그리고 입천장에서 벗겨져 나오는 하얀 피막을 뱉어내며 잰걸음으로 아르바이트 장소를 향해 걸었다. 그녀도 분명 며칠간은 입맛을 잃을 거라는 생각을 하며.


나는 그 뒤로도 그녀와 가끔 테니스도 하고 차도 마셨다. 그러나 그녀에게 빠져들지 않았다. 적어도 외관상으로는. 나는 나 나름대로 여자를 사귀는 몇 가지 원칙을 갖고 있었다. 한 여자만 사귈 것. 여자에게 절대로 치근덕거리지 말 것, 싫어지면 여자 편에서 언제든지 결별을 선언할 수 있도록 상황과 분위기를 조성해 줄 것. 이런 원칙이었다. 나는 이 소극적인 원칙을 고수할 셈이었다. 솔직히 말해서 나는 외톨이 고아였다. 따라서 누구도 나를 진실로 사랑해 주리라고는 믿지 않고 있었다. 그래서 헤어질 때 상처는 내 몫으로 해야 한다고 생각했다. 나는 늘 그렇게 살아왔으니까. 다만 나는 한동안이라도 외롭지 않고 사랑받는 환상을 보장받고 싶었다.

나는 그녀 집에 전화했다가 그녀의 어머니에게 혼이 난 꿈을 꾸었고 그녀에게 치근거리다가 뺨을 얻어맞은 꿈도 꾸었다. 또 어떨 때는 그녀를 껴안고 마구 우는 꿈을 꾸다가 깨기도 했다. 그러나 눈을 똑바로 뜨고는 한 번도 이런 내색을 하지 않았다. 그녀가 보고 싶어 견딜 수 없을 때는 운동장이건 도서관 열람실이건 마구 헤매다가 먼발치에서 그녀의 모습을 보고 발걸음을 되돌리곤 했다.

비가 오고 난 다음 날에는 눈에 보이게 겨울이 다가서곤 하더니 학기 말 시험을 두 주일 남겨놓고 첫눈이 내렸다.

"첫눈 턱. 첫눈 턱 내요."

나는 그녀를 만나자 달려가 헐레벌떡거리며 말했다. 이날은 도저히 참고 있을 수가 없었다.

"첫눈 턱이 어딨어요?"

그녀는 눈을 흘기며 그렇게 말했으나 결국 저녁을 샀다. 나는 아르바이트를 집어치웠다. 그래서 우리는 저녁을 마치자 다방에 앉아 있었다.

"내 생일도 겨울이었으면 좋을 뻔했어."

그녀가 감상적으로 말했다.

"언제가 제일 좋지요? 내 생일을 그날로 하게요."

그녀는 웃었다.

"어머. 생일을 마음대로 정하는 바보가 어디 있어요?"

"아무러면 어때요. 신고 나름인데."

"생일 생시가 그 사람의 운명을 결정하는 건데."

그러다가 그녀는 어깨를 움찔하며 웃었다.

"설마 미신이겠지."

그녀는 싱글싱글 웃고 있다가 이렇게 말했다.

"우리 엄마는요. 사주 관상을 보는 사람이 왔다 하면 빼놓지 않고 가요."

그녀는 또 혼자서 웃었다. 나는 그녀가 좀 얄미웠다. 천국에서 잠을 자고 지상에 내려와서 그곳 생활을 행복하게 회상하는 꿈 꾸는 천사 같았기 때문이었다.

"가족 전체의 사주를 보는 건데요, 아무도 그걸 그대로 믿는 사람은 없어요. 그러나 춘향전을 여러 번 듣는 것보다는 훨씬 변화가 있어 즐거워요."

어머니 주변에 가족들이 두리두리 앉아 과거를 다시 한번 되씹어보고 관상쟁이가 예견한 미래를 눈을 반짝이며 흥미진진하게 듣고 공상의 나래를 펴고 있는 행복한 가정을 그려보며 나는 눈 내리는 안방에서 이야기를 듣고 있는 소년처럼 귀를 기울였다.

"언젠가는 엄마하고 시장에 갔는데요, 저더러 잠깐 기다리라고 하더니 한 남자를 붙들어 왔어요."

"왜?"

"글쎄 집에까지 데려오더니 엄마 왈 '아저씨 관상을 보니 관상을 보게 생겼는데 관상 좀 안 봐 줄래요?' 그러잖아요. 그 사람은 정말 관상을 봤어요." 그녀는 꿈꾸듯이 말했다. 나는 막 웃었다. 그날 밤 그녀는 여느 때보다 유쾌했기 때문에 나도 이유 없이 유쾌했다. "큰 오빠 생일날이었어요. 그때 엄마는 시장에서 어린 자라를 열 마리나 사왔어요."

"자라를 한 마리씩 먹으려고요?"

그녀는 눈물이 나도록 웃었다.

"아이 무식해. 요리가 아니고요."

그녀는 한참 머뭇거리더니 이야기를 계속했다. 자라 등에 우리 각자의 이름을 써서 바다에 띄워주면 오래 산다는 것이었다. 그래서 법석을 떨며 페인트로 등에 각자의 이름을 써서 물에 담가놓고 잤는데 다음날 깨고 보니 다 어디로 가고 없었었다는 이야기였다.

"글쎄 그렇게 오래 살고 싶었나요?"

"나도 동감이에요. 하지만 부모들의 심정은 그렇지 않은가 봐요. 우리 가정은 종족보존의 본능이 유독 강한가 봐요."

"자녀 중 남자는 오빠 한 분뿐이었나요?"

그녀는 고개를 끄덕였다. 그러나 퍽 우울한 표정이었다. 내가 무언가를 물으려 하자 곧 화제를 돌렸다.

"그날 아침 우리는 교인들이 부활절 아침 달걀을 찾는 어린애들처럼 소란을 피웠어요."

"새침데기의 달걀은 어디서 찾았죠?"

"맞춰볼래요?"

"길 잃은 어린애처럼 길거리까지 나간 거 아니에요?"

그녀는 몸을 비비 꼬며 귀엽게 웃었다.

"가장 찾기 쉬운 농 밑에서 옹기종기 엎디어 있었어요. 착한 어린애들처럼."

이런 이야기를 듣고 있자 나 자신이 그녀로부터 점차 멀어져가는 느낌이었다.

"내 이름도 하나 써넣지!"

그녀는 얼굴이 홍당무처럼 되더니 소리쳤다.

"정말 얌체야." 그러더니 갑자기 생각난 듯이 말했다. "참 내 정신 좀 봐. 오늘 동생하고 영화 보러 가기로 해 놓고선."

"그럼 나오라고 해요. 나도 한 몫 끼게요."

그녀는 한참 나를 노려보더니 카운터로 가서 전화기를 들었다. 그러더니 이내 힘없이 돌아왔다.

"아직 안 돌아왔대요. 그 애는 나보다 더 감상적이에요. 아마 첫눈이 왔기 때문에 헤매고 돌아다닐 거예요."

"일어나요, 나갑시다."

내가 재촉하자 그녀는 입술을 뽀쭉 내밀더니 씽긋 웃고 깡충 일어났다.

극장 안은 으스스 추운 편이었다. 나는 약간 떨면서 영화를 보고 있었다. 예상외로 에로틱한 애정물이었다. 나는 그녀의 손을 꼭 잡고 있었다. 긴장된 순간. 화면에서 홍분된 남녀의 두 얼굴이 점차 가까워졌다. 내 앞자리에서는 가느다란 숨소리가 들려왔다.

나는 그 순간 또 하나의 조명이 화면을 향해서가 아니라 관객을 향해 명멸하며 비춰 주었으면 좋겠다고 생각했다. 관객을 관조자가 아니라 참여자가 될 수 있도록. 나는 관객의 표정도 보고 싶었다.

남자는 격정적으로 다가가 여자를 껴안았다. 그러더니 그녀를 들어 올려 침대 위에 눕혔다. 그는 뒹굴면서 여인의 등 뒤 지퍼를 끄르기 시작했다. 이때 갑자기 허벅지를 강하게 꼬집히고 나는 하마터면 큰 소리를 지를 뻔했다.

"얌체야. 일어나요."

어리둥절해서 그녀를 따라 극장 밖으로 나왔다. 좀 어두운 데까지 종종걸음으로 걷던 그녀는 휙 돌아섰다.

"그런 영화를 보면 남자가 더 부끄럽게 생각해야 하는 법 아니에요? 뭐에요 글쎄. 아이 챙피해."

그녀는 발을 동동 구르며 말했다. 어쩌면 그녀가 나보다 더 어른스러운 말을 하는지 알 수가 없었다. 한순간 나는 이제는 파탄이라고 생각했다.

"미안해. 정말 미안해."

쩔쩔매며 그렇게 말했다.

"미안하긴 뭐가 또 그렇게 미안해요. 어쩔 땐 꼭 바보 같애. 가서 시험공부나 해요."

그녀는 뱉듯이 말하고 뒤도 돌아보지 않고 총총걸음으로 사라져 버렸다. 눈이 언제 내렸느냐는 표정으로 길거리는 발랑 지저분한 몸뚱이를 보이며 나자빠져 있었다.

학기말 시험이 끝나자 나는 곧 농장으로 내려가 버렸다. 나는 언제나 이곳을 고아원(보육원)이라 부르지 않고 농장이라고 부르고 있었다. 노처녀인 우리들의 어머니는 오래전에 고아원을 정리하고 이 농장을 샀다. 당시 데리고 있던 열세 놈들은 대부분 입양을 보냈다. 지금 데리고 나온 몇 명은 그래도 어머니에게 싹수가 있는 놈이라고 인정된 형제들이었다.

방학 동안 이 어머니를 돕기도 하고 책을 읽기도 하며 줄곧 이 농장에서 지냈기 때문에 영화관 사건 이후 그녀를 만날 기회가 없었다. 새 학기가 시작되어서도 얼마 동안은 우리 사이가 서먹서먹하였다. 그러나 우리 사이는 곧 회복되고 옛날처럼 테니스도 하고 차도 마시곤 했다. 다만 불문율처럼 우리는 영화관 사건은 없었던 것처럼 묻어두고 지냈다.


새 학기가 시작되자 학교 행사가 많았다. 신입생 환영회, 체육대회 등이 끝나자 또 축제가 시작되었다. 학교가 작을수록 이런 모임을 즐기는 것 같았다. 나는 축제 때 여자 파트너를 누구로 했으면 좋겠냐고 그녀에게 물었다.

"그걸 왜 나에게 물어요?"

그녀는 무뚝뚝하게 말했다. 그러나 다음날이 되자 파트너로서 자기를 초대할 생각은 없느냐고 물었다. 나는 대환영이라고 정색을 하며 말했다. 그러나 밤이 되자 전화를 해 왔다. 아무래도 자기는 대중 앞에서 나와 안 만나는 게 좋을 것 같다고. 하긴 학내에서 파트너를 구하면 안 되겠다는 생각이 들기도 했다.

나는 다음날 그녀를 만나자 말했다.

"나는 이번 쌍쌍 파티에 안 나가기로 했습니다."

"어머, 그래요?" 그녀는 두 손을 앞으로 모으며 생각난다는 듯이 말했다. "그럼, 우리 그때 저녁 식사나 같이해요."

나는 의외의 대답에 눈이 커졌다.

"더욱 영광이지요."

그러나 막상 그날이 되자 그녀는 또 전화해 왔다. 둘만 빠져나간다는 것은 아무래도 나쁜 짓을 하는 것 같아 좋지 않다는 것이었다.

나는 그날 밤 폭죽 터지는 소리와 시끄러운 밴드 소리를 들으며 기숙사 방에 홀로 누워 있었다. 오히려 잘 되었다는 생각을 하며. 그녀와는 아무 진전 없이 이대로 졸업 때까지 가주었으면 좋겠다는 것이 내 소원이기도 했다. 그러나 대화가 너무나 즐거운 그녀를 사귈 수 없다는 것은 자신에게 너무 큰 고문이라는 생각에 괴로웠다.

다행히 바쁜 여러 가지 일들이 연발해 주었다. 화학과는 격년으로 졸업생을 외국에 유학시켰는데 군을 마치고 장학생인 나는 그중 유망주였다. 그래서 영어 공부를 열심히 하도록 미국인 과장의 권고를 받고 있었다. 거기다 중간고사가 다가서고 있었다. 그것이 끝나자 대학이 결연을 하고 있는 피혁 공장에서 의뢰해 온 크롬 태닝을 시도하기 위한 최적 조건을 구하는 실험을 과에서 지시한 대로 해야 했다. 따라서 나는 온몸에 쇠가죽 냄새를 풍겨대며 동분서주하지 않으면 안 되었다. 한편 말숙(이것이 그녀의 이름이다. 나는 이 이름을 부르는 것을 좋아하지 않는다. 이 이름은 용모만치 귀엽지도 않고 산뜻한 대화만큼 세련되지도 못했다. '딸은 이것이 끝이다.'라는 말숙(末淑)을 왜 내가 불러야 하는가?)은 그녀대로 중간고사 후 영어연극 준비로 바빴다. 희랍신화에 나오는 '피라모스와 티스베' 이야기인데 벽을 사이에 둔 두 원수의 가정에 피라모스라는 아들과 티스베라는 딸의 열렬한 사랑 이야기다. 두 사람은 밤중 아시리아의 왕 니누스의 무덤에서 만나기로 했는데, 먼저 나간 티스베가 사자에 쫓겨 베일을 떨어뜨리고 숨었다. 그 베일을 뒤쫓던 사자가 피 묻은 입으로 갈기갈기 찢어 놓았는데, 늦게 온 피라모스가 그것을 보고 애인을 죽은 걸로 오해하여 자살하였다. 뒤늦게 나타난 티스베가 다시 피라모스의 칼로 자살하는 비극 이야기다.

이때 튄 피가 그 무덤에 서 있던 뽕나무에 튀어 흰 오디가 붉은색으로 변했다는 비극이다. 여기에 그녀는 티스베 역을 맡고 있었다.

어느 날 나는 운동장에서 그녀를 만나자 연극의 대사를 외듯이 이렇게 말했다.

"오! 티스베여, 우리는 벽도 없지만 이렇게 만날 수가 없구려."

그녀는 나를 보더니 빙그레 웃었다.

"그 연극에 남자 주인공으로 출연해 볼래요?"

나는 또 대사를 이었다.

"그러나 나는 죽기는 싫소이다."

"저두요."

그녀는 애교 있게 답했다.

"정말 차 한잔할 시간도 안 납니까?"

그녀를 보고 있자 나는 마주 보고 앉아 있고 싶다는 충동을 또 느꼈다.

"우리 유월 중 휴일에 신나는 플랜을 짜서 놀러 나가요."

"또 실망하게 하려고요?"

"미안해요."

그녀는 한눈을 찡긋 해보였다.

신나는 플랜. 그것이 어떤 것이 될 수 있을까? 그러나 나는 무조건 즐거웠다. 온종일 그녀를 곁에서 쳐다보며 사이다 맛이 나는 대화를 할 수 있다는 것, 자체가 벌써 신나는 플랜이 아니겠는가?

드디어 연극은 끝나고 쾌청한 유월의 휴일이 왔다. 그녀는 2인분의 도시락을 싸서 나왔다. 우리는 한적한 교외의 절을 찾았다. 절이 속세를 떠나는 상징이라면 우리는 일종의 도피행각을 한 셈이었다. 이 아련한 공범의식이 또한 나를 더없이 설레게 했다. 절에 도착하여 산을 헤매다가 클로버가 한 무더기 나 있는 잔디를 발견하자 나는 벌렁나자빠져 뒹굴었다. 나뭇가지 사이로 파란 하늘이 커다란 둥근 물방울처럼 매달려 있었다.

"만세를 부르고 싶은데." 하고 소리쳤다.

"우리 연극 어땠어요?"

그녀는 배를 깔고 엎디어 클로버 꽃으로 화환을 만들며 말했다.

"멋있었어. 배경 하나도 없이 연극을 했다는 건 말이야. 나무판자에 그려놓은 벽과 벽 틈을 보고 그것이 바빌로니아의 벽과 벽틈이라고 우리는 보고 있었거든. 연극은 자유로운 영혼들의 상상과 꿈을 불러모으는 힘이 있어 좋아요."

"누가 그런 이야기를 하랬어요? 내 연기 어땠느냐는 말이에요."

"일품이었지. 연기자는 제2의 창작자라고 했던가? 뜨거운 사랑을 체험하지 않고는 도달할 수 없는 경지였어요."

"뭐라구요?"

그녀는 마구 내 등을 두들겼다.

"또 애인을 따라 죽으려고 할 때의 연기. 나는 영어를 잘 알아들을 수 없었는데 그때 뭐라고 했었죠?"

"'오! 죽음만이 당신과 나를 갈라놓을 수 있지만, 그 죽음도 내가 당신 곁으로 가는 것을 막지는 못할 것이오.' 그 부분 말이에요?"

"맞았어. 더 실감 나는데. 그 장면이 더욱 일품이었어요."

"나는 정말 그렇게 죽고 싶다고 생각해요. 그러나 현실에서는 정 반대지만."

그녀는 일어서서 클로버 꽃은 모두 꺾어와서 하늘을 쳐다보고 누워 있는 내 가슴이며 배 위에 가뜩 늘어놓고 화환을 만들면서 이야기했다.

"남들은 나더러 명랑하다고 말하지만, 집에 가면 우울한 생각을 더 많이 해요."

드디어 커다란 화환이 만들어졌다. 그녀는 화환을 목에 걸고 배를 간 채 내 옆으로 바싹 다가 누웠다.

"여기다 목을 집어넣어요."

나도 배를 깔고 둘이서 한 화환에 목을 걸었다.

"처음으로 만났을 때 액자에 관해 이야기하셨죠?"

나는 화환 속에서 그녀를 마주보았다.

"우리는 지금 현실과 격리된 액자 속에 있는 거예요. 꿈과 자유밖에 없는."

그녀는 벌떡 일어나 화환을 멀리 던져버렸다.

"왜 그래?"

"필요 없잖아요. 우리는 이미 액자 속에 있는 건데. 이젠 온 산이 다 우리의 것이에요. 우리는 지금부터 꿈속에서 사는 거예요."

그녀는 양팔을 벌리며 자유를 만끽하는 형상으로 말했다.

"나는 진작부터 꿈을 꾸고 있는걸."

"무슨 꿈?"

"이게 꿈이 아니야?" 나는 그녀에게로 다가가며 말했다. "꿈이 아닌지 만져 봐야지." 그녀의 어깨를 잡으며 말했다.

그녀는 징그러운 뱀이나 본 듯이 괴성을 지르며 빠져 달아났다. 우리는 쫓고 쫓기고 넘어지고, 뒹굴고, 웃으며 온 산을 헤매었다. 그리고 허전해지자 점심을 먹었다.

"인생도 소꿉장난 같애."

그녀는 말했다. 이때쯤 해서 우리의 말투도 변해 있었다.

"왜 소꿉장난이야? 인생은 싫어도 그만둘 수 없는데."

"난 그런 게 싫더라. 액자 속의 인생엔 그런 거 없기."

"오직 우리들의 꿈만을 위해."

나는 음료수병을 높이 들었다. 점심을 마치자 심심해졌다.

"우리 트럼프 할까? 나 가져왔는데."

"여기까지 와서 무슨 트럼프야?"

"그럼 뭘 해. 심심하잖아."

"그냥 이렇게 서로 쳐다봐. 상대방의 영상이 망막에 각인될 때까지."

우리는 오십을 세기까지 상대방을 뚫어지도록 쳐다보는 놀이를 했다. 오십 번째에 고개를 확 돌려 푸른 하늘을 쳐다보는 것이다. 그럼, 거기 하늘에 상대방의 모습이 신기하게 하늘에 뜨는 것이었다.

그것도 지치자 다시 벌렁 드러누웠다. 그녀가 내 바른팔을 붙들더니 부끄러운 듯이 얼굴을 땅에 묻고 팔을 베었다.

"나 이런 일 처음이야. 오해 말아줘. 괜찮지?"

나는 처음 사지가 얼어붙어 꼼짝할 수 없는 것 같았다.

"꿈꾸는 건데 뭐."

그녀 쪽으로 돌아눕지 못하고 꼼짝할 수 없어 하늘을 쳐다보고 있었다. 내가 늘 사랑해 온 긴 머리칼이 내 팔 위에 놓여 있었다. 팔뚝의 맥박이 크게 뛰어 그녀의 머리에 방망이질을 하는 것 같았다.

"왼손 좀 줘 봐요. 손금 봐 줄게요."

"뭐야, 또 수상도 보시나?"

나는 왼손을 펴 보였다.

"어머, 성공 줄이 기세 좋게 뻗었는데."

"성공하려나 보지?" 나는 또 물었다. "오래 살겠나 봐 줘요."

"팔십까지는 살겠는데요. 초년고생이 많군요."

"돗자리 깔아도 되겠는데. 마누라 복도 있는지 봐 줘요."

"응, 복이 많겠어. 그런데 서른두 살 때쯤에 결혼하겠는데요."

"뭐라구? 노총각이 되어서? 그럼 마누라 복이 없잖아."

나는 갑자기 바른팔에 힘을 주어 그녀를 껴안으며 돌아누웠다. 그녀의 얼굴이 바로 눈앞에 있었다. 그녀의 표정이 야릇하게 변하고 나는 기분이 묘해지면서 온몸에 전율이 오고 가슴이 뛰기 시작했다. 그녀의 체취에 몽롱해진 채 나는 눈을 감았다. 나는 그녀를 끌어안고 한 몸으로 녹아들고 싶었다. 그러나 끝내 그녀를 힘 있게 끌어안고 입 맞추지 못하고 바른팔에 힘을 풀었다. 그 순간 나는 귀여운 파랑

새에게 상처를 줄 수 없다고 강하게 의식하고 있었다. 그녀는 일어나 앉아 고개를 흔들고 흩트러진 머리를 양손으로 쓰다듬어 내렸다. 나도 벌떡 일어나 가까이에 있는 나무를 힘껏 세 번 쳤다. 주먹이 쓰리고 할퀸 자국에 피가 맺혔다.

"뭘 하는 거야."

그녀는 놀란 듯이 물었다.

"정말 꿈이 아닌지 확인해 보려구."

그녀는 화장지를 꺼내어 내 손의 핏자국을 꾹꾹 눌러 주었다.

"난 현철 씨를 너무 몰라. 현철 씨 이야기 좀 안 해 줄래요?"

이때 그녀는 내 이름 김현철을 처음으로 불렀다. "현철 씨." 하고 부르니 참 야릇했다.

"우리는 지금 현실을 떠난 사람들이 아니던가?"

"좋아요. 그럼."

그녀는 입맛이 쓰다는 듯 맥이 빠져 있었다.

"그 대신 이야기를 해 주지."

나는 저만치 물러나 나무에 기대앉아 이야기를 시작했다.

"옛날에 금슬 좋은 젊은 농사꾼 부부가 살고 있었지. 하잘것없는 움막이었고 몇 마지기 안 되는 논밭이었지만 그들은 불평을 모르고 행복하게 살았댔어. 그들은 일찍 결혼했지만, 슬하에는 국민학교 이 학년짜리 아들 하나밖엔 없었어. 그래서 그들은 이 아들 하나가 보람이었지. 어느 날 농부는 아직도 처녀같이 고운 부인을 보고 이렇게 말했어. '신령님도 우리 사이를 보면 질투할지도 몰라.' 그러나 벌써 북쪽에서는 검은 구름이 일고 폭풍우가 몰려오듯 어두운 그림자가 남하하고 있었어. 어둠이 이 집 앞에까지 와서야 그들은 사태의 심각함을 깨달았어. 결국, 장총과 농구화는 이 마을을 쑥밭으로 만들고 남쪽으로 내려가고 있었어. 이 부부는 두려워서 끼어 안고 오돌오돌 떨고만 있을 뿐. 무엇이 어떻게 되어 가는지 도무지 종잡을 수가 없는 혼란 가운데 악몽 같은 몇 개월이 지났는데 이번에는 빛과 함께 검은 구름이 북으로 밀려나면서 또 한 번 악마는 마지막 장난을 했단 말이야. 억센 세 사람의 농구화들이 장총을 갖고 밀려들더니 샅샅이 집안을 뒤진 뒤 가져갈 것이 없자, 젊은 농부를 산으로 끌고 가버린 거야. 아내가 그렇게 가슴 찢어지는 울음으로 호소해도 막무가내로. 그 뒤 매일 밤 농군의 집에서는 정화수를 떠 놓고 호롱불 밑에 흐느끼며 비는 애처로운 여인의 목소리만 들렸었어. 그런데 다시금 어둠과 빛이 요란하게 뒤바뀌더니 마지막 어둠이 북으로 밀려나면서 요란하게 짖어대는 개 소리와 함께 두 사람의 농구화가 장총을 들고 이 집에 들이닥쳤어. 온 집안을 뒤졌으나 더는 가져갈 것이 없었어. 그도 그럴 것이 이제는 흐느끼는 젊은 여인과 오돌오돌 떨고 있는 가엾은 어린 소년이 있을 뿐이었으니까. 그러나 한 농구화는 그래도 서운하다는 듯이 다시 한번 가냘프게 흐느끼는 여인을 돌아보았어. 그러더니 장총을 내던지고 별안간 여인 위를 덮쳐 눌렀던 거야. 놀란 소년을 또 하나의 농구화는 밖으로 끌어내어 울 안의 감나무에 묶어 놓고 걸레로 입을 틀어막아 버리고 말이야. 사내는 방 안으로 사라지고 얼마 후에는 요란한 총성이 서너 번 안에서 울려 왔어. 이것이 소년이 어머니를 마지막 본 무서운 순간이었어. 마을 어른들은 이 불쌍한 소년을 고아원으로 보냈었지. 다행히도 그 고아원장은 신앙이 좋은 처녀로 좋은 분이어서 이 소년을 잘 돌보았고 고아원을 청산한 뒤에도 끝까지 그를 아들 삼아 귀여워하며 그 소년을 대학까지 보낸 거야."

여기까지 이야기를 듣고 있던 말숙은 불쌍한 표정으로 나를 보고 있었다.

"왜 그렇게 무서운 이야기를……"

"말숙이 현실을 듣고 싶어 했으니까." 나는 마음이 후련해짐을 느꼈다.

"그러나 그런 이야기는 다 숨겨두고 말하지 않는 법 아니야?"

"아직 이야기가 끝나지 않았는데."

"아니야, 무서워 더 듣고 싶지 않아."

그녀는 정말 무서워 몸을 오돌오돌 떨며 고개를 파묻고 웅숭그리고 앉아 내 앞으로 기어 왔다.

"나 좀 안아 줘, 응?"

병아리를 품은 씨암탉처럼 그녀를 품고 나는 부드러운 머리칼 위에 몇 번이고 몇 번이고 입 맞추었다. 우리들의 체온은 따뜻이 녹아들고 있는 것 같았다.

(소녀야, 감상에 젖어 나를 동정하지 말아라.)

그녀는 울먹인 표정으로 나를 쳐다보면 말했다.

"내 마음이 변하기 전에 한 가지 물어봐 주지 않을래요?"

"뭔데?"

"나더러 현철 씨를 사랑하느냐구."

나는 그녀의 이성을 잃은 방황을 이해할 수 있을 것 같았다. 나는 그녀를 일으켜서 꼭 껴안고 오래도록 머리를 맞대고 있었다. 그러나 나는 그 질문에 끝까지 답하지 않았다. 나는 '너 언제까지 이렇게 숨기고 살래?' 하고 속에서 외치는 목소리를 들었다. 또 '안 돼요. 안 돼요' 하는 그녀의 목소리도 들었다.

(한순간의 감성에 휘말려서는 안 돼. 이성을 되찾자, 이성을.)

우리는 나쁜 장난을 하다가 들킨 어린애들처럼 소스라치게 놀라서 산에서 내려왔다.

이것이 우리의 마지막 데이트였다. 나와 말숙과의 데이트는 물론 일회적이었지만 이들은 내 마음의 액자 속에서 오래도록 간직되어 몇 번이고 몇 번이고 새로운 생명력을 가지고 재생되었다. '한 여자만 사귈 것. 여자에게 절대 치근거리지 말 것.' 이런 따위의 원칙에 제약을 받고 있던 나의 데이트는 참으로 우스꽝스러운 것이었지만 마음속으로 그림이 재생될 때마다 이 사소한 모든 것은 투명해지고 참으로 내가 나의 새침데기, 나의 파랑새, 나의 말숙을 아끼며 사랑했다는 정직한 감정만은 남곤 했다.

졸업하고 얼마 안 되어 그녀는 내가 근무하고 있는 고등학교로 찾아온 일이 있었다. 집에서는, 의사로서 미국에 이민하려고 하는 사람과 약혼을 하도록 강요하고 있는데 나더러 정식으로 자기 부모를 찾아보고 청혼해 주지 않겠느냐는 이야기였다. 그러나 나는 거절하였다. 그것은 서로를 절망에 빠뜨리는 원인이 된다고 생각했기 때문이었다.

나는 미국에서 학위를 마치고 귀국하자 농장의 어머니를 만나 뵙고 곧 모교 대학을 찾았다. 철우가 대학에 조교로 남아 학위를 마치고 전임 강사로 취직해 있었다. 나는 그의 손을 힘 있게 쥐며 어깨를 두들겼다.

"야, 이 자식아."

"이 자식, 하나도 안 변했군."

4년이 훌쩍 지난 뒤였다. 대학의 건물은 늘었지만, 손때 묻은 화학 실험실은 변함이 없었다. 갑자기 말숙의 모습이 어른거렸다.

"요즘도 테니스 하니?"

"그럼, 요즘은 하드가 대유행이다. 자식, 선물로 내 라켓이나 하나 사 들고 오지 않고."

나는 버릇으로 양어깨를 움칠해 보였다.

"나도 거기 가서는 테니스를 못 했어."

그러다가 말숙의 이야기를 꺼냈다.

"말숙은 미국 이민을 떠났나?"

철우는 나를 빤히 쳐다보았다.

"너 아직 그 앨 못 잊고 있구나."

"아니 그저 물어봤을 뿐야."

"그 애 시내에서 교편 잡고 있다."

나는 깜짝 놀랐다.

"어떻게 된 거지?"

"글쎄 아무도 그 애의 심경 변화를 아는 사람은 없어. 약혼하고 오류 개월 됐나? 갑자기 도미 직전에 파혼했어. 그리고는 시내 전문학교에서 교편을 잡고 있지. 얼마 전에 대학원도 마쳤지. 원래 머리가 비상하지 않니?"

그는 무표정하게 말했다.

"결혼은 했나?"

"아냐. 아주 처녀로 늙으려나 봐. 너 옛날 말숙으로 생각하면 큰 오
신이다. 그 앤 원래 명랑했잖아? 그런데 아주 딴사람이 되었어. 통 친
구도 만나지 않고 말이야."

철우와 헤어져 학교를 나오자 나는 말숙을 한번 만나보고 싶다고
생각했다. 오래도록 정들었던 시내였지만 어쩐지 외국에 온 것처럼
어설펐다. 다방 '금문교'는 옛날 그대로였다. 그러나 그림 같은 모습은
전혀 아니었고, 길가로 향한 창들은 먼지와 그을음에 꽉 찌들어 있었
다. 나는 저녁을 먹기는 일렀기 때문에 어슬렁어슬렁 층계를 올라 다
방으로 들어갔다. 옛날 그대로였다. 그러나 매우 남루하다는 인상을
주는 곳이었다. 손님도 별로 없었고 쓸쓸했다.

내가 옛날 말숙과 처음 앉았던 자리를 찾느라 두리번거리고 있자
몸집이 크고 백육십 파운드는 족히 되어 보이는 레지가 교태를 보이
며 다가오더니 어서 오세요 어쩌고 하며 어깨에 매달리다시피 팔짱을
끼고 나를 가까운 의자에 앉혀버렸다. 역시 한국이라는 생각을 하며
벌떡 일어섰다.

"누굴 찾으세요?"

"아뇨. 의자를 찾고 있습니다."

"무슨 의자요?"

레지는 의아스러운 눈초리로 나를 쳐다보았다. 나는 방향감각을 잃
고 있었다.

"아냐, 아냐."

다시 자리에 앉았다. 나는 옳게 찾아 앉은 것이다. 그곳은 내가 처음 말숙을 기다리며 앉아 있었던 자리였다.

"차 드실래요?"

"커피요."

나는 의자에 기대어 눈을 감았다. 참으로 많은 것이 변했다고 생각했다. 나는 고아라는 이름표를 떼려고, 즉, 옛날의 깊은 상처에서 헤어나려고 몸부림치고 살고 있던 나 자신을 생각했다. 미국의 양부모들에게서 고아원으로 선물이 오면 나는 고아들을 웃게 하고 선물을 안겨서 사진을 찍어 감사편지를 보내는 일을 많이 했었다. 그렇게 편지를 보낼 때면 속으론 '우리 거지들은 이렇게 행복합니다.' 하고 솔직히 편지를 써서 보내고 싶었던 것이 사실이었다. 나는 이 과거에서 벗어나려고 애썼지만 내 긴장이 풀릴 때마다 무시로 엄습하는 고통을 이길 수가 없었다. 그 혼란기에 나 정도의 가슴 아픈 상처를 갖고 있지 않은 사람이, 나뿐이었겠는가?

"차 왔어요." 레지가 신경질적으로 말해서 나는 눈을 떴다. 그런데 웬일인가? 맞은편 빈 탁자 앞에 초록색 방울 무늬의 원피스를 입은 말숙이 앉아 있는 것이 아닌가? 나는 안경을 벗고 내 눈을 비비고 다시 보았다. 분명 말숙이 똑바로 앞을 바라보고 앉아 있었다.

나는 그녀 곁으로 다가갔다.

"누구 손님을 기다리시나요?"

"네. 그래요."

그녀는 나를 보지도 않고 말했다.

"그동안 잠깐 앉아도 될까요?"

"아무 캐나요." 그리고서 그녀는 얼굴을 돌려 나를 유심히 쳐다보았다. 그러더니 "어머." 하고 넋 나간 사람처럼 일어났다. 나는 그녀가 시치미를 떼고 있는 줄 알았다. 그런데 내가 설마 거기에 있으리라고는 생각지 못했던 것 같았다. 그녀는 내 가슴을 두들기고, 꼬집고 소란을 피울 줄 알았는데 차분히 말했다. "언제 오셨어요?"

"얼마 전에 귀국했습니다."

나는 마주 앉으며 말했다.

"아는 분이세요?"

레지가 이상하다는 뜻이 차를 옮겨다 놓으며 말했다.

"네, 잘 아는 처녀입니다."

그녀는 레지를 보고 빙그레 웃더니 이어 말했다.

"안경을 쓰셨군요."

"눈이 나빠졌습니다. 왜, 싫습니까?"

"아니요. 더 품위가 있어 보이는데요?"

나는 이런 진부한 대화를 하고 싶지 않았다. 그래서 단도직입적으로 물었다.

"말숙 씨에 대해 좀 더 알고 싶습니다."

그녀는 씩 웃었다. 의자에 기대어 멍하니 벽을 응시하고 다시 고쳐 앉고, 망설이곤 하더니 이내 결심한 듯 입을 열었다.

"그냥 이야기할게요." 그녀는 겸연쩍은 듯이 내 표정을 읽으며 또 씩 웃었다.

"그분들은 복이 많은 분이었지요. 물려받은 과수원과 논밭만 하더라도 오십만 평이 넘었답니다. 마을 사람들은 적건 많건 그분의 은혜를 입고 살지 않은 사람이 없었지요. 다만 소원이 있다면 아들을 더 갖고 싶다는 것뿐이었어요. 맏아들 밑으로는 줄곧 딸만 넷이었으니까요. 이 귀염둥이 맏아들은 서울의 작은 아버지 댁에서 학교에 다니고 있었답니다. 그런데 6·25가 터졌어요. 충청도 시골에서 살던 그분들은 어쩔 바를 몰랐습니다. 아들도 기다려야 했지만, 정부가 남쪽으로 천도를 하자 이 농장에서 남쪽의 가까운 친척을 찾아 피난하여야 했어요. 부르주아는 무조건 그들이 타도해야 할 대상이었으니까요. 어린 딸들을 거느리고 겪어야 하는 피난 생활에서 그들은 처음으로 고생이라는 것을 실감하게 되었답니다. 거기다 어머니는 위경련이란 병까지 얻게 되었어요. 갑자기 몸을 비비 꼬며 신음하면 딸들은 우울한 표정으로 둘러앉아 그것이 맏아들에 대한 걱정 때문이라고 말없이 생각하고 있었답니다. 수복되었으나 맏아들은 나타나지 않았어요. 작은아버지 가족도 보따리를 싸고 가족들이 뿔뿔이 헤어졌답니다. 몇 달 후 정부는 수복하여 평양까지 탈환했으나 중공군의 개입으로 국회는 다시 부산 문화극장에서 개회하는 혼란을 계속하고 있었답니다. 그 속에서 그분들은 가족의 생명을 지키는 것도 힘들었지요. 그러나 어머니는 옛집으로 돌아가기를 원하고 있었답니다. 아들이 돌아오면 찾아올 집이 있어야 했기 때문입니다. 시국이 어느 정도 안정이 되자 충청도 야산 마을로 돌아왔습니다. 그러나 밤에는 가끔 나타나는 빨치산 때문에 생명의 위협을 느끼고 땅 반절은 헐값으로 팔고 집은 큰딸과 사위에게 맡긴 채 아버지는 치안이 좀 잘 되는 도시로 옮겼답니다. 물론 어머니는 그곳에 남았지요. 정전 협정이 되고 포로 교환이 시작되자 교환자 명단에 혹 아들의 이름이 있는지 정신 없이 뒤졌구요. 어머니의 위경련은 더욱 심해졌답니다. 전쟁의 공포는 점차 사라져가고 전쟁 당시 막내딸이었던 소녀가 장성하여 대학에 들어갈 무렵 충청도의 작은 대학을 졸업한 이 소녀는 약혼자를 따라 미국에 이민 갈 준비를 하고 있었답니다. 한때 실연을 당한 자포자기도 곁들여서."

그녀는 여기서 말을 중단하고 현철을 힐끗 한번 쳐다보고 다시 계속했다.

"그런데 얼마 안 되어 이 집안에 우레같은 소식이 전해 졌답니다. 그때 간첩이 한 사람 잡혔는데 이 집에서 그렇게 찾던 아들이 그 간첩과 함께 대남침투 훈련을 받았다는 소식이었답니다. 그 간첩에 의하면 이 아들이 곧 남파될 가능성이 있다는 몸서리쳐지는 소식이었지요. 반가워해야 할지 슬퍼해야 할지 종잡을 수 없는 소식에 어머니는 기절하고 말았답니다. 이것은 아버지가 대공분실에 불려가서 혹 접선이 있으면 바로 신고하겠다는 각서를 쓰고 돌아온 뒤였습니다. '간첩신고는 113으로' 이런 말이 남의 이야기가 아니고 우리 일이라는 것을 알았을 때 딸들은 오돌오돌 떨고만 있었어요. 큰언니 집에는 날마다 잠복근무가 계속되었어요. 약혼자와 함께 그곳에 들렀을 때 언니는 입술이 새파랗게 되어 말도 큰소리로 하지 못했어요. 날마다 낯선 사람이 집을 지키고 있어서 자기는 무서워서 더는 그곳에 살 수 없다고 했어요. 다 떠나면 어머니만 그 집을 지키겠다고 우겼지요."

나는 무표정하게 이야기하는 그녀의 얼굴을 가엽고 안타까운 마음으로 뚫어지게 지켜보았다. 그녀는 내 시선을 느껴서인지 말을 중단하고 나를 쳐다보더니 갑자기 입술을 꽉 깨물었다. 금방 눈 가장자리가 빨갛게 되더니 눈물이 핑 도는 것 같았다.

"우는 거요?"

"아니에요. 왜 울어요."

그녀는 고개를 들고 웃어 보이고 눈물을 보이지 않으려고 고개를 옆으로 돌렸다.

"제 이야기는 그것이 전부예요. 맏아들은 나타나지 않고 변덕스러운 날씨처럼 다시 햇발이 돋았으니까요. 그 아들은 이제는 나이가 많아 남파간첩으로는 결격이라나요? 그러나 그때 소녀는 연좌제로 유학을 못 가게 되고 약혼자를 잃은 거죠. 그게 뭐라고. 나 웃기죠?"

나는 그녀의 상처를 충분히 이해할 수 있을 것 같았다. 웃음과 명랑했던 성격을 빼앗아 가버린 악몽. 옛날 트라우마에 갇혀 헤어나지 못하는 소녀.

나는 그녀의 팔을 잡고 일으켜 세웠다.

"오늘 밤 저녁 안 사주시렵니까?"

그녀는 말없이 일어나 걸었고 전엔 볼 수 없었던 양식집으로 나를 안내하였다. 나는 식사에 곁들여 맥주도 갖다 달라고 말했다.

"조금 드시죠."

"조금만."

그녀는 사양하지 않고 잔을 내밀었고 내 잔에도 맥주를 가득 채워주었다.

"우리의 장래를 위하여."

나는 술잔을 쳐들었다.

"결혼하셨어요?"

나는 고개를 가로저었다. 그리고 물었다.

"말숙 씨. 저더러 말숙 씨를 지금도 사랑하느냐고 묻지 않으시렵니까?"

이것은 오래 전에 물었던 말이었다.

수줍은 듯이 그녀가 고개를 떨어뜨렸다. 나는 그녀를 집에까지 걸어서 바래다주기로 했다. 벌써 땅거미 져 어두워지고 있었다. 가는 길에 우리는 그 영화관을 지났다.

"생각납니까?"

내가 묻자 그녀는 대답 대신 내 손등을 꼬집었다. 나는 그녀의 손을 꼭 잡았다. 이번에는 그녀도 털어버리지 않고 내 손을 힘 있게 깍지끼어 주었다.

"우리 클로버 화환 속으로 다시 들어갑시다."

"무슨 말이에요."

"현실을 떠나 액자 속으로 다시 들어가자는 말입니다."

"그 철없던 시절로요?"

"거기서 우리는 어두운 현실을 떠나 자유롭게 새로운 일을 시작할 수 있습니다."

"더는 현실이지 아니잖아요."

"클로버 화환을 던져버리세요. 현실입니다. 그러나 우리는 다른 세상에 사는 것입니다. 신이 우리를 위해 새로운 일을 시작하시는 것이 안 느껴집니까? 지난 과거를 잊어버리고 암울한 과거에 살지 말라고 명령합니다. 뭉게구름처럼 피어오르는 새로운 앞날을 예비했다고 말합니다. 말숙 씨, 우리 결혼합시다."

그녀는 놀라서 멈추어 섰다. 나는 그녀를 꼭 껴안고 말했다.

"과거의 상처가 우리를 괴롭히면 이렇게 보듬고 새로운 세상을 삽시다."

말숙은 내 어깨에 얼굴을 묻고 참새처럼 떨고 있었다.


이상하게도 나는 그녀가 점친 대로 꼭 서른둘에 그녀와 결혼하였다.

# 建築獻金(건축헌금)

:

'너희 보물을 하늘에 쌓아두라'라는 제목으로 낮 설교를 할 때부터 나는 오늘이 바로 그날이구나 하고 짐작하고 있었다. 그날이란 교회 집사들로 구성된 제직회에서 새로 짓게 될 교육관을 위한 헌금액을 작정하는 날이라는 뜻이다.

교회에서 예배에 버금가는 중요한 일은 교육과 전도훈련인만큼 교육관의 신축이 시급하고 중요하다는 것은 재론할 여지가 없었다. 그런데 불경기로 생활이 어려워진 데다 건축 자재비가 폭등해서 적지 않은 건축 자금을 어떻게 교인들이 부담해 낼 것인가 하는 문제 때문에 오랫동안 결단을 내려오지 못했는데 그동안 건축위원회가 구성되고 준비 기도를 오래 해오면서 결국, 적극파의 의견이 우세해져 금명간(今明間) 건축헌금을 하게 되리라는 풍문이 떠돌고 있던 터였다. 그런데 아니나 다를까 제직회 벽두부터 오늘은 제직(諸職)들이 먼저 헌금 약정을 하자는 말이 튀어나왔다.

"아무래도 우리 교회가 교육관을 지어야 할 모양인데 그렇게 되면 난 얼마쯤 헌금해야 되지?" 이렇게 나는 며칠 전 아내에게 물었었다.

"알아서 하시구려. 당신 봉급 생각해서."

아내는 좀 못마땅한 듯했다.

"도대체 왜 교회가 그렇게 건물만 지어대죠? 일주일에 한두 번밖에 안 쓰는 건물을 말이에요. 전 그런 돈 있으면 차라리 구제사업을 했으면 좋겠어요. 우리 교인 중에서도 가난한 사람이 얼마나 많아요."

교육관은 자그마치 삼 층 삼백 평의 건평을 예상하기 때문에 평당 십만 원만 잡아도 삼천만 원이 예상되었다. 따라서 육백 명 교인이 평균 오만 원꼴은 부담해야 할 처지였다.

"적어도 오만 원은 내야겠지?"

"오만 원이요?" 아내는 눈이 휘둥그레져서 말했다. "당신 봉급이 얼만데요? 반도 더 내고 어떻게 살 셈이에요?"

"그렇지만 우리 생활은 육백 명 교인을 생각할 때 중간은 되지 않소?"

"정말 교육관을 짓겠다는 사람들 극성이에요." 그러다가 생각난 듯 말했다. "참 교회에 김박수 집사님이라고 계시잖아요?"

나는 고개를 끄덕였다.

"그분이 글쎄, 교회 일이라면 물불을 가리지 않는대요. 그래서 이번 교육관 헌금에도 덥석 적어넣고 몇 년 동안 빚에 허덕이면 어쩔까 하고 여간 걱정이 아니래요. 그 부인이 화장품을 팔러 와서 그랬어요."

나는 말할 때마다 머리를 긁적긁적하고 수줍어하는 사람 좋은 김박수 씨를 떠올렸다. 그는 시계상을 하고 있었다. 아마 오랫동안 노변에 진열장을 놓고 시계나 라이터를 수리하고 있다가 겨우 작은 가게를 하나 얻게 된 모양이었다. 그는 그것이 퍽 대견스러웠을 텐데 그의 표현은 어쩌면 그렇게 수줍어하는 것인지 알 수 없었다. 나는 그때 복잡한 책방 골목을 지나 버스를 타러 가는 도중이었는데 누군가가 가게 문을 열고 뛰어나와 내 손을 반갑게 잡았었다. 그가 김 집사였다.

"웬일입니까?"

내가 놀라서 묻자 그는 좀 당황해서 머리를 긁적였다.

"여기가 제 상점이에요."

그는 바로 문을 열고 뛰어나온 상점을 가리켰다. 그러나 그곳은 시계점이 아니고 라디오점이었다. 나는 그가 분명 그 가게를 보여주고 싶어하고 있다는 것을 눈치챘기 때문에 선뜻 상점 안으로 들어섰다. 그 작은 가게는 반으로 나뉘어서 진열장이 놓여 있었는데 한편은 라디오상이고 다른 한편이 그가 하는 시계상이었다. 진열장에 몇 개 놓인 시계가 참으로 초라해 보여서 나는 그것을 샅샅이 봐 준다는 게 민망스러운 일이었다.

"부끄럽습니다. 그저 이름이 시계방이지…."

그는 묻지도 않았는데 또 머리를 긁으며 부끄러운 표정을 지었었다.

"아뇨. 훌륭합니다."

나는 얼결에 대답하고 나서 내 말이 공치사로 들릴까 걱정이 되자 냉큼 내 시계를 풀어 내주었다.

"참 그러잖아도 내 시계 분해청소를 한번 하려던 참이었는데 좀 봐주시지요."

그는 시계를 받아 쥐자 자리에 앉아 접안 확대경으로 내부를 이리저리 들여다보고 또 전자 조정기에 대보기도 하고 하더니 그냥 돌려주었다.

"얼마 동안 괜찮겠네요. 그냥 쓰시지요."

나는 수고비를 꺼내 주었으나 그는 한사코 받지 않고 사양했다. 그리고 떠날 때는 상점 밖까지 나오더니 "고장 날 때는 가져오세요. 공으로 봐 드릴게요." 하고 자기가 가게를 하나 가지고 시계를 수리하며 지내는 것이 대견스러운 듯이 얼마 동안 길 위에 서 있었다.

"그분이 글쎄 그렇게 신앙이 좋대요."

"어떻게."

나는 그에 대해 들은 바가 많았지만, 또 새로운 이야기가 있나 해서 물었다.

"그분이 하는 시계점 곁에 고물 라디오상이 하나 있대요. 거기서 중고 녹음기를 하나 샀다나요?"

"아 그 녹음기 이야기?"

"아세요?"

"유명하지."

"찢어지게 가난한 주제에 글쎄 무슨 녹음기에요."

그는 그 녹음기를 보물 단지처럼 교회로 들고 다녔다. 난 설교를 듣다가도 가끔 졸기가 일쑨데 그도 그러는지 꼭 설교를 녹음해서 집에 가서 다시 한번 듣곤 하는 모양이었다. 한번은 집에서 녹음을 듣고 있다가 꼬박 졸았는데 깨어보니 녹음기의 모터는 돌고 있는데 테이프가 딱 멎어 있었다. 시계를 다루고 있어 기계 속은 꽤 잘 안다는 그는 여기저기 뒤져봤으나 고장의 원인을 찾을 수가 없었다. 더구나 카세트는 끼워진 채 고정되어 꼼짝도 하지 않았다. 단추를 이것저것 눌러 봐도 막무가내였다. 그는 설교를 듣다가 자기가 졸아서 하나님께서 자기를 징계한 것으로 판단하고 기도로 고쳐보려고 생각했다. 그는 무릎을 정중히 꿇고 앉아 죄를 자백하고 한 시간 가까이나 골똘히 기도한 뒤 '하나님께서는 믿는 자의 모든 기도를 회개할 때는 들어 주신다.'라는 것을 확신하고 기도 후 단추를 꾹 눌렀다. 그러나 녹음기는 모터만 돌뿐 꼼짝하지 않았다. 아내가 라디오상은 일요일 문을 닫지 않기 때문에 바로 가서 고쳐오라고 이야기해도 듣지 않고 기도가 부족한 것으로 생각하고 눈을 감고 다시 소리를 높여 기도에 들어갔다. 한 시간쯤 지났을까 해서 그가 눈을 뜨고 다시 단추를 누르자 놀랍게도 녹음기가 돌기 시작했다. 그러나 사실은 이걸 보고 있던 아내가 하도 답답해서 기도하다가 잠든 사이 라디오 방에 가서 수리해다 놓았다는 이야기였다.

"그러니 부인이 걱정하지 않겠어요? 한 오만 원쯤 헌금했다고 해봐요. 그 집이 어떻게 되겠나. 더구나 그 부인은 지금 임신 중이래요."

"어린애가 몇인데?"

"초등학교 다니는 딸 그리고 다섯 살짜리 아들이 있다나요?"

"딱 알맞은데 또 임신했군."

"글쎄, 사이가 떠서 잠깐 정신을 놓았는데 그렇게 됐대요. 처음에는 설마 했다는데…." 아내는 계속했다. "김 집사는 살림에 거의 보탬이 되지 못한대요. 자기가 벌어야 하는데 출산기에는 장사를 못 나가지 않아요? 그래 이번에 자기와 상의하지 않고 헌금을 작정하면 이혼해 버린다고 으름장을 놓았대요."

교육관 건축위원장은 어느 교회에나 흔히 있는 그런 열성분자였다. 그래서 제직들의 헌금 약정에 앞서 일장 연설을 하였다.

"여러분은 아마 저처럼 적수공권으로 삼팔선을 넘어온 사람들이라고 생각합니다. 그런 우리가 지금은 자녀의 축복까지 받고 이렇게 잘 살고 있습니다. 하나님께서는 우리에게 대가 없이 은혜를 베푸신 것입니다. 그러나 한편 그분은 내일이라도 우리에게 베푸신 은혜를 거두어 가실 수도 있는 분입니다. 우리의 재물은 우리의 것이 아니고 그분의 것입니다. 당분간 우리가 보관하고 있는 것뿐입니다. 좀과 동록(銅綠)이 해하지 못하는 천국에 우리의 재물을 쌓읍시다."

그러고 나서 헌금에 대한 구체적인 계획을 발표하기 시작했다. 헌금 목표액은 삼천만 원인데 장로들로 구성된 당회에서 8백만 원, 그리고 제직회에서 1,500만 원, 나머지는 일반 교인이 담당하면 족할 것이라는 이야기였다. 따라서 제직 한 사람당 평균 십오만 원을 생각하고 작정해 달라는 이야기였다.

도대체 내가 십오 만원을 감당할 수 있을까? 그것은 봉급의 1.5배다. 나는 얼핏 결심이 서지 않아 주위를 돌아보았다. 모두 심각한 얼굴로 앉아 있는데 저편 구석엔 귀를 곤두세우고 열심히 듣고 있는 김박수 씨의 모습도 보였다. 헌금 약정서를 나누어 주고 최종적으로 약정을 촉구하는 건축위원장의 기도가 끝나자 헌금 약정에 들어갔다. 목사가 단 위에 섰다.

"잘 들으셨을 줄로 압니다. 그럼 헌금 작성은 어떤 방법으로 할까요?"

이때 우렁찬 목소리를 가진 회계 집사가 대뜸 일어섰다.

"한 사람씩 호명해서 작성하기로 합시다."

제직들은 갑자기 웅성거리기 시작했다.

"호명해서 작성하자고 그러는 데 동의하십니까?"

목사는 장내를 돌아봤다.

"그것은 은혜스럽지 못합니다."

누군가가 군중 속에서 소리쳤다.

"뭐라고 말했습니까? 일어서서 똑똑히 말씀해 주세요."

다시 장내는 조용해졌다.

"자 그럼 호명하기 시작합니다."

이때 "목사님." 하고 한 집사가 불쑥 일어섰다. 김박수 씨였다.

"이런 일은 중대한 일인데 집에서 상의해야 하지 않을까요? 다음 주일에 정하면 어떻겠습니까?"

"기도까지 다 해 놓은 다음이라니 거 무슨 소리여. 이런 일은 열이 식으면 안 되는 법입니다."

한 장로가 바로 면박해 버렸다. 목사는 좀 안되었다고 생각이 되었는지 딴 곳을 바라보며 말했다.

"이 이야기는 진즉부터 있었으니까 집에서도 이야기가 있었어야지요. 자 그럼 호명합니다."

이때 또 김박수가 벌떡 일어섰다.

"목사님, 성경에도 오른손이 하는 일을 왼손이 모르게 하라고 말했는데 호명은 안 됩니다. 전능하신 하나님은 사람처럼 돈을 좋아하시는 분이 아니잖아요. 목사님, 바치는 정성을 기뻐하실 텐데 이렇게 시험에 빠지게 하면 안 되지요."

모든 사람이 답답하다는 듯이 그를 돌아봤다. 누가 그걸 몰라서 그러나? 이렇게 해야 헌금이 더 나올 테니 그러는 거지. 그런 표정이었다.

"참 답답하네. 자기 양심껏 약속하는 건데 무슨 시험이여. 목사님 진행합시다."

바로 앞에 제안한 장로가 이번에는 역정을 내며 안건 진행을 독촉했다.

"그럼 호명하는 데 의의 없습니까?"

목사는 열적게 웃으며 다시 한번 장내를 둘러보았다.

김박수는 교회에서 약간 병신 취급을 받고 있었다. 성가대원이 되게 해달라고 졸랐으나 노래를 못한다고 거절당했다. 유년부나 중등부 반사(교사)를 시켜달라고 졸랐으나 학력이 짧고 주변머리가 없다고 거절당하였다. 그러나 굽히지 않고 고등부 학생들이 공부하는 곳 뒤에 앉아 청강하면서 뭐 시킬 것이 없느냐고 물어서 뭐든 시켜주면 돌보는 것을 기뻐하였다. 그가 집사가 된 것도 이 교회에 대한 지칠 줄 모르는 열성 때문이었다. 남들이 싫어하는 일은 앞장서 자기가 맡아 하였다. 그러나 교인들은 그가 약삭빠르지 못하고 주변머리 없다고 말도 함부로 했고 무시하기 일쑤였다.

"강춘석 집사."

드디어 호명이 시작되었다.

"삼십 만 원이요."

모두들 엄숙한 얼굴이 되었다. 시작이 이렇게 되고 보면 만만치 않은 일이었다.

"감사합니다. 다음 곽상수 집사."

"십만 원이요."

좀 기가 죽은 목소리였다.

나는 한 사람 한 사람 호명이 있을 때마다 북채로 가슴을 쾅쾅 얻어맞는 기분이었다. 도대체 나는 얼마로 정해야 할 것인가? 오만 원도 많다고 놀라던 아내의 표정이 떠오르자 가슴이 꽉 메었다.

"그럼 권상혁 집사."

"이십만 원이오."

호명이 개선장군의 말발굽처럼 바로 밀어닥쳐왔다. 김박수 집사의 차례도 멀지 않았다.

"감사합니다. 다음."

이때 또 김박수 씨가 일어났다.

"목사님."

그는 자기도 열적었는지 일어나자 머리를 박박 긁으며 어설프게 웃었다.

"저, 자기 차례가 올 때 아직 결정을 못 한 사람은 잠깐 건너뛰었다가 다음에 부르면 안 되겠습니까?"

모두 와르르 웃음을 터뜨렸다.

"실은 나 때문에 그런 것이 아니고요…."

"글쎄, 알았어. 거기 가만히 앉아 있어요. 김 집사는 내가 맨 마지막에 부를 테니까."

목사는 다시 계속했다. 그런데 작정액은 좀처럼 십만 원 이하로는 내려오지 않았다. 가끔 오만 원이 나오는 수는 있었지만, 다시 껑충 뛰어 십만 원대로 오르곤 했다. 나는 아무래도 십만 원으로 결정하지 않을 수 없다고 생각했다. '제길. 우리 교회는 이렇게 부자들만 다니고 있던 곳이었던가? 아니면 이렇게 신앙들이 좋다는 말인가? 아니면 이렇게 체면만을 위주로 한 무리가 득실거리는 곳이었던가?'라고 생각하면서.

나는 저편 구석에서 호명과 약속을 열심히 듣고 있는 김박수 씨를 보고 있자 측은한 생각이 들었다. 시계점 안에 쭈그리고 앉아 있던 그의 모습이 떠오르고 화장품 행상을 하는 그의 아내가 떠올랐다. 김박수 씨는 고등부 반사 간에 공처가로 알려져 있었다. 그는 집에서 가끔 쫓겨나 종지기 집에서 자고 갈 때도 많았다고 한다. 그가 쫓겨난 것은 나쁜 짓을 해서가 아니었다. 장사를 팽개치고 교인이 죽었다면 철야 문상을 다녔고 수양회가 있다 하면 이삼일씩 쫓아다니고 했기 때문이었다. 그러나 집에서 쫓겨나서 교회의 종지기 집에서 신세를 지면 다음 날 새벽 기도회에 들르고 아내가 가장 좋아한다는 오징어를 사서 돌아가, 달래고, 빌곤 한다 해서 애처가로 알려져 있었다.

나는 좀 덜렁대기는 했지만, 김박수 씨가 주장한 말이 옳다고 생각했다. 건축위원장이 한 달이나 아니면 일주일 전 이 계획을 발표해서 집에서 상의할 여유를 주었어야 했다고 생각했다. 또 헌금은 발표하는 일 없이 각자 적어 내도록 하는 것이 옳다고 생각했다. 그러나 이 모든 바른 생각은 무시된 채 거침없이 진행되어가는 이 과정은 무언가 잘못된 것 같은 생각이 들었다. 나는 내 차례가 다가오자 더욱 답답해졌다. 이 상황에서 적어도 십만 원은 해야겠지? 까짓 돈 도둑맞았다고 생각하면 그만 아닌가?

일 년이나 일 년 반이면 회복이 될 것이다. 그러나 이것 때문에 가정에 불화를 몰고 온다면 덕스럽지 못하다고 생각했다. 그러다가 나 자신의 소심중 때문에 또 울화가 치민다. 정말 좀 꿈을 갖고 살자. 현실에 구애되어 왜소해진 인간이 되지 말고 인간의 능력으로는 상상할 수 없는 위대한 것을 이룩해 보려는 신앙을 갖자. 그러나 나는 또 기독교의 본질이 말라 비뚤어지고 다만 외식과 제도와 권위만이 팽창해버린 데포르메(deformation)한 교회의 추상화를 상상하며 짜증을 낸다. 이 답답한 의식과 제도를 집어치우고 모두 가면이나 쓰고 목사가 술에 취하고, 장로가 거지가 되며, 집사가 세속적 노랫가락을 읊고 가난뱅이가 왕이 되어 서로서로 조소와 풍자를 퍼붓는 바보제나 한 번 연출했으면 좋겠다고 생각한다. 근엄한 종교의식을 조소의 대상으로 생각해 본다는 것은 확실히 위험하지만, 한 번쯤 그래 보는 것은 교회 갱신을 위해 필요한 일일지도 모른다. 한순간도 이러한 환상을 용납하지 않고 근엄한 삶만 강요한다면 종교가 참 활력을 유지할 수 없지 않을까?

이러한 내 생각에는 아랑곳없이 행군은 계속되었다. 그리고 드디어 내 차례가 왔다.

"만 원입니다."

"뭐라고요?"

"만 원이라고 했습니다."

여러 집사들이 일제히 나를 돌아보는 것을 의식했다. 그도 그럴 것이 만 원이란 지금까지의 약속 중에서 최초로 나타난 최소의 금액이었기 때문이었다. 그러나 나는 태연히 대답하고 앉아 있었다.

"오 집사, 이건 하나님을 모독하고 범죄하는 일이요. 모든 물질은 하나님께서 우리에게 맡겨 주신 것인데 만 원을 건축헌금이라고 바친단 말이오?"

"목사님, 그렇게 적어 주십시오. 따로 기쁜 마음으로 무명으로 헌금할지 압니까?"

"만 원."

목사는 헌금액을 받아 적고 있는 서기 집사를 향해 말했다.

(김박수 집사 힘을 내시오, 힘을. 당신은 옳은 것을 주장했습니다. 다른 사람이 어떻게 하든 상관하지 마십시오.)

나는 속으로 외쳤다. 긴장 가운데 호명은 다 끝났다. 그러자 목사는 미소를 띠며 말했다.

"이제 김박수 집사 차렌데."

나는 그를 지켜보고 있었다. 그런데 그는 머리를 긁적이지 않고 곧장 대답했다.

"십만 원입니다."

"뭐라구?"

목사의 놀란 목소리가 들려왔다. 목사뿐 아니라 모든 제직은 놀라서 그를 돌아보았다.

"십만 원이라니까요."

그는 태연히 말했다. 교회가 끝나고 나오면서 나는 그를 조용히 만났다.

"오늘 교회에서 주장한 말은 다 옳은 말이었습니다. 그런데 맨 마지막 약속은 너무 무리 아니었습니까?

내가 이렇게 말하자 그는 수줍어하며 머리를 긁었다.

"뭘요. 하나님 사업인데요."

"그러다 또 부인께 쫓겨나는 것 아닙니까?"

나는 아내의 말을 생각하며 이렇게 물었다.

"그러다 말 테지요."

그는 태평해 보였고 마음이 홀가분하고 기쁜 모양이었다. 어쩌면 이렇게 교회에 미쳐버릴 수가 있을까? 교회에서의 그의 행동은 자기는 어떻든 여러 사람이 정말 기쁜 마음으로 바칠 수 있게 하기 위해서였을 거라는 생각마저 들었다. 나는 그가 부러워졌다. 문학에 미친 사람, 음악에 미친 사람, 학문에 미친 사람… 등 창조적인 활동은 다 그 미친 사람들이 이룬 업적이 아니었던가? 믿고 행하면 하나님이 이루신다는 신앙.

집에 와서 이 충격적인 이야기를 아내에게 들려주었더니 그녀는 근심스럽게 말했다.

"큰일 났네요. 이혼 소동이 나고 말걸요. 부인 결심이 보통이 아닌 것 같았어요. 종교에 미쳐 이혼한 가정들이 얼마나 많다구요."

"그러나 나는 이번에 느낀 점이 많았어."

"참 당신은 얼말 약속했어요?"

아내는 생각난 듯이 물었다.

"만 원이요."

"뭐라구요?"

"만 원."

"그게 정말이요? 과부의 적은 돈은 그것이 전 재산을 바쳤기 때문에 주님께 칭찬을 받았지만, 당신 돈을 보면 주께서는 주신 복도 거두어 가실 거에요. 그렇게 적게 낸 집사도 있었어요?"

"나 하나뿐이었지."

"창피해. 그게 하나님 나라를 꿈꾸며 사는 신도의 삶이에요?"

나는 은근히 아내를 불렀다.

"우리 김 집사를 좀 도와주면 안 되겠소?"

아내는 무슨 영문인지 몰라 나를 쳐다보았다.

"기도하는 사이에 녹음기를 수리해 놓은 것처럼 그분의 신앙과 자존심에 상처가 가지 않도록 도와줄 수 있는 일은 없을까?"

아내는 아무 말도 하지 않았다. 나는 계속 말했다. "그분의 짐은 우리가 져도 버겁겠지만 그분은 도저히 질 수 없는 짐이 아니겠소?"

나는 김 집사의 일이 너무 궁금해서 밤 예배에 나갔다. 무슨 소문이라도 듣기 위해서였다. 그러나 한 번도 안 빠진다는 밤 집회에 그의 모습은 보이지 않았다. 나는 교회가 끝나고 돌아오는 길에, 종지기 집사에게 들려 김박수 집사의 소식을 물었다. 그러자 그는 웃으며 대답했다.

"아, 김 집사요? 오후에 보따리를 하나 들고 헐레벌떡 뛰어오더니 한 이삼일 기도원에 가서 살다 오겠다고 떠났어요."

"괜찮을까요?"

"뭐가요?"

"혹 가장에 파탄이 생기거나 교회를 그만둔다든지"

"아이고 그런 걱정일랑 마세요. 죽기 전까지는 교회를 못 떠날 것입니다. 나는 그렇게 믿습니다."

나는 버스를 타고 싶은 생각이 없어 천천히 집을 향해 걸었다. 오는 길에 나는 우뚝우뚝 선 교회를 셋이나 지나치고 있다는 것을 새삼스럽게 느꼈다. 그러고 보니 우리 교회를 중심으로 2킬로의 원을 그리면 타 교파 교회까지 합해 꼭 교회가 여섯 개가 있는 셈이었다. 이 교회의 건물들은 이집트의 피라미드처럼 모두 초인적인 힘으로 이룩된 신비들은 아니었다. 그러나 작으나 크나 어느 곳에도 김박수 집사와 같은 존재들이 끼어 있어 그렇게 되었으리라는 생각이 문득 문득 가슴을 스쳐 가는 것이었다.

# 花蝶記(화접기)

.
.
.

"부인, 임신 사 개월입니다."

의사는 수건에 손을 닦으면서 대수롭지 않은 듯이 말했다.

"네? 임신이라구요?"

영숙은 두 손을 앞으로 몰아 쥐고 바르르 몸을 떨었다. 마흔을 눈 앞에 둔 부인이 하는 꼴이라서 의사는 그것이 우스웠던지 빙그레 웃으며 덧붙였다.

"왜, 첫아입니까?"

"그럼요, 얼마나 기다린 아기라구요."

그녀는 기뻐서 어찌할 줄 모르는 표정이었다.

"당분간은 매월 한 번씩 나와 진찰을 받으시지요. 과격한 운동은 삼가시고요."

그녀는 의사를 한번 다시 쳐다보았다. 의사가 그렇게 고마울 수가 없었다.

오 년 전, 그러니까 그녀가 아기를 갖고 싶어 안달할 즈음 그녀의 진찰을 맡았던 산부인과 의사는 멋없는 맹꽁이였다.

"저 어떻게든지 아기 좀 갖게 해주세요. 요즘은 길거리에서 예쁘게 생긴 애만 봐도 아무도 보지 않으면 업어 와 버리고 싶은 심정이랍니다."

그러면 그는 싱글싱글 웃으며 그녀의 모든 푸념을 건성건성 들어주곤 이렇게 말했다.

"글쎄, 전들 어떻게 합니까? 부인은 아주 정상이십니다. 그리고 이런 검사는 낭군께서도 같이 나와 해 보셔야 하는데요."

"그래야 하는데 검사라고만 하면, 이 핑계 저 핑계로 꼭 빠져버리네요, 그분은 아마도 시원찮은가 봐요. 어떻게 저라도 낳는 법은 없나요?"

"아, 아기를 여자 혼자서 어떻게 낳니까?"

그녀는 속이 상했다. 지성소를 다 더듬고 봐버린 녀석치곤 너무 쌀쌀하다고 생각했다. 그녀는 새 옷을 해 입고 화장품을 찍고 바른 후 거울을 몇 번씩이나 들여다보고 또 그 의사를 찾아갔다. 기왕에 가정의 비밀이 들통난 것 좀 더 구체적으로 상의해보면 어쩌랴 싶어서였다. 그때는 정말 교양 같은 것은 다 잊어버린 때였다.

"선생님, 배란기 좀 찾아주실 수 없나요? 아침마다 체온계를 봐도 잘 모르겠어요."

그러면서 한 달에도 몇 번씩이나 뻔질나게 병원을 찾아들었다. 그러자 의사는 말했다.

"좀 이른 감은 있지만, 양자를 하나 들이시는 게 어떻겠습니까? 양자를 들이자 얼마 안 되어 어린애를 가진 분들도 있으니까요."

"바보천치 바람둥이의 씨인지 아닌지 어떻게 알아서 양자를 들여요. 그리고 그런 애에겐 아무래도 정이 안 갈 거예요. 제 배를 열 달

동안 아프게 하고 낳아야지요."

"하긴 부인은 정상이시니까 부군의 허락 하에 인공수정도 가능할지 모르지요."

"인공수정이요?"

그녀는 눈을 크게 떴다. 그건 정말 좋은 아이디어라는 생각이 들었기 때문이었다. 그녀는 집에 가서 그 일에 대해 곰곰이 여러 가지로 생각해보았다. 그러나 결론은 비관적이었다. 받을 바엔 성품 좋고 천재적인 사람의 것을 받아야 하는데 모르는 사람의 것일 바엔 양자나 다를 바가 없었다. 그녀는 처녀 때 열렬히 사랑했던 박인철 씨를 생각했다. 그분 것을 받았으면 얼마나 좋을까? 그러나 첫째, 남편이 반대할 것이었다. 또한, 병원 측에서도 특정인을 지정한다면 반대할지도 모른다. 또 법으로도 그것이 아무 죄가 안 되는 건지 모르겠다. 설령 그런 것이 다 허용되었다손 치더라도 자기가 누구의 생명을 배태하고 있는지를 알고 있다면 자기는 남편보다는 그 사람에게 더욱 쏠리는 정을 갖게 될지도 모른다. 적어도 의사만 되어도 어느 정도 믿을 수 있을 것인데…. 그녀는 다시 그 단골 의사를 찾아갔다.

"저 인공수정에 대해서 생각해봤는데요, 이 병원에서도 할 수 있나요?"

"저희는 아직 해 본 일이 없습니다. 적어도 ○○병원 정도는 가서 상의하셔야 할 겁니다."

"그런데요, 선생님…"

그녀는 좀 어색했지만, 교태를 부리며 말했다.

"저는 사람을 지정해서 수정하고 싶어요."

"네?"

의사는 눈이 휘둥그레졌다.

"왜, 안되나요?"

"첫쨋 부군이 승낙하지 않으실 것이고…"

"그건 제가 처리할 문제고요. 아무튼, 전 아기가 갖고 싶어 죽겠어요. 아이 없는 부부가 무슨 소용이 있어요?"

"그렇지만 부부 간엔 서로 사랑하고 살 수 있지요."

"사랑이 무언데요. 전 여자로 태어나서 아이도 못 낳고 밥해주고 빨래해주다 죽을 걸 생각하면 한심스러워요. 그것 말고 뭘 하지요?"

"글쎄요, 그건 산부인과 의사인 제가 대답할 한계를 넘는군요."

"그런데요, 전 특정인을 정해서 수정하는 경우는 수정하는 순간부터 기분이 좀 이상할 것 같아요. 그러지요, 선생님?"

"저도 그럴 것 같은데요."

"그렇다면 복잡한 기계적인 절차가 무슨 소용이 있어요, 자연스럽게 받지요."

"그건 간통죄가 되지 않습니까?"

"하지만 법을 무서워하면서까지 저같은 사람이 어떻게 아기를 갖겠어요, 선생님?"

"부인, 그건 저 같은 의사가 상담할 문제가 아닌데요."

의사는 당황해서 벌떡 일어서버렸다. 그녀는 창피를 무릅쓰고 터덜터덜 병원 문을 나오지 않으면 안 되었다.

"남자가 오죽 할 게 없으면 산부인과 의사를 한담."

그녀는 한심스럽고 창피하고 부끄러워서 그렇게 투덜대고 병원을 나온 후론 다시는 그 병원을 들르지 않았다. 그리고 그녀는 이제는 지쳐서 아이를 갖는다는 것은 포기하고 있었다.

"어머, 그게 아기가 되다니…"

그녀는 신기해서 견딜 수가 없었다. 박인철 씨가 사무치게 그립고, 막 뛰어가서 자기가 그의 아이를 가졌노라고 자랑하고 싶어졌다. 그것이 바로 사 개월 전이었다. 그러고 보니 그 뒤부터 생리불순이 오고 그게 없어졌던 게 생각났다. 그러나 십 년 동안이나 바라면서 그렇게도 없었던 아기가 하룻밤 일로 배태될 줄은 꿈에도 생각 못 했던 일이었다. 흔히 듣던 수다스러운 임신 증세가 없었던 것이다. 하복부가 당기고 가끔 스르르 아프며 촉뇨(促尿) 현상이 있어 자주 화장실을 드나들게 되었는데 하루는 배를 만져보자 도도록하게 뭐가 잡히는 것 같았다. 그런데 그게 자꾸 커지는 것 같아서 어젯밤만 하더라도 남편에게 좀 만져보라고 했었다. 그것이 박인철 씨의 씨였을지도 모른다는 생각을 하자 새삼스럽게 아슬아슬하고 오싹오싹해졌다. 그러나 그것은 잘한 일이었다고 생각되었다. 갑자기 밤중의 홍두깨 식으로 임신이라고 말했다면 남편에게도 청천벽력이었을 게다. 거기다 이런 진찰도 안 받았을 것이었다.

사 개월 전이었다.

"저 박인철입니다."

이런 목소리를 전화로 들었을 때 그녀는 기절할 뻔했다. 십 년 만에 듣는 목소린데도 가슴이 그렇게 떨릴 수가 없었다.

"웬일이세요?"

그녀는 겨우 모기만 한 소리를 냈을 뿐이었다.

"네, 이제 한 십 년 되고 해서 옛날의 쑥스럽던 기분도 사라질 나이 아닙니까? 그래 서울 온 김에 안부 전화하는 겁니다."

"거기 어디예요?"

"시냅니다."

"참, 그렇지."

그녀는 혼잣말하며 공연히 들떠서 응접실을 두리번거렸다.

"저 나가면 저녁 사주실래요?"

"영광입니다."

굵은 목소리가 귀에 쾅쾅 울려 왔다.

그녀는 식모에게 친구를 만나고 오겠노라고 말하고 밖으로 나왔다. 그들은 중국집에서 만났었다.

"하나도 안 변하셨습니다. 지금도 처녀 같으신데요."

그는 커다란 눈을 굴리면서 말했다.

"많이 늙었잖아요. 박 선생님은 더 몸이 나아지셨네요."

그녀는 마주 앉으며 말했다.

"윤 사장님은 잘 계시나요?"

"잘 있어요. 말이 사장이지 지금도 어린애예요."

"어리광을 잘 받아 주시나 보죠?"

"아이, 그런 뜻이 아니구요."

그녀는 쳐다보고 웃으며 말했다.

"거 있잖아요, 어린애들 장난감을 주면 열심히 가지고 놀다가 집어치우고 또 다른 장난감에 열중하곤 하는 것 말이에요. 그래, 사업에도 별 끈기가 없나 봐요. 놀기 좋아하고 잘 속고…"

"무슨 사업인데요?"

"전 잘 몰라요. 사업도 하도 잘 바꾸니까요."

"그러나 부인께서 이런 요리점을 알고 계시는 걸 보면 퍽 경기가 좋은 모양인데요."

하고 그는 회전 테이블을 빙글빙글 돌려보며 주위를 두리번거렸다.

"저희는 말하자면 식도락가랍니다. 아이가 있나, 부모님을 모시나 뭐 할 일이 있어야죠."

"멋있는 생활인데요? 그런데 아직 아이가 없으세요?"

"홀가분하게 살아요."

"좋지요, 아이가 생기면 부모는 노예가 된다지 않습니까? 평생 멍에 메고 밥벌이하다 보면 죽을 때가 오는 거죠. 저는 셋뿐인데도 한 짐입니다."

"그러나 저희도 음식점 순례하던 건 옛날이야기예요."

그녀는 결혼 당시를 회상했었다. 박인철 씨와 결혼할 수 없었던 것은 단 한 가지 그가 기독교인이 아니라는 이유 때문이었다. 자기 딸을 비기독교인에게는 절대 시집보내지 않겠다는 것이 어머니의 집념이었다. 아버지는 결혼하기 위해 교회를 다닌 결혼 교인이었다. 그랬기 때문에 그는 결혼하자 교회를 집어치우고 술로 평생을 지내며 처가와는 인연을 끊고 부인과는 늘 싸우며 살았었다. 아버지는 술에 취하면 밤늦게 돌아와서 토라져 누운 부인을 발길로 차 일으켰었다.

"남편이 오시는데 이게 뭐야."

그러고 그는 어린애들을 또 다 깨워 앉혀놓았다.

"아버지가 오실 때는 자다가도 퍼뜩 일어나 모셔드리는 게 예의란 말이다, 이 불효 망측한 녀석들아."

그리고서는 그의 푸념이 시작되었다.

자기는 젊어서 눈이 삐어 이런 예수쟁이 마누라를 얻어 부모 생전에 집안의 명령을 어기는 불효를 하고 사후엔 제사도 못 지내는 불효자식이 되었다는 이야기였다. 세상이 망조가 들어 시체 것들은 나이만 차면 제멋대로 나가 제멋대로 사니 세상이 이 꼴로 될 수밖에 없지 않으냐는 것이었다. 요것들이 커서 불효 망측한 짓을 하기 전에 딱숨을 끊어버려야 한다고 취할 때마다 입버릇처럼 말하더니 여섯 번째 어린애를 낳고 얼마 안 되어 아버지는 세상을 떠나버렸었다. 그래서 어머니는 비기독교인 사내에는 진저리를 내고 있었다. 그러니 맏이인 그녀를 기독교 신앙으로 길러 비기독교인에게 줄 수 없다는 것이었다. 그녀는 어쩔 수 없이 중매로 지금의 남편을 맞게 되었다. 박인철은 결혼해버린 뒤였고 그녀는 늦은 나이에 또 어떤 새로운 남자와 뜨거워지는 것도 아니어서 혼자 살 철학이 없으면 결혼해야 한다는 것, 또 어떤 남자를 만나도 못 살 것이야 없다는, 그런 생각으로 고생하며 자녀들을 기른 어머니의 뜻대로 덤덤히 결혼한 것이다. 그러니 그녀에겐 남편이 좋을 것도 특별히 싫을 것도 없는 존재였다. 기독교 의식대로 목사님은 '이제 둘이 아니요. 한 몸이니, 그러므로 하나님이 짝지어주신 것을 사람이 나누지 못할지니라'라고 말했었지만, 그녀는 그렇게 새겨들은 바가 없었고 딱히 부부의 '한 몸 의식'이란 게 없었다. 그러나 남편은 기독교인답게 선량해서 그녀에게 여간 잘해주는 게 아니었다. 그래서 결혼하고 한 삼 년간은 남편과 함께 음악회 영화관 카바레 등 퍽 쏘아 다녔었다. 그녀는 대학에 다닐 때부터 기독교에는 반항적이어서 카바레에 한 번쯤 가봤으면 좋겠다고 생각했지만, 워낙 완고한 어머니 밑에서 그래 보지도 못했지만, 남편은 겉으로는 대단한 신자 같았는데 앙큼한 데가 있었는지 춤도 잘 추어서 얼마 동안 장단이 맞았다고나 할까.

당분간 아이를 갖지 말자고 주장한 것은 그녀였다. 어머니는 술꾼인 아버지를 기회 있을 때마다 저주하면서도 또 아이를 낳곤 하는 것이 그녀에겐 여간 추하고 지저분하게 느껴지는 것이 아니었다.

"우리나라도 산아제한 운동이 진즉부터 일어났었어야 옳아요."

하면 남편은 코로, "응, 응"하면서 잘도 맞장구를 쳐주었었다.

그런데 그녀가 막상 아이를 갖고자 했을 때는 아이가 생기지 않았었다. 친구들의 화제가 아이들의 재롱으로 꽃이 피고 자기는 병신처럼 할말이 없어지자 그녀는 미칠 지경이었다. 이제는 산아제한 운동이 아니고 산아촉진 운동을 벌여야 할 판이었다. 그런데 이것은 전자보다도 더 힘에 겨운 중노동이었다. 돌밭에 허약한 씨를 심는 정성과 고역이 일주일 내내 계속되면 밭 갈며 씨 뿌리던 호미 날이 스친 감촉이 다음 날 소파에 앉아 있어도 알알하게 느껴지는 것이었다. 그러나 번번이 헛농사였다.

"그래, 요즘은 어떻게 소일하십니까?"

오랫동안 말이 없자 인철은 물었었다.

"늘 하품만 하고 있자 테니스를 해 보라고 그러대요."

"그래, 테니스를 하시나요?"

"아니에요, 그이가 사다 놓은 라켓이 걸려 있을 뿐이에요. 처녀 때와는 달라서 하나도 신날 게 없어요. 아무래도 여자란 고생스러워도 아이를 길러야 제격일 것 같아요. 세상 헛사는 것 같은걸요."

"하긴 그래요. 저 같은 경우엔 아이가 꼭 필요해요. 그놈들의 재롱 때문에 하루의 피로를 잊고 살지. 만일 없었다면 무엇 때문에 이렇게 허덕이며 살아야 하나, 하는 허무주의에 진즉 빠져버렸을지도 모르죠."

"큰애가 몇 살인데요?"

"지금 국민학교 이학년입니다. 그런데 이 녀석이 며칠 전엔 혼자서 목청을 뽑아 노래하는데 '오늘도 추억 속에 맴돌다 지쳐버린 창백한 너의 넋' 이러잖아요? 정작 지쳐버린 놈은 난데…."

"아유, 얼마나 귀여울까?"

그녀는 꿈속에서 헤매듯 천장을 쳐다보았다. 그 녀석이 자기의 아들일 수 있었을 텐데, 하는 생각이 들자 어머니가 원망스럽고 남편이 원망스러워졌다.

"저희는 아이가 없어 이렇게 따로따로인가봐요."

그녀는 침통하게 말했다.

"제가 괜한 이야기를 한 것 같습니다. 사실 전 가끔 아이가 없다면 인생을 좀 더 엔조이하고 살 수 있었을 텐데, 하고 생각한 적이 한두 번이 아닙니다."

"그건 모르는 소리예요."

그녀는 남편을 생각했다.


"이상하잖아요? 왜 우리는 아이가 없을까요?"

산아촉진 운동에 지친 그녀가 묻자 남편은 "그러게요." 하고 바보 같은 대답을 했었다.

"진찰 한번 받아보는 게 어떻겠어요?" 하자 "그럭허지." 했었다.

"언제요?"

"오는 토요일에 받지 뭐."

그러나 정작 토요일이 되자 친구끼리 저녁내기 당구시합에 어울렸다고 그 진찰 다음 토요일로 미루면 어떻겠냐고 연락을 했었다.

"그럴 줄 알았어요."

이러고 나서는 다시는 진찰을 받으러 가자는 이야기는 안 했다. 혼자서 산부인과 진찰을 다니기 시작한 것은 그때부터였다.


"결혼이란 남녀가 한 말을 타는 것이라는데, 거기다 망아지를 거느리면 무슨 재미가 있겠어요."

박인철 씨가 위로하는 듯이 말했다.

"좋은 표현이네요. 그리고 보니 우리는 결혼 때부터 말을 따로따로 탔어요."

"그럴 리가…"

"그것두요, 살아있는 말을 탄 게 아니고 목마를 탄 것 같아요."

"목마요?"

"창경원에 가면 있잖아요, 빙빙 제자리를 돌고 있는 목마. 처음 몇 번은 재미있지만, 어른이 될수록 싫어지는…"

그는 곧 화제를 바꾸었다.

"맥주 좀 하시렵니까?"

"여기서요?"

"왜, 여기는 안 됩니까?"

"그래도 무드라는 게 있잖아요. 맥주는 제가 살게요."

"정말 딴사람을 만난 기분인데요. 집에 빨리 가보시지 않아도 되겠습니까?"

"걱정 마세요. 좀 기분 풀이를 하고 싶은걸요."

그녀는 식사를 마치자 옛날에 남편과 간 일이 있었던 〈쇼 보트〉로 그를 안내했다.

아직 사람들은 차 있지 않았지만, 담배 연기와 잡음이 장내를 꽉 메우고 있었다. 놀란 것은 홀이 휘황찬란하게 너무나 크게 변한 점이었다. 옛날엔 밴드가 있었고 그 앞엔 작은 스테이지가 있어 기분이 나면 누구나 나가 춤을 추곤 하던 평범한 카바레였다. 그런데 지금은 널따란 스테이지는 극장의 무대처럼 변하고 인기 탤런트들이 출연하고 있었으며, 홀은 끝이 아득해서 도대체 몇 명을 수용하는 건지 짐작이 가지 않았다.

"십 년 동안에 저와는 차원이 다르게 변했군요."

그는 의자에 덥석 앉으며 좀 큰 소리로 지껄이고 주위를 둘러보았다.

"변한 것도 없어요. 옛날 그대로의 영숙이랍니다."

"권사 딸이 맥주를 마시게 되었는데 이게 큰 변화가 아니란 말입니까?"

그는 컵에 술을 따라 권하며 말했다.

"그게 제 신앙인가요, 어머니의 신앙이었지."

그러나 남편이, 술주정하지 않는다는 것은 얼마나 다행한 일인지 알 수 없었다. 아이만 안겨준다면 그보다 좋은 남편은 없을 것이었다. 결혼이란 남녀가 한 말을 타는 것, 정말 멋있는 표현이다. 그들도 분명 한 말을 탄 것임이 틀림없었다. 그리고 처음 이삼 년간은 그의 뒤에 앉아 큰 나무 그늘에 쉬는 기분으로 편안했었다. 그런데 갑자기 자기가 말고삐 하나를 휘어잡은 것이다. 도대체 어디로 가자는 것이냐? 만일 그가 아이 없이도 보람있게 살 수 있는 방향을 제시하고 강제로 끌고 갔다면 자기는 그렇게 흔들리지 않았을지도 모른다고 생각했다. 아버지가 술만 취하면 남편의 권위를 내세우려 했던 것이 생각났다. 그러나 어머니는 다른 고삐 하나를 단단히 쥐고 놔주지 않았던 게 아닐까? 우리가 가는 곳은 국가의 안녕질서와 세계평화를 위해서다, 참고 따르라. 그러나 그것은 너무 큰 충효 정신이다. 그 정도면 된다. 그러나 벌써 내동댕이쳐진 설득력 없는 방향이다. 귀여운 제 이세들의 밝은 장래를 위해 그 정도의 방향이라도 있어 주어야 하지 않겠는가?

"옛날 중국집에서 군만두 먹던 생각 안 나십니까?"

술이 몇 컵 들어가자 그가 물었다.

"전 그걸 생각하면 지금도 배가 고파요."

"그게 무슨 소리요?"

"돈도 없어 가지구 딱 두 사람 분 시키면 혼자서 다 먹구, 전 한두 개밖에 더 먹었나요?"

그들은 점차 옛날 기분으로 되돌아가는 듯했다.

"난 영숙씨의 악취미 때문에 고생깨나 했죠."

"제가 뭐 그런 일 있었나요?"

"공연히 비 오는 날을 좋아했잖아요. 그래 비를 흠씬 맞고. 그게 무슨 청승이에요."

"인철 씨도 비 오는 날은 공연히 마음이 들뜨고 좋다고 했잖아요?"

"그거야 뭐 영숙 씨가 좋아하니까 그랬죠."

그때는 세상의 모든 것이 즐거웠었다. 눈 오는 밤을 걸을 때는 손 시리지 않으냐고 공연한 소리를 하며 자기 손을 잡아 그의 코트 호주머니에 넣어 걸었었는데 앞이 보이지 않고 코트 호주머니 속만 보이는 것 같아 걸음을 헛디디곤 했었다. 결혼하고 나서 남편이 손을 잡아주어도 이제 더는 그런 기분이 아니었다. 부부끼리는 으레 다 그러는 거라는 상식적인 생각이 따랐을 뿐이었다. 스테이지에서는 가수들의 유행가가 계속되고 있었다.

나는 나를 사랑해 / 나는 나를 사랑해 / 나를 미치도록 사랑해 / 소음이 없는 한적한 곳으로 나를 데려가 주오 / 나는 내 두 팔로 내 가슴을 내 허리를 끼어 안으며 거기서 소리높이 외치리 / 나는 나를 사랑해 / 나는 나를 사랑해 / 나를 미치도록 사랑해

"전 유행가가 미치도록 좋은 때가 있어요."

술잔이 거듭되자 많이 마시지 못하는 그녀는 보얗게 흐린 정신으로 말했다.

"유행가가 호소력이 있지요."

"가사의 천박성 때문인가 봐요. 전 '나를 사랑해'라는 저 가사 좋아

해요. 그분은요, 절 무척 아껴주어요. 남들도 그렇게 보고 저도 수긍해요. 그래도 전 갈증이 시원하게 가시지 않아요. 호소할 길 없이 자기 가슴과 허리를 스스로 껴안고 사랑한다고, 사랑한다고 저도 스스로 외치거든요."

"뭔가 열중할만한 딴 일을 찾아보는 게 어떻겠어요?"

"인철 씨, 저 아직 안 늙었어요. 전 아직 아일 가질 수 있단 말이에요. 저 부끄러운 이야기 하나 할까요?"

그녀는 자기 내외가 잘 알고 있는 커플 이야기를 늘어놓았다. 산부인과 의사 일이 있고 난 뒤 그녀의 광기가 아직 사라지기 전의 일이었다.

"미숙이 아시지요? 서로 살이라도 떼어주고 싶다고 말했던 그 친구 말이에요. 그 애 남편은 우리 그이와 또 가까워요. 그래, 함께 춤을 추러 가기도 했어요. 그런데 그 앤 제가 알기로도 두 번이나 유산을 시켰거든요. 그때 전 생각했어요. 참 하나님도 불공평하시다, 왜 갖고 싶은 사람에겐 안 주시고 많아 귀찮은 사람에게만 자주 주시나, 하고 말이에요. 모처럼 귀한 생명이 잉태되었는데." 영숙은 계속해서 말했다. "죽인다는 것은 너무 가혹하다, 그 애를 낳아 우릴 주면 어떻겠는가? 그땐 제가 미쳤지요. 그래, 미숙에게 말했어요. 유산시키지 말고 그런 일이 있으면 낳아서 날 주지 않겠느냐고, 잘 길러보겠다고 말이에요. 그랬더니 이 애가 어처구니없다는 듯이 날 보더니 '우리가 짐승이냐 짐승?'. 그래 전 눈물이 펑펑 쏟아지더군요. 그렇지, 자기 배를 아프게 한 어린애를 어떻게 남 줄 수가 있겠어요. 그건 무리지요. 할 수만 있다면 제가 미숙이 대신에 배가 아프고, 미숙이 대신에 앨 낳는 어려움을 겪었으면 좋겠는데 그럴 수가 있어야죠."

쇼는 어느새 관능적인 것으로 바뀌어 생명이 태동되던 천지개벽을 연상케 하는 섬광의 명멸로 요란했다. 계속 담배를 피워물고 쇼를 바라보고 있던 인철은 눈을 돌려 그녀를 쳐다보았다. 영숙은 말을 계속했다.

"전 한 번 그 애의 남편과 춤을 추면서 이런 얘기를 했었어요. 왜 유산을 시킵니까? 귀한 생명을 죽인다는 것은 무자비한 일이에요. 그런 일을 예사로 누구나 하게 되면 이젠 사람이 넘칠 땐 자기들이 편히 살기 위해 태어난 사람도 죽이는 일을 예사로 하게 될지도 몰라요. 그런 일이라면 제가 미숙이 대신에 배가 아프고 그 애 대신에 출산의 고통을 당하고 싶은데 그런 방법은 없나요?"

"그래, 그분은 뭐라고 그래요?"

"아무 말도 하지 않았어요. 아마 제가 미친 줄 알았겠지요."

"양자를 들이시죠."

인철은 비통한 듯이 말했다.

"참, 그분도 그런 말을 하더군요. 자 갈까요?"

그들은 열한 시 가까이에 자리를 떴다. 밖의 바람은 한결 시원하고 맑았다.

"이런 이야기 다 잊어버리세요. 다 정리되었다고 마음을 가라앉히고 있었는데 인철 씨를 만나고 술을 좀 마셔선지 또 발동되었네요."

"오히려 축복이라고 생각하십시오. 요즘은 산아제한을 외치고 있는 때여서 정말 잊힌 세계를 본 것 같은 기분이었습니다."

"저는 여자는 아이가 없으면 할 일이 없다는 그 집념을 왜 쉽게 버릴 수 없는지 모르겠어요."

"집에서 걱정하실 텐데 가보시지요. 이건 너무 무례한 인사가 되었습니다."

"왜 이렇게 갑자기 딱딱해져요, 인철 씨? 저 호텔까지 안내해드리고 갈래요."

"그건 제가 할 일입니다."

"또 미친 짓이라도 할까 봐 겁이 나세요?"

"그건 아니지만."

그녀는 남편과 들른 일이 있던 스튜와트 호텔로 그를 안내했다. 실내와 욕실과 침대를 한 바퀴 둘러본 뒤 그녀는 의자에 잠깐 앉았었다. 심장이 마구 뛰기 시작했다. 기회는 다시 오지 않는다고 그랬는데. 이것이 마지막 기회일지도 모르는데…

침대에 털썩 앉은 그도 공연히 기지개를 켜보고 하는 게 심상치 않은 기분인 듯했다. 그녀는 일어섰다.

"그럼."

"정말 고마웠습니다."

"안녕히 주무세요"

그녀는 문을 닫고 잰걸음으로 아래층으로 내려왔다. 뒤에서 꼭 부르는 소리가 들리는 것만 같았다. 발을 멈추었다. 그러나 조용했다. 그녀는 카운터로 가서 집으로 전화를 걸었다. 너무 늦게까지 연락을 못 했다는 미안한 생각이 들었던 것이다.

"순애니? 너 아직 안 자고 있었구나. 아저씨는 주무시니?"

"아니에요. 아저씨 오늘 못 들어오신대요."

"왜?"

"외국에서 손님이 오셨대요."

"또 외박이야?"

그녀는 기분이 야릇하게 뒤틀렸다.

"아줌마, 빨리 오세요. 나 무서워요."

"너 문단속 잘하고 자라. 난 경애 아줌마 집에서 자고 갈게."

식모애가 다시 뭐라고 지껄이는 걸 듣지 않고 전화를 땅 놓았다. 그녀는 전화를 끊고 떨리는 가슴을 진정하노라 얼마 동안 멍하니 서 있었다. 그러다간 천천히 이층 그의 방으로 다가갔다.

한순간 거대한 파도가 휘몰아쳐 와 그녀를 그 파도 속으로 휩쓸어 넣었다. 그녀는 몽롱한 의식 속에서도 한 가닥 죄의식 때문에 흐느끼고 있었다. 어둠이 해를 삼키고 다시 떠오르는 해를 어둠은 다시 삼키곤 했다. 노도가 더 거세게 더 거세게 그녀를 덮쳐누르고, 그 속에서 자기는 죽고 싶다고 생각했다. 한 가닥 생명을 얻기 위해 자기는 영원히 죽고 싶다고 생각했다. 나는 너를 사랑하기 때문에 의지 없는 물건이 되어 너의 기쁨이고자 뒹굴고, 너는 나를 사랑하기 때문에 나의 정복을 요구하며 스스로의 의지를 죽인다. 결국, 사랑은 적극적일수록 수동적일 수밖에 없는 것. 그 수동과 수동이 불꽃 튀기는 하나의 생명체를 잉태한다는 것은 태고의 신비일 수밖에 없다. 영원히 살기 위해 영원히 죽고 싶다. 그녀는 밝음과 어둠, 삶과 죽음이 맞닿은 경계선을 무수히 헤매며 하룻밤을 지새웠다.

영숙은 병원에서 집을 향해 걸어오면서 그저 기쁘기만 했다. 모든 번뇌가 봄눈 사라지듯 없어지는 기분이었다. 그녀는 남편이 이 문제를 어떻게 생각할 것인가를 고려해볼 마음의 여유가 없었다. 차를 잡아타고 급하게 집으로 가서 문 안으로 들어서는데 남편은 여느 때 같지 않게 일찍 퇴근해 와있었다.

"좀 늦었구먼."

그는 일어나지도 않고 소파에 앉아 신문을 뒤적이며 말했다. 그녀는 그의 옆으로 바싹 다가가 앉아 신문을 빼앗아 탁자 위에 내려놓았다.

"왜 그래, 무슨 좋은 일이라도 생겼어?"

"그래요, 알아 맞춰보세요."

"뭘까?"

그녀는 참지 못하고 말했다.

"임신이래요."

"뭐, 임신?"

그는 의자에서 펄쩍 뛰어오르며 소리를 쳤다.

"그래요, 그것도 사 개월째래요."

"뭐, 사 개월?"

그는 실신한 사람처럼 서 있었다. 그때야 그녀는 자기 자신이 무슨 짓을 했나를 알아차리고 얼굴이 파랗게 되었다.

"그게 사실이오?"

"글쎄, 그렇대요. 그런데 당신은 안 좋아요?"

그녀는 풀이 죽어서 이렇게 말하며 남편의 눈치를 살폈다.

"아, 좋지. 물론 좋지. 하지만 이게 상상이라도 한 일이야?"

그는 아직도 안절부절못하며 말했다.

"그래, 어디서 진찰을 받았소?"

"을지로에 있는 신 산부인과예요. 꽤 큰 병원이에요."

"그래, 사 개월, 사 개월이라?"

"네, 사 개월이랩니다. 뭔가 잘못된 것 같아요?"

"아, 아니야. 안 되겠는데. 내일 세브란스에 가서 다시 한번 진찰을 받아봅시다."

"아니, 여보, 당신은 아이가 있다는데 기뻐하기는커녕 왜 그래요. 당신은 기다리지도 않았단 말이에요?"

그녀는 소파에 앉아 양손에다 얼굴을 묻어버렸다.

남편이 옆으로 다가와 어깨에다 팔을 올렸다.

"여보, 아빠가 된다는데 왜 안 기쁘겠소. 그러나 기뻐하기엔 너무 빠르단 말이오. 한 번 더 진찰을 받아봐야 하지 않겠소? 어디, 배 좀 만져봅시다."

그녀는 그의 손을 획 뿌리쳤다.

"상관하지 마세요. 저 혼자 어떻게든지 낳을 테니까요."

"이건 참 중대한 일이오. 우리에겐 중대한 일이란 말이오. 내일 아침 당장 병원엘 갑시다."

"회사도 쉬고요?"

"회사가 문제요? 아빠가 되느냐 안 되느냐데."

그녀는 남편의 태도를 도저히 짐작할 수가 없었다. 일부러 능청을 떠는 건지 정말 어린애를 기대하고 있는 건지. 그녀는 그날 밤 잠을 제대로 이루지 못했다. 그때의 외박은 그녀로서는 처음 일이었다. 그러나 남편은 그걸 그렇게 꼬치꼬치 캐묻지 않았었다.

"경애네 집에서 잤다구?"

"그래요, 이제부턴 당신이 외박하면 저도 밖에서 잘래요."

그러자, "이거 회사일 때문에 번번이 미안하게 되었소. 그래도 당신만은 집을 지켜줘야지."

그뿐이었다. 그때 그녀는 남편이 출근하자 곧 경애를 찾아갔었다.

"얘, 너 혹 우리 집 그이가 묻거든 말야, 어젯밤 나 너희 집에서 잤다고 그래 줘."

경애는 이 말을 듣자 눈이 휘둥그레졌다.

"왜, 어젯밤 너 외박했었니?"

"응, 속상해서 밖에서 자고 안 들어갔어."

"너 혹 바람난 거 아니니?"

"얘는."

"그럼 뭐가 속상하고 누구허구 잤기에 말을 못 하고 내 핑계니?"

"요즘 그이가 걸핏하면 손님이다 뭐다 해서 외박하기에 속상해서 그래 봤어."

"여관에서 혼자 잤어? 너 아무래도 수상하다. 너같은 나이가 가장 바람나기 쉬울 때야. 내가 지금 하는 게 그런 걸 방지하는 사업 아니니, 소위 여가선용 상담 말이야."

경애는 일찍 남편을 잃고 아들 하나를 데리고 YWCA에서 일하고 있는 친구였다.

"내가 무슨 유한마담이니, 여가선용 어쩌고 하게."

"아냐, 유한마담이 따로 있니? 요즘은 말야, 핵가족 제도에다 산아제한이 유행이라서 말야, 일찌감치 한둘 낳고 단산하고 나면 너 부인인지 처녀지 구별이 안 된다. 애들 없고 할 일 없어지면 그게 유한마담이지 뭐니? 너도 일찌감치 그 부류지 뭐니?"

"그런다고 내가 바람날 여자처럼 뵈니?"

"너라고 별수 있어? 요즘은 말야, 남녀동등을 부르짖지만 사실 여성의 직장은 제한되어있단 말이야. 서양 바람은 들어오지, 집안에 어른은 없지, 누가 집 지키고 앉았을 부인들 있다든? 우리나라도 몇 년 내에 여가선용문제가 크게 대두될 거야. 너 신문의 사회면 안 봤어? 춤바람, 계바람, 관광 바람, 그리고 보석밀수, 대단위 도박…. 세상이 이렇게 되면 까짓 작은 탈선쯤은 죄로도 생각되지 않는단 말이야."

경애는 직업의식이 발동되는지 자기 말만 늘어놓았다.

"바람이 등등한 여자들이 거리를 메우면 말이야, 이젠 남자가 유혹하는지 여자가 유혹하는지 구별을 못 하게 돼. 사실인지는 몰라도 말이야, 오토바이 세 내주는 델 가면 여자 하나씩을 붙여 준대더라. 실컷 엔조이하고 여자에겐 엔조이한 것만큼 팁을 주면 된대. 관광업소도 말야, 남자가 혼자 신청하면 여자 하나씩을 같이 묶어 준다니, 네 남편도 외박이 심하면 감시해야 할 거야."

"그인 그런 주제 못돼."

"이 앤. 어떻게 보면 순진하고……. 그러나 너같은 애가 빠져들면 못 헤어날걸."

영숙은 핸드백을 들고 일어섰다.

"나 빨리 가봐야 해. 아무튼, 잘 부탁한다."

"공짜로?"

"다음에 틈내서 한턱 쓸게."

나오려는데 문 앞에서 또 붙들었다.

"아무래도 너 수상한데 우리 꽃꽂이강습회나 좀 나와라. 이번 조선 호텔에서 전시회가 있는데 한번쯤 나와봐."

"얘는, 내가 뭐 그런 것이나 하고 여생을 보낼 나이니? 나의 소원은 오직 어린애 하나 갖는 것뿐이다."

"어머, 그렇다면 더욱 위험하지. 돈 있겠다, 시간 남겠다, 너 같은 부류가 전형적인 유한마담이고 비록 직장이 있어도 말야, 정신적인 공백기에 들어선 사람은 다 유한마담이야. 그리고 사십 대 전후가 제일 위험하다는 것 모르니?"


남편은 도대체 어떤 상태일까? 철저한 무정액? 아니면 정자의 활동이 아주 미미한 상태? 아무려면 어떤가? 나는 어린애를 갖고 말겠다. 그가 얼렁뚱땅 허세를 부리고 있는 동안은 이대로 밀고 나가면 된다. 혹 꼬투리를 잡히면 이혼해 혼자 살리라. 결혼해서 내가 그에게 무슨 도움을 주었는가? 부부가 무엇인가? 부부란 자손을 낳아 가문을 이어받는 가족 단위…, 우린 이런 것은 아니다. 부부란 세상에 나그네 같은 사람끼리 표류하며 서로 돕고 사는 것. 아직 나는 이렇게 처량하지 않다. 부부란 함께 먹고살고 텔레비전과 광고에 옆눈 팔면서 지내다 보면 끝나는 것… 사실 모두 관례를 좇아 결혼해서 살고는 있지만 자기끼리 사는 게 좋은 건지 부모와 지내는 것이 좋은 건지, 또 참 부부와 가정이란 어떤 맥락 속에 끼어있는 건지 알고 사는 사람은 별로 없는 것 같다. 다만 그녀에게 한 가지 분명한 것은 자기의 분신을 갖고 싶다는 본능을 제어할 길이 없다는 것뿐이었다.

다음 날 아침 그들은 나란히 차에 앉았다. 그가 그녀의 손을 꼭 쥐었다.

"여보, 어젯밤엔 그것이 내게 너무 충격적인 이야기가 되어서 당신을 실망하게 해 미안해요. 이젠 지쳐서 거의 기권하고 있는 상태였는데 느닷없이 임신이라니 꿈같아서. 누군들 안 그러겠소?"

그녀는 아무 말도 하지 않았다.

"아이라면 잘 한번 낳아서 길러봅시다. 누구 부럽지 않게 말이오. 이놈은 말이요, 아빠와 엄마의 훈계로서가 아니라 하나님의 훈계로 길러봅시다."

병원의 진찰은 꽤 오래 계속되었다. X레이를 비롯한 각종 검사가 잇달았다. 지루한 시간 후에 그들은 심판을 받는 사람처럼 의사 앞에 앉았다.

"아직 아이가 없으셨습니까?"

"네, 이게 첫 임신이에요."

그녀가 대답했다.

"이삼 년 전이었던가요, 그때도 이대 독자의 부인이 한번 오셨어요. 그분은 무월경 오 개월이었었는데 하혈이 있어 혹 유산이 아닌가, 하고 급하게 달려왔었지요. 꼭 부인과 증세가 비슷했어요. 그런데 임신이 아니었습니다."

"네? 그럼 임신이 아니란 말입니까?"

그녀가 뒤로 까무러치는 것을 남편이 부축하였다.

"그럼 뭡니까?"

"아무래도 난소낭종인 것 같습니다. 난소에 혹이 생겨서 사 개월 된 어린애만큼 커졌다는 이야깁니다."

"어떻게 해야 하죠?"

"수술해서 들어내야죠. 얼마 동안에 이렇게 컸다면 악성일 겝니다. 난소낭종인데 물혹 내에 출혈이 있게 되면 생명이 위험할 수도 있거든요."

그녀는 사형장에 이끌려가는 기분으로 수술대에 올랐다. 수술은 무려 네 시간에 걸친 긴 수술이었다. 왼쪽 배를 가르고 난소에서 나팔관에 거쳐 주렁주렁 매단 혹을 떼어내자 다시 오른편 난소에도 혹이 있는 것을 발견했다. 그래서 다시 바른편 배를 마취하고 가르지 않으면 안 되었었다. 그녀가 마취에서 깨어나 병실로 운반되고 다시 잠들었다 깨어났을 때 남편은 꼭 곁에 있었다. 그는 주삿바늘이 꽂힌 그녀의 손을 꼭 잡았다.

"여보, 너무 실망 말아요. 암이 아니어서 다행이지 뭐요."

그녀는 떨리는 가느다란 소리로 말했다.

"이렇게 수술을 받고도 애는 낳을 수 있대요?"

"그럼. 걱정하지 말고 회복이나 해요."

그는 순진한 어린애처럼 웃고 있었다.

다음날이었다. 소식을 듣고 달려온 어머니가 기도실에서 기도하고 오자 그녀는 다시 궁금해져서 물었다.

"엄마, 정말 이렇게 큰 수술을 하고도 아이를 가질 수 있을까?"

"이 앤."

어머니는 말도 안 된다는 듯이 큰소리를 꽥 질렀다.

"어떻게 혹이 크고 악성인지 난소를 다 들어 내버렸다고 하더라. 그래서 앞으로 중년 부인에게 있을 병은 하나도 없을 거래. 넌 여자다운 내장은 하나도 안 가진 빈털터리야."

그녀는 눈물이 주르르 흘렀다.

"엄마, 그럼 난 뭘 하고 살지?"

"하나님이나 잘 믿어라. 네 마음속에 악마가 들어 벌 받은 거야."

그녀는 말없이 울고만 있었다.

"너 박인철인가 뭔가 하는 사람 지금도 못 잊고 있니?"

그녀는 소스라치게 놀라 어머니를 쳐다보았다.

"왜 그래요, 어머니?"

"마취가 깨어나자 슬프게 울면서 인철 씨 인철 씨, 그랬다더라."

"누가 그래요?"

"윤 서방이 그랬어. 그러면서 너에게는 그런 말 하지 말래더라."

그녀는 눈을 감았다. 자기 손을 따뜻이 잡아주며 아이는 날 수 있노라고, 걱정하지 말고 곧 회복하도록 하라고 타일러주던 남편의 모습이 떠올랐다. 그리고 다시 결혼식 때 목사님 앞에 서 있던 자기들의 모습도 떠올랐다. 그녀는 하나님이 짝지어주신 것을 사람이 나눌 수 없다는, 그때의 목사님의 음성을 다시 들으며 소리 없이 울었다.

# 박덕칠 사장과 자가용

.
.
.

"어이, 여천 댁 인자, 내 운전 솜씨 좀 어쩐가? 믿을 만 하제?"

박덕칠 사장은 자신만만한 어조로 운전석 옆에 앉은 아내에게 말했다.

"아이고 말 좀 하지 말고 운전대 좀 꼭 잡으시오. 나는 지금 떨려 죽겄소."

"아니, 한 시간 남짓 고속도로를 달렸는디 그래도 못 믿겄어?"

"우리 차가 늦으니께 뒤차가 바짝 따라와서 휙휙 왼쪽으로 겁나게 달려가지 않소?"

"차는 천천히 달리는 것이 상책이여. 뒤차는 지 사정이지 내 사정 아닌게."

"그래도 처음 운전 배울 때는 너무 천천히 가니께 경운기가 추월하드람서요."

"그때야 호랑이 담배 먹던 시절 아닌가?"

그는 목이 조이고 몸이 쑤셔 목 댕기를 좀 풀려고 오른쪽 손을 떼자 차가 크게 좌우로 흔들렸다.

"오메, 나 죽네. 이게 뭔 짓이라요?"

"그런 게 혁대 좀 하란 게는."

덕칠은 아내가 안전띠를 하지 않아 짜증스러운 듯 말했다.

"나는 갑갑해서 그런 것 못 두르요. 만규를 데리고 있제 왜 내쫓아 버렸소. 돈이 아까워서 그랬지라우."

만규는 그동안 운전기사를 해 주었던 처남이었다. 그는 사우디에서 돈을 좀 벌었다고 이것저것 벌리고 다니더니 돈은 다 날리고 자기에게 빌붙어 바람을 넣었다고 덕칠을 싫어했던 처남이었다.

"그놈은 안 돼야. 딴 야심이 있는 놈이여."

"아이고 지 매형이 세상 물정 모르고 돈을 쥐니께, 사기당할까 봐 도와줄라고 그러는 것인디 무슨 딴 야심이 있다고 그러시오."

덕칠은 처남을 너무 인정 없이 쫓아냈다는 생각이 안 드는 것도 아니었다. 그러나 녀석은 너무 아는 체하고 말이 많아서 믿을 놈이 못 된다고 생각하고 있었다.

"매형, 뭐 그 사람들이 매형 이뻐서 비싼 돈으로 땅 사서 내보냈겠어요? 그놈들은 도둑놈들이요. 경제개발 5개년 계획을 몇 번 발표하더니 나라가 좀 잘살게 되자 도시개발을 하겠다고 홍수 때마다 물이 넘쳐 쓸모없던 땅을 찾아 정지작업을 했어요. 그것이 강남땅이요. 그때까지 쓸모없던 땅이었는데 이곳을 공유수면 매립지로 만들어 나라에 등록하고 거저 얻은 땅에 대형 아파트 단지를 만들어 돈을 긁어모은 거요. 그때부터 시작한 아파트 공화국의 여파가 지방까지 내려와 매형 땅도 팔리게 된 거요."

또 말했다. 옛날에는 지주가 땅 있고 머슴 있으면 부자였는데 지금은 빌딩 갖고 아파트 가진 사람이 부자라는 것이었다. 그러면서 자기가 매형 이름으로 아파트 한 채를 사서 등기했으니 거기 들어가 살라고 했다. 그런데 그게 방이 4개나 되는 운동장 같은 것이었다. 또 격식에 맞추어야 한다고 가구를 사들이고 집들이를 해야 한다고 친구들과 친지들을 불러들였다. 아이고 돈이 어떻게 들어가는지 눈이 핑핑 돌 지경이었다. 그래도 그가 얼마나 장한 일 했는지 매형은 모를 거라고 했다. 지금은 아파트가 집 없는 서울 시민 옮겨 사는 공영 서민 아파트가 아니라 모든 중산층이나 고소득자도 선호하는 삶의 공간이 되었다는 것이다. 아파트 분양받기가 하늘의 별 따기라고 했다. 복부인들은 법망을 뚫고 대여섯 채씩 청약하여 분양을 받고 프리미엄을 얹어 되팔아 돈놀이하는데 무식한 사람은 아파트 분양은 꿈도 못 꾼다고 했다. 자기는 가족계획협회에서 발행한 '정관수술 증명서'를 가지고 있어 아파트 분양 우선순위가 되었다는 것이다. 참 나라가 이제는 산아제한도 하고 살기 좋은 나라 아니냐고 했다.

하루는 처남이 갑자기 덕칠을 사장이라고 부르기 시작했다.

"이제는 매형도 사장 행세를 해야 해요. 농사를 안 지을라면 무슨 사업을 해야 하는디 무슨 무슨 실업이라고 명함을 하나 만들고 사장이 되어야지라우. 또 자가용이 하나 있어야 해라우. 매형, 아니 박 사장님은 나 하는 대로 가만히 구경이나 하고 떡이나 잡수시오."

그러면서 어느 날 차를 하나 몰고 왔다. 그리고 자기는 자칭 사장 기사가 되어 새로 산 아파트 방 하나를 차지하고 가족까지 끌고 들어왔다.

그때부터 덕칠은 이 찰거머리 같은 처남을 내보내야겠다고 내심 결심했다. 그는 서서히 차 운전을 배우기 시작했다. 차 운전을 배운다는 것은 조금씩 농사꾼이 땅을 버리고 도시인이 되어간다는 뜻이었다. 농사를 홀홀 털어버리고 무위도식하는 것이 처음에는 불안했는데 차츰 몸에 익숙해지면서 아파트 경비원들, 복덕방 사람들. 건축업자들이 박 사장님이라고 깍듯이 부르는 것도 싫지 않았고 자가용을 몰고 다니는 것도 나쁘지 않았다. 한번은 처남이 매형 호강을 시킨다고 남해 고속도로를 달리며 여수 오동도에서 활어회를 먹고 쾌속정을 타며 고급호텔에서 머물었는데 그것이 그렇게 멋있는 게 아니었다. 아내를 데리고 왔으면 좋았겠다는 생각이 간절했다. 아내는 지금까지 늘 땅만 파고 고생하고 살았다. 세상은 한없이 신기한 것이 많은데 바보처럼 살았던 것이 후회되기도 했다.

"어야 여천댁, 자네는 처남 내보낸 것이 그렇게 마음이 아픈가?"

"마음 아픈 것이 아니요. 우리는 지금 물 떠난 고기 같은 신세요, 이렇게 손 하나 까딱 않고 살아도 되는 건지 나는 지금도 도깨비에 홀린 것만 같소."

"걱정 말어. 나도 인자, 많이 배웠웅게. 나는 지금까지 고생한 자네 호강 시킬라고 지금 가는 것이어."

"나는 옛날처럼 농사짓는 것이 마음 편하고 호강이요. 그런디 뜬금없이 무슨 여수라요? 좋은 집 놔두고. 왜 거기까지 가서 무슨 멋으로 잔다요?"

"땅 파묵는 사람은 꿈도 못 꿀 세상이 있다네. 바다에서 바로 잡은 살아 있는 활어회 묵고, 쾌속정이라는 배도 타보고, 또 밤바다가 보이는 고급 호텔 방에서 누워보면 한숨이 아니라 세상이 이렇게 좋을까 하고 절로 오금이 저리저리할 것이네."

"아따 나는 그 침대라는 것, 허리 아파서 못 자겠습데다."

"걱정 말어. 온돌도 있웅게. 그런디 지발 신문지 깔고 똥 싸서 양변기에 버리는 그런 짓을 해서는 안 돼야."

"아따 그 말은 두고두고 쓰시는 구먼이라우."

아내는 좀 마음이 풀리는지 남편의 옆구리를 꼬집었다. 처음 아파트를 사들었을 때 양변기에는 앉아도 변이 안 나오고 또 물이 튄다고 아내는 신문지를 깔고 변을 봐서 변기에 버리곤 했던 것이다.

그는 이제 신나게 고갯길을 오르고 있었다. 이차선이기 때문에 추월하지 못하는 차들이 줄줄이 자기 뒤에 늘어선 것이 차 안 거울을 통해 보였다. 바로 뒤차는 성급하게 불을 컸다 껐던 하면서 속력을 내라는 신호를 하는 것이었다. 그러나 마주 오는 대형 버스나 화물차가 왼편을 획획 지날 때마다 차가 흔들거리며 부딪칠 것 같아 그러잖아도 바른쪽에 바짝 붙어 조심스럽게 달리고 있는데 속력을 더 낸다는 것은 있을 수 없는 일이었다.

(빌어먹을. 차가 많기는 많다. 하기야 나 같은 놈도 자가용을 갖는디, 날고뛰는 놈들이 자가용 안 가질까? 꼭 차가 있어야 쓰겠다고 산 것도 아니겠지. 사장 체면, 부자 체면, 의사 체면, 목사 체면, 교수 체면…. 체면 때문에 산 차도 많겠제. 그러나 길은 안 넓히고 차만 많아지면 어쩔 것이여.)

그는 처남의 허튼소리가 거짓말만은 아니라고 생각했다. 그가 운전면허를 땄다고 이제는 처남 대신 자기가 운전을 하겠다고 운을 떼었을 때 처남은 술이 거나하게 취해서 돌아와 지껄여 댔었다.

"세상이 미쳤소. 미쳤어. 그러나 세상이 날 배신하는 것은 괜찮지라우. 그래도 나는 매형만큼은 나를 배신하지 않을 거라고 믿었지라우. 내가 무슨 사심이 있어서 매형 곁에 붙어 있는 줄 압니까? 나를 배신

하면 안 돼요. 매형은 세상을 너무 모르요. 지금 내게 주는 월급이 아깝지라우. 그래도 생명은 더 귀해라우. 지금 운전사고로 얼마나 많은 생명이 죽어가는지 압니까? 사람 목숨을 파리 목숨 같다는 것 모르시오? 남의 나라에서 비싼 부품 사 들여다가 외국에 팔지는 못하고 맨맛한 우리에게 사치를 좋아하는 것을 미끼로 월부 판매를 시작한 거요. 이년 전만 해도 승용차가 하루에 500대씩 늘던 것이 올해 들어서는 1,000대씩 늘어나요. 일 년이면 360,000대가 늘어나는데 얼마 안 가서 길은 차로 꽉 메꾸어질 것이요. 우리나라 사람이 언제 자가용 몰고 살았소? 운전 배운 지 한 달 만에 차를 몰고 나오는 사람이 태반인디 그 속에서 안 죽으면 다행이요.

매형도 이제 세상맛 알고 살 때가 되었는디 무슨 돈이 아깝소? 큰딸은 여웠고, 큰아들 한 두 해면 대학 나오제, 매형 평생 쓰고도 남을 돈 생명하고 바꾸지 마시오. 나를 내보내는 것 너무 쉽게 생각하지 마시란 말이오. 나라가 차를 팔면 길도 넓혀야 하는디, 외국 가보시오. 도시에 가면, 넓고 큰 외곽 도로가 팔 차선으로 시원하게 트여서 빠른 차들은 다 그곳으로 다니요.

그리고 시내는 팔 차선에서 잠깐 빠져나오면 들어오도록 되얏는디 이놈의 나라는 길은 안 넓혀서 병목이 많소. 몇 년 안 가서 차 사태가 나고 무고한 생명 앗아간다는 생각은 안 하고 한 해 앞도 제대로 못 보고 실적 위주로 살고 있소. 갑자기 돈이 많아져서 속없이 지랄하는 것이지라우.

그리고 교통질서도 법도 없어라우. 사람들 틈 사이로 걸어 댕기듯 이리저리 피해서 차를 몰고, 또 교통사고가 나도 경찰도 안 나타나요. 전화로 불러도 한 시간 이상 안 나타나는데 와서 한다는 소리가 오늘 하루에 교통사고 40건을 처리하고 다니는데 내가 뭐 쇠로 만들어졌소? 하고 되려 큰 소리요. 또 권세가 있는 놈에게 접촉사고를 당해 보시오. 경찰은 눈치 보느라 사고처리도 제대로 못 하고 다친 놈만 슬프고 억울하오. 월급이 아까워서 내보낸다면, 나 그것 깨끗이 포기하겠소. 이러크롬 생겼어도 그까짓 돈 보고 사는 놈 아니오. 누나가 불쌍해서…."

만규는 구구절절 옳은 말을 하는 것 같았다. 그러나 그 녀석을 옆에 두면 속이 울렁거리고 식상하였다. 튀어나오는 말 속에 늘 빈정대는 말이 가시처럼 박혀 있었다. 머리는 텅 빈 것이 돈은 있어서 제대로 할지도 모르면서 듣고 보는 풍월로 아는 체하는 꼴이 아니꼽다는 투였다. 돈이면 상수지 옷맵시가 없든, 넥타이 색깔이 안 맞든, 머리를 안 감든, 양식을 어떻게 먹든 무슨 상관인가? 그뿐 아니었다. 아파트도 제가 골랐지, 가구도 제가 들여왔지, 손님도 제가 청하지, 빌딩을 짓는다고 자기가 건축업자를 만나러 다니지, 이건 처남이 사장이고 자기는 지참금 가지고 따라다니는 비서였다.

"그 처남도 일이 잘 끝나면 집 한 채쯤 사줄 생각이었다네."

"그런디유."

"워낙 손이 크고 허황한 처남인디 집 한 채로 물러 나겠어? 나도 독한 마음 묵고 그만두라고 한 것이여."

"하기사 삘딩인가 무엇인가 사면 평생 놀고먹는다고 해쌌는디 나도 안 믿었어라우. 놀고 어떻게 묵고 산다요? 벼락 맞을 소리제."

"그 말은 맞는 말이여. 손 하나 까땍 않고 사는 사람이 쉤당게. 천벌은 무슨 천벌이여. 그놈들이 더 잘 사는디. 이 세상은 돈 있는 놈이 돈 벌고 더 잘 사는 세상이여."

이때 아내가 질겁을 하며 소리를 지르고 덕칠의 운전하는 손에 매달렸다.

"오메, 나 죽소."

덕칠은 앞을 보았다. 고갯길에 막 올라서는데 대형 버스와 나란히 경쟁하며 역주행하며 자기 앞으로 쏜살같이 지프가 덮쳐 달려오는 것이 보였다. 순간적으로 자기 큰 아들놈의 얼굴과 농 속에 넣어놓은 각종 문서와 예금통장과 처남, 만규의 얼굴이 떠올랐는데 그것이 끝이었다. 쾅 하는 굉음과 함께 눈앞에서 불이 번쩍 튀자 몸이 공중으로 붕 뜨는 느낌이었는데 큰 삽으로 떠서 쓰레기 더미 위에 던져져 버리는 것 같은 기분이었다.


덕칠의 아내는 차의 앞 유리를 뚫고 길 밖으로 내동댕이쳐져 온몸이 피투성이가 되어 숨을 거두었으며 덕칠은 앞차와 뒤차에 처박혀 운전석을 빠져나갈 수 없게 되었는데 톱으로 다리를 자르고 꺼내어져 수술실에 눕혀졌다.

수술실에서 깨어나 아내가 사망했다는 말을 듣자 박덕칠 사장은 통곡했다. 처남이 위로했으나 막무가내였다.

"내가 죽어야 하는디. 내가 죽어야 하는디. 저승에서 내가 여천 댁을 어떻게 만날 거여. 내가 돈에 미쳤지. 활어회가 뭐라고, 쾌속정이 뭐라고, 고급호텔 방이 뭐라고 내가 끌고 와 저승에 보내…"

박 사장은 계속 통곡만 하고 있었다.

# 하나님 음성

．
．
．

최 교수는 미국으로 안식년을 떠나면서 중학교 3학년의 외아들을 데리고 갔다. 한 일 년쯤 그곳에서 영어 공부도 시켜서 데려올 생각이었다. 한국보다 1년을 낮추어 봄 학기부터 미국 중학교에 편입을 시켰는데 여름방학이 되자 다니던 마을 교회에서 2박 3일로 중·고등부 수련회가 있는데 그곳에 참석하고 싶어했다. 오리건주의 그 시골 교회는 여러모로 시설이 낙후한 교회였는데 수련장도 시원찮은 곳임이 틀림없었다. 야영한다는데 모기도 많고 강사도 시원찮고 찬양이나 기도 훈련도 한국의 서울과는 비교도 안 될 것 같았다. 특히 최 교수의 외아들 한별은 변비가 있어서 아침밥을 채소와 함께 꼭 먹어야 하는데 텐트를 친 야영장에서 그렇게 먹일 수가 없는 일이었다. 미국에 와서도 아파트에 '비데'가 없다고 불평하던 애였다. 그가 어렸을 때 시골 교회에서 외할아버지 칠순 잔치에 간 일이 있었는데 그 교회에는 좌변기가 없었다. 그런데 화장실에 가고 싶다고 발을 동동 구른 일이 있었다. 다행히 여자 화장실에 좌변기가 있어서 밖에서 어머니가 망을 봐줄 테니 갔다 오라고 했지만 영 말을 듣지 않았다. 할 수 없이 그 교회 목사님 사택으로 가서 용변을 마쳤던 애다. 그래도 아들 한별은 따돌림을 당하고 싶지 않다고 우겨서 핸드폰을 손에 쥐여주고 수련회에 보냈다.

최 교수는 이틀 밤째에는 너무 궁금하고 걱정이 되어 전화했는데 핸드폰이 꺼져 있어 메시지만 남겼다. 그런데 아무 회답이 없어서 교회에 전화해 보았더니 그날은 수련장에서 멀리 떨어진 곳에 보냈는데 거기서 텐트를 치고 하룻밤을 자고 독도법(讀圖法)으로 지도를 읽어 다음날 수련장으로 찾아오게 되어 있는 프로그램을 하는 중이라 핸드폰은 다 압수했다고 했다. 지금까지 몇 년째 해오고 있는 수련회 행사로 이때까지 아무 탈이 없었으니 걱정하지 말라고 했다. 각 팀에는 각각 휴지 말이 한 통과 손전등, 삽, 그리고 토끼 한 마리씩을 주어서 지금쯤은 팀장의 지시에 따라 불을 피우고, 토끼를 잡아 잘 요리해서 먹고 있을 것이니 안심하라는 것이었다. 그곳에 화장실이 있느냐고 물었더니 야영장에는 화장실이 없어 어디서나 후미진 곳에 구멍을 파고 용변을 마친 뒤 삽으로 덮어버린다는 것이었다. 마치 이스라엘 백성이 광야에서 헤매며 살았던 것처럼 이런 험한 훈련은 문화적인 삶 이전의 자연에서의 삶을 체험하고 하나님의 사랑을 깨닫는 훈련이라고 설명해 주었다.

한국 수련회에서는 상상도 할 수 없는 일이었다. 더워서 땀만 나도 애들이 신경질을 부리고 즐거운 오락으로 즐겁게 해주고 그때 나누어 주는 푸짐한 경품을 탐해서 참석하던 수련회였다. 최 교수는 한국과는 너무 다른 이곳 수련회가 걱정되었다.

다음날 전화가 왔는데 이때는 독도법으로 본부를 찾아온 애들과 부모가 만나는 상봉의 자리를 갖는다는 연락이었다. 정신없이 차로 가서 아들을 만나보니 얼마나 기쁜지 알 수가 없었다. 50년 이상이나 헤어져 있다가 만나는 남북 이산가족의 만남보다 감격이 더 컸다. 그런데 아들은 최 교수가 걱정했던 것과는 딴판으로 명랑하고 정말 아무 일이 없는 표정이었다. 그런데 아들을 만나고 보니 자기의 생각을 내려놓고 자기는 아무 일도 할 수 없을 때 하나님께서는 자기 아들을 돌봐 주셨다는 느낌이 확 다가왔다.

"정말 아무 일도 없었니? 변비는 괜찮았어?"

"아주 기분 좋아. 내년에도 여기서 산다면 그때는 내가 팀장 한번 하고 싶어."라고 아들은 말했다.

식사가 끝나고 간이무대에서 애들과 부모의 상봉에 대한 감회의 발표회가 있었다. 어떤 아버지는 자기 딸을 어떻게 사랑해야 정말 사랑하는 것인지 몰랐는데 참으로 사랑하는 방법을 이제야 알았다고 말하고, 딸은 아버지의 사랑을 처음 알게 되었다고 서로 껴안고 울기도 했다. 이번에는 한별이 불려 나가 수련회의 소견 발표하는 시간이었다.

"저는 처음에 많이 걱정하고 떨었습니다. 알지도 못한 먼 장소에 우리를 버스로 태워다 내려놓고 핸드폰도 다 회수해 가버리자 산 중에 홀로 떨어진 것처럼 외롭고 울고 싶었으며 어머니가 무척 보고 싶었습니다. 오직 하나 의지할 수 있었던 핸드폰도 가져가 버린 것입니다. 텐트를 치고 친구들과 누웠습니다. 그러나 잠이 오지 않았습니다. 그런데 9시가 되자 다 취침하라고 불을 꺼 버렸습니다. 화장실도 가지 못했습니다. 풀벌레 소리만 처량하게 들려왔습니다. 누구를 의지할 것인가? 저는 어두워져 가는 해변에 홀로 남겨진 고아 같은 생각이 들었습니다. 갑자기 하나님밖에 의지할 분이 없다는 생각이 들었습니다. 어머니와 함께 기도했던 대로 기도했더니 마음에 평화가 왔습니다. 이 모든 자연은 나를 두렵게 하는 것이 아니고 하나님께서 만들어서 우리와 함께 살게 하신 것이라는 생각이 들었습니다. 사르르 잠이 들었습니다. 그런데 꿈에 너무 배가 아팠습니다. '예수님. 내가 너무 배가 아픕니다.' 하고 뒹굴었더니 어떤 부드러운 손이 내 배를 어루만졌습니다. 아프던 배가 가라앉았습니다. '내가 네 배를 낫게 해주겠다.' 그건 분명 예수님의 목소리였습니다. 깜짝 놀랐습니다. 저는 예수님의 음성을 들은 것입니다. 기분이 좋아 일어났습니다. 집에서처럼 성경도 별로 안 읽고 기도도 그렇게 정성 들여서 하지 않았는데 이 산 중에서 왜 저에게 예수님은 나타나셨을까요? 그분은 제가 성경을 열심히 읽고, 기도를 성실하게 하는 것보다 먼저 제가 두려워하는 것을 보고 언제나 저와 함께하시고 저를 사랑하신다는 것을 보여주셨던 것입니다."

아들의 간증을 듣고 최 교수는 흐르는 눈물을 억제할 수가 없었다. 첫째 놀란 것은 아들이 영어로 유창하게 이 모든 체험을 당당하게 이야기한 것이다. 둘째는 예수님이 아들에게 음성을 들려주신 일이다. 자기가 일 년간 기도학교에 다니면서 한 번만이라도 좋으니 주님의 음성을 듣게 해달라고 그렇게 소원했는데 끝까지 안 들려주신 음성을 아들에게 들려주신 것이다. 지금까지 답답했던 가슴이 뻥 뚫리는 것 같은 후련함을 느꼈다. 그때까지 잘 예수를 믿어보려 했는데 자기는 너무 답답한 신앙생활을 했다. 늘 자기를 괴롭히던 질문은 과연 자기는 새벽기도를 잘 하고 있는 것일까? 십일조는 온전히 내고 있는 것일까? 성경통독을 잘 못 하고 있는데 그래도 성실한 기독교인이라고 인정받을 수 있을까? 그런 것이었다.

그녀는 남들처럼 기도를 잘하고 싶어서 기도학교에 다녔다. 그러나 자기는 주님의 음성을 직접 듣지 못했으며, 방언도 받지 못했고, 신유 (神癒)의 은사도 받지 못했다. 그러면서 어떻게 예수님의 신실한 종이 라고 다른 사람에게 인정을 받는다는 말인가? 하고 속상했었다.

그런데 아들의 간증을 들으면서 최 교수는 갑자기 마음이 후련해지 며 모든 구속에서 풀린 자유를 느꼈다. 그리스도께서 십자가를 지시 고 자기를 자유롭게 하려고 자유를 주셨는데, 자기는 교회에 얽매여 있다고 생각했고 그때까지 자기를 "너는 나의 것"이라고 부르시는 예 수님이 곁에 계시는 것을 깨닫지 못했다. 그녀는 평소에 모든 것을 하 나님께 맡긴다고 하면서 자기 아들을 위한 꿈을 하나님께서 이미 가 지고 계시는데 생각이 좁은 자기 꿈으로 아들을 이끌려 하고 있었다 는 것을 알게 되었다. 그녀는 주님께서 부르시는 빛 가운데로 나오지 못하고 지금까지 교회가 요구하는 형식과 의식과 율법적인 생각의 패 러다임 속으로 자기를 집어넣고 있었다. 그러면서 자기는 교회에서 가르치는 대로 모든 일을 다 하고 있는데 왜 하나님의 음성을 들려주 지 않느냐고 항의했었다.

"한별아, 정말 들려달라고도 안 했는데 하나님의 음성을 들었어?"

"그렇다니까? 나는 배가 아프다고만 했어. 그런데 "내가 네 배를 낫 게 해주겠다."라고 하셨어. 정말 놀라운 것은 내 변비가 없어진 거야, 부끄럽기도 하고 또 변비를 영어로 뭐라 하는지 알 수 없어 그 말은 못 했지만, 아침에 일어나서 나는 시원하게 변을 보았거든. 그리고 지 금까지 기분이 좋아. 예수님께서 내 병을 고쳐 주신 거야."

"주여, 감사합니다. 그 음성이 바로 나에게도 들려주신 음성이었어."

"왜?"

"나는 하나님의 딸이야. 내가 음성을 들려 달라고 하기 전부터 그분은 나와 함께 계셨어. 나도 내 생각을 내려놓고 있었으면 너처럼 진즉 하나님의 음성을 들려주셨을 거야."

최 교수는 아들 한별을 끌어안았다.

# 왜 그렇게 되었어[2]

⋮

슬기의 엄마 경희는 1980년 말 새 아파트로 이사를 하였다. 그래서 이 이야기는 경희가 이사하기 전 일 년도 더 된 때 일이다.

그녀는 그때 있었던 몸이 오싹했던 체험이 생각날 때마다 치가 떨리는데 그것보다도 그녀가 스스로 더 놀란 것은 그 무서운 순간에도 자기가 어떻게 그렇게 대담했던가 하는 것이었다. 누구를 닮아 그렇게 겁이 없었던 것인지 지금도 이해가 안 되는 일이었다.

경희네 집에는 그녀가 언니라고 부르는 두 친구가 놀러와 있었다. 각각 여섯 살 그리고 다섯 살짜리 딸을 데리고 왔었는데 그들의 처지는 모두 남편들이 직장에 나간다는 것과 딸 하나씩을 두었다는 것, 그리고 나이가 비슷하다는 것 때문에 만난 지 얼마 안 되었지만 아주 가까운 친구가 되었었다. 또 슬기네 집은 남편들이 직장에 나간 뒤 그들이 모여 놀기는 안성맞춤인 곳이기도 했다. 경희네는 부모님을 모시고 사는 것도 아니고 경희 부부와 다섯 살 난 슬기뿐이었다.

아파트가 당첨되어 옮겨 가기 전 적당한 집이 없어 급히 집을 구하

---

[2] 이 작품은 호서문학(1993.11.)에 발표된 「너나 새사람 되어라」를 개명 개작한 것이다.

다 보니 좀 어울리지 않게 걸려든 약간 큰 집이었다. 오래된 집이었지만 건축업자가 살려고 지은 당시만도 훌륭한 양옥집이었다. 집주인의 말마따나 15년이 넘는 집인데도 구석구석 튼튼했다. 현관을 들어서면 왼편으로 응접실이 양식 화덕과 함께 있었고 그 뒤쪽에 침실, 오른편 남쪽 양지바른 곳에 넓은 안방, 그 뒤엔 식당과 부엌 이런 식이어서 지금도 쓸모 있고 손색이 없는 양옥집이었다.

그러나 이 모든 양옥집의 장점이 이 마을에서는 이 가옥을 오히려 쓸모가 없는 집으로 만들고 있었다. 건축업자의 예상과는 달리 이 마을은 개발되기는커녕 큰 도로변에서 빗나가 있어 샛길 투성이여서 이제는 서민들의 마을이 되어있었다. 그래서 그 속에 끼어있는 이 양옥은 꼴불견이었다. 이런 집은 하숙을 치기도, 셋방을 내주기도 아주 적절하지 못한 구조였다. 그래서 집값도 쌌다.

그러나 경희네에게는 안성맞춤인 집이었다. 경희네를 매일같이 찾아오는 두 엄마와 딸들에게도 둘도 없는 놀이터가 되기 때문이었다. 애들은 응접실로, 침실로 뛰어다니며 소꿉장난을 했고 세 여인은 양지바르고 넓은 안방에 앉아 고스톱도 치고 마을에서 들은 이야기도 옮기고 또 자기 나름대로 목소리를 높여 즐기는 가십으로 남편들을 직장에 보낸 무료한 한낮의 시간을 즐기는 것이었다.

"그런 놈들은 아주 사형 집행을 해서 길거리에 전시해야 해. 국회의원들은 그런 놈 사형시키는 법은 안 만들고 뭐 하는 거야. 어떻게 하면 다시 차기 국회의원이 되나? 어떻게 하면 정권을 잡고 권력을 휘두를까? 있는 놈 편을 들어야 정치 자금을 더 뽑을지, 없는 놈 편을 들어야 민심을 얻고 표를 더 받을지, 이러고 있으니 아유 분통 터져."

다음은 경상도의 큰언니가 포문을 열었다. 포문의 발단은 작은 언니가 어디선가 듣고 온 이야기 때문이었다. 도둑맞은 어떤 집이 다음 날 전화를 받았는데 점잖은 '도' 씨 아저씨의 말씀이 목걸이도 가짜, 팔찌도 가짜, 반지도 가짜니 그럴 수가 있느냐고 머지않아 돌려주러 갈 테니 현금을 준비해 놓으라는 당부였다 한다. 너무 어처구니없고 기가 찬 부인은 머리끝까지 화가 나서 "뭐야 잡놈아, 어떤 정신 나간 사람이 도둑놈한테 진짜 준다더냐? 이번에 또 올 때는 평생 감옥살이할 각오하고 와라 이 썩을 놈아." 이렇게 쏘아붙인 모양이었다. 도 씨가 그냥 있을 리가 없다. 온갖 상스러운 욕을 해대고 딸 단속이나 잘하라고 했다 한다. 수화기를 놓자 그 여인을 가슴이 떨리기 시작했다. 고3으로 과외를 다니는 딸이 있었기 때문이었다. 그날부터 하룻밤도 편히 자지 못하고 아침저녁으로 과외 하는 딸을 차에 태우고 오갔는데 한 달도 넘는 어느 날 방심하고 있을 때 딸이 사라졌다. 일주일 만에 문 앞에 동댕이쳐진 딸은 온몸에 문신하고 병신이 되어 돌아왔다는 이야기였다.

　"법도 법이지만 이거는 민생치안을 담당하고 있는 내무부가, 아니 직접적으로는 경찰이 제구실을 다 못하고 있는 기라요. 데모 말리라 카니 손이 딸리제. 내 보기로는 적당히 실적 보고나 하고 정 맞지 않고 넘기며 살고 있는 기라요. 신문에 크게 난 사건이나 상부 명령이 있으면 책임 면할라꼬 뛰지마는 마을 도둑은요 귀찮은 기라요. 또 경찰이 누굴 잡았다 카면 다 자기 힘이 아니고 시민제보에 의한 긴데 제보하는 시민도 챙피하거나 보복 무서버서 누가 요즘은 감히 신고하겠노? 또 TV 같은 것을 보면 유흥업소나 깡패단이 걸리면 경찰은 먼저 잡는 체한 다음 봐주고 놓아주고. 지들끼리 한 패거리니 누구도 믿을 수 없다 아이가."

이야기를 몰고 온 작은 언니가 한마디 했다.

"근본적인 문제는 교육 부재에 있어요. 문교부는 먼저 대학 입시 제도부터 개선해야 해. 세상에 머리 좋고 돈 있는 자식만 잘 되라는 법 있어? 초등학교, 중고등학교 교육이 무엇이야. 시험 잘 보는 병신 만드는 교육 아니고 뭐야? 머리 없고 돈 없는 자식은 그 지겨운 과정을 거치고 대학 가고 직장 갖고 결혼까지 할 수 있겠어? 돈 있으면 대학도 그냥 들어갈 수 있는데. 지금 거리의 불량아들은 다 이 지겨운 경쟁 대열의 낙오자들이야. 돈 없고 머리 못 따라가도 정직하고 올곧은 마음 하나로 살 수 있고, 기술이 있으면 대학 나온 사람보다 그 분야에서는 더 대접받고 인정받으며 살 수 있는 나라가 되어야 하는 게 아니야?"

경희도 끼어들었다.

"언니 그러나 우리 부모에게도 일차적인 책임이 있다고 생각해. 애들을 사랑한 나머지 돈 달라면 돈 주지. 욕심부리는 대로 장난감 사주지. 이기면 용돈 주고 지면 벌주지. 떼쓰고 고집부려도 귀엽다고 웃지. 그러니 애들이 세상에 나가 뜻대로 되지 않으면 빗나가는 것이 아닐까요?"

"얼라들이 와 욕심을 부리겠노. 다 사회에서 배워오는 기지. 문화공해, 뭐 불량만화, 장난감 권총, 음란 비디오, 성폭행, 폭력 영화, 음담패설이 뒤범벅된 외설 잡지…. 아이들이 크면서 배워오는기, 이런 것뿐인기라. 내가 집안에서 단속한다카지만 아이들이 크면 우째 밖에서 하는 일까지 단속하겠노. 나라는 이런 단속부터 해야 한데이. 아래 애 아빠캉 영화보러 갔다가 기절할 뻔 안 했나? 영화가 음란 신과 부수고 죽이고 하는 장면을 그리기 위해 이야기를 숫제 그기 맞춰 짜 놓은기라.”

“한마디로 이것은 어디서부터 손을 대야 할지 모른다는 이야기야. 거리에서 술 마시고 소리 지르고 주먹질하며 돈을 뿌리고 다니면 그것은 나쁜 사람이 하는 짓이라는 생각을 가져야 하는데 오히려 힘센 사람들을 동경하고 그에게 아부하며 자기도 하루 사이에 벼락부자가 되어, 돈 뿌릴 생각만 한다구. 극도의 개인주의, 배금주의가 뿌리 깊이 박혀 있단 말이야. 이건 한마디로 민족성의 문제야. 내 편 아니면 적이고, 아부하지 않으면 짓밟고. 용서란 눈을 씻고 봐도 없고, 원수는 대를 물려 갚고, 못 먹는 호박은 찔러버리고…”

“언니 민족성은 너무하는 것 아니유? 나는 가끔 이런 생각을 해본다우. 한 교회가 길거리의 불량아 한 사람씩만 책임져 주었으면 하고 말이유. 밤에 옥상에 올라가 십자가 불빛을 세어보면 적어도 30개는 셀 수 있다고 하지 않아유? 기독교인이 천만이라는데 한 교회 교인이 평균 200명이라면 50만 교회가 되는데 길거리에서 한 교회가 한 명씩, 50만 명의 불량아만 책임져 주어도 어떻겠어유?”

“천사 같은 소리 하네. 교회가 선한 체 거드름 피우는 것 빼고 이름 안 나는 고생 자처하는 것 봤어? 돈 벌어 목사, 전도사 먹여 살려야지, 교회 건물 올려야지 계절 따라 교인들 놀러 다녀야지. 관광지에 교회 차 안 서 있는 것 봤어? 놀이터마다 찬송꾼들 없는 데 봤어?”

이때 갑자기 꽝 하고 유리가 깨지는 것 같은 요란한 소리가 들려왔다. 경희는 반사적으로 일어나 방문 쪽으로 갔다. 작은 언니가 그녀를 붙들었다. 그렇게 함부로 나가는 것이 아니라는 것이었다. 이 마을은 행인이 드문 호젓한 골목이었다. 엄마를 부르는 애들의 겁에 질린 울음소리가 들려왔다. 그녀는 문을 열었다. 키가 큰 복면의 사나이가 짧은 칼을 들고 서 있었다. 그녀는 겁에 질려 문을 닫았다가 다시 열었다. 애들이 어머니 품으로 기어들었다.

"소리 지르지 말고 구석으로 가."

그는 낮은 목소리로 말했다. 그는 화투짝과 담요가 널려 있는 방안을 한번 둘러보더니 소리쳤다.

"잘들 논다. 누가 주인이야?"

"나요."

경희는 손을 번쩍 들며 앞으로 나갔다. 사나이는 놀란 듯이 한 걸음 뒤로 물러서며 칼을 한번 휘둘렀다.

"거기 서 있어. 누가 상 줄라고 부른 줄 알아?"

그러더니 담요를 나머지 사람에게 뒤집어씌우라고 말하며 담요 위로 머리통을 밟았다.

"돈 내놓아. 시간 없어."

"우리는 돈 놓고 쓰지 않아요. 개인 수표를 써 드릴까요?"

경희는 딸 슬기를 꼭 껴안고 부들부들 떨며 말했다. 한때 개인 수표(personal check)가 유행할 때였다.

"뭐야? 누가 지금 장난하자고 그랬어?"

"정말이에요. 보여 드릴게요."

그녀는 농 서랍 문을 열어 서랍을 빼 보여주었다.

"이 봉투에 넣고 쓰는 돈이 전부예요. 반지라도 드려요?"

"염병할. 재수 없게."

그는 신경질이 난다는 듯이 말했다.

"그 돈 주고 저 핸드백 열어봐."

"그건 제 것이 아닌데요."

"아이고 복통 터져. 지금 니것 내것 가리게 돼 있어? 이리 가져와."

그는 핸드백 안을 뒤져 돈을 꺼내고 방바닥에 내동댕이쳤다. 또 지갑 없느냐고 소리치며 담요를 발로 걷어찼다. 그러자 놀란 듯이 큰언니가 고개를 숙이고 핸드백만 들어 올려 진상하고 있었다. 그는 그 안의 돈을 뺏지만, 무척 불만스러운 듯이 방바닥에 동댕이쳤다.

"빌어먹을. 돈 좀 가지고 다녀라. 알았어?"

아무 말도 없자 다시 강조했다.

"대답해봐 알았어?"

세 사람이 합창하듯 "예."라고 대답하자

"신고하면 알지? 나는 목숨 걸고 다니는 놈이니까."

하고 재빠른 몸짓으로 사라졌다. 세 사람은 얼마 동안 넋 나간 사람처럼 멍한 표정으로 앉아 있었다. 겁에 질려 있던 애들이 울기 시작했다. 그들을 달래노라니 좀 마음이 진정되었다.

"슬기 엄마는 그래도 용터라. 나는 마, 담요 속에서도 가슴이 떨려가."

"어떻게 하지. 신고해야겠지?"

둘째 언니가 말했다.

"언니 나는 싫어요."

경희가 황급히 말했다.

"신고를 안 한다는 것은 이 마을이나 도둑을 위해 다 나쁜 짓이야. 경찰은 이 마을에 어떤 일이 일어나고 있는지 알아야 해. 그리고 그 놈은 더 큰 죄를 짓기 전에 붙들려 벌을 받아야 해. 수표를 드릴까요? 반지를 드릴까요? 이건 도둑을 동정하고 기세를 올려 주는 짓이야. 신고 안 하는 것도 마찬가지고."

이런 일이 있은 지 두 달이 지났다. 경희는 가끔 그 도둑을 생각했다. 수표를 주겠다, 반지를 주겠다고 말한 것은 위협에 질려 얼결에 한 말이었지만 자기는 그것이라도 달라고 하면 아까운 생각 없이 주고 싶은 생각이었다. 무의식중이었지만, 가난하여 그런 짓을 하게 되었다는 그를 인정해 주고 누군가가 그를 사랑해 주고 돌봐 주면 새사람이 되리라는 것을 믿고 싶었었다. 사람의 천성은 태어날 때 선하다는, 그런 생각을 하고 있었다.

그러던 어느 날 경찰서에서 전화가 왔다, 두 달 전에 절도하던 놈이 잡혔으니 와서 대면하고 확인해 달라는 것이었다. 가슴이 다시 마구 뛰기 시작해서 그 사람은 복면을 쓰고 있었기 때문에 대면해도 확인할 도리가 없다고 거절하며 전화를 끊었다. 며칠 뒤 또 전화가 왔다. 사건을 종결지어야 하는데 그때 들고 있었던 칼이라도 확인해보라는 것이었다. 그녀는 다시는 그때 일을 회상하고 싶지 않은데, 없었던 것으로 해줄 수 없느냐고 말하고 전화를 끊었다. 죗값을 치르고 나면 다시 새사람으로 될지 모른다는 생각을 하면서도 자기는 간여하고 싶지 않았다.

하루는 갑자기 경찰 세 명이 쇠고랑을 채운 범인을 데리고 집으로 밀어닥쳤다. 현장검증을 위해서라고 말했다. 범인을 본 경희는 깜짝 놀랐다. 범인이 너무 어려서였다. 솜털 같은 콧수염이 약간 검어져서 징그럽게 느껴지기 시작하는 앳된 나이였다. 경찰 세 사람이 자기네를 대신해서 그때 있었던 일을 재현하고 있었다. 경희는 범인이 말한 대로 그저 그랬었다고 고개를 끄덕였다. 경희는 저 어린 나이에 왜 그런 짓을 하게 되었을까를 계속 생각하고 있었다. 검증이 끝나고 떠날 무렵 경희는 곁에 있는 경찰에게 범인의 나이가 몇이나 되느냐고 물었다.

"만 열아홉입니다. 소년 범죄자도 아닙니다."

어쩌자고 저렇게 되었는가? 그녀는 다시 측은한 생각이 들어 뒤통수를 얻어맞고 끌려가는 범인 곁으로 바싹 다가갔다.

(얼마나 힘들었니? 왜 그렇게 되었어? 한번만 생각을 바꾸면 되는데…)

그러나 경희는 한마디도 못 했다. 정말 애처로운 마음으로 그를 끌어안아 주고 싶은 생각뿐이었다. 어린 조카를 보는 듯해 가슴이 아파서였다. 그를 우뚝하니 쳐다보고 있는데 그녀의 눈길을 의식했음인지 범인이 힐끗 쳐다보는 눈길에 비수 같은 써늘함을 느꼈다.

"쉬 나올 수 없을 겁니다. 강도, 강간 등 오십 회가 넘는 놈입니다."

범인은 아무 말 없이 끌려가고 있었다.

# 집안일 돌보는 남자

∙
∙
∙

김 박사는 어쩌다 보니 50이 다 되어서 결혼하여 신혼여행을 가게
되었다. 늦게 아내를 얻게 된 것이 기뻐서 미술을 하는 아내 소원대
로 이태리, 프랑스, 영국의 미술관과 박물관들을 한 달 가까이 돌고
마지막으로 자기가 학위를 마친 미국 텍사스주의 오스틴에 왔다. 거
기에는 자기의 둘도 없는 친구 경수가 살고 있었다. 그는 함께 전자공
학과에서 공부했는데 그는 시간제로 회사에 나가 일을 해 주고 있더
니 논문을 제대로 마치지 못해 김 박사만 먼저 학위를 마치고 한국에
나왔었다. 그 뒤 들으니 그는 미국에서 시민권자와 결혼하여 그곳에
영주하게 되었다고 했다. 여행을 앞두고 그의 주소를 수소문해서 이
메일을 보냈더니 너무 보고 싶으니 꼭 들리라는 것이었다. 여성스럽
고 꼼꼼하여 자취할 때는 김치도 잘 담그곤 하던 친구였다. 벌써 헤
어진 지 10년째였다. 어떻게 지내고 있는지 무척 궁금했다. 둘이서
교회나 학생 성경공부에 열심히 나가던 사이이기도 했다.

공항에 도착하는 시간을 알려 주었더니 어린애들 남매를 태우고
마중을 나왔다. 오후 3시 애들을 학교에서 데려오는 시간이 되어 태
우고 바로 왔다는 것이었다. 큰애는 딸이고 둘째는 아들인데 인형처
럼 아주 예쁘게 생긴 애들이었다.

"야, 부인이 예쁜 모양이다. 왜 애들이 이렇게 예쁠 수가 있냐?"

"그래, 좀 예쁘지. 자네 부인께서도 미인이신데 뭐."

"우리야 다 처복이 있는 사람들 아니냐?"

이렇게 허물없게 이야기가 오가는 가운데 호텔에 도착했다. 짐을 풀고 곧장 자기 집으로 가자고 해서 애들과 함께 경수네 집으로 갔다. 그는 애들에게 TV를 보기 전에 숙제하고 책부터 읽으라고 타이른 후 2층으로 보냈다. 아주 훌륭한 집이었다. 75평쯤 되는 집이라는데 모든 것이 잘 꾸며져 있었다. 밖에는 정원이 아름답게 꾸며져 있었고, 집안도 깔끔하게 정돈되어 있었다. 꽃이 핀 난들도 여기저기 알맞은 곳에 잘 놓여 있었고, 천장에 매달린 바구니에 재스민 꽃이 맞바라보고 늘어져 있어 향기가 은은했다. 김 박사는 놀라서 물었다.

"야 너무 잘 꾸며 놓았는데. 여기 앉았으면 어디 나가고 싶겠냐?"

"그래, 나는 꽃 가꾸고, 애들 돌보고, 집안일 하는 것이 너무 좋다."

"직장은? 뭐 하는 게 없어?"

"이게 내 직장이야."

그는 집안을 돌아보는 것이 자기 일이라고 말했다.

"부인은 뭐 하시는데?"

"응, 소아과 의사야. 의료공원이라고 의사들만 모여서 사무실을 내는 큰 건물에 사무실이 있어. 약은 처방만 해 주면 되고, 수술은 큰 병원에 의뢰하기 때문에 수월한 편이지."

"자네는 정말 아기보고 집안일만 하고 사는 거야?"

"그렇다니까. 아내가 그것을 좋아하고, 나도 편해. 대신, 주말에는 한 번씩 골프를 하러 나가기도 해. 그때는 아내가 집안일을 하고."

"정말 좋겠어요. 가사를 그렇게 분담하면 여자가 얼마나 편하겠어요?"

김 박사의 아내 은희는 부러운 듯이 말했다.

"이건 분담이 아니라 남편과 아내의 역할이 뒤바뀐 것이지, '하우스 허스밴드' 아니야?" 그러면서 김 박사는 말했다.

"이건 성서적이 아니잖아? 아내는 남편에게 복종하기를 주께 하듯 하라고 했잖아?"

"누가 누구에게 복종하느냐 하는 문제가 아니야. 그냥 이렇게 사는 것이 행복하고 좋은데 어떻겠나. 구약 시대에는 남자가 주로 싸움터에 나가야 하니까 자연 여자가 남편에게 복종하고 가정을 돌보게 된 것이 아니었을까?"

"사랑하면 서로 복종하는 것이지요. 부인께서 복종하지 않을 리가 있겠어요?"

은희는 경수 편이었다.

아내는 의사이면서 집안일은 질서 있게 하는 일이 없다고 경수는 말했다. 안경 찾고, 시계 찾고, 심지어 전에 입었던 옷 찾고… 어떨 때는 핸드백을 탁 뒤집어 방바닥에 쏟아놓고 무슨 영수증이 없다고 2, 30분씩 찾는 일도 있다고 했다. 그뿐 아니라 출근한 뒤 또 집에서 잊고 안 가져간 것을 갖다 달라고 한단다. 그러나 자기가 일을 하면 어떤 옷이 어느 서랍, 어느 곳에 있는지도 알 수 있으며, 집안에 고장난 하수도, 전기 기구, 차고 문 닫고 여는 일, 그리고 잔디 깎는 일까지 구석구석 해 놓을 수 있으며 무거운 청소기를 잘 다룰 수가 있다고 자랑스럽게 말했다. 사실 그가 2층에 올라가 열어 보여준 어린애

옷 서랍은 너무나 잘 정돈되어 있었다.

"너무 꼼꼼하시네요. 역할 분담을 잘하신 것 같아요."

은희는 감탄하며 말했다. 김 박사는 경수의 삶이 마음에 들지 않았다.

"하나님께서는 여자에게 해산의 고통을 주었을 뿐 아니라 왜 유방까지 주었겠니? 그것은 어린애의 양육도 여자가 해야 한다는 것 아니겠어?"

"그런 고정관념은 버려야 해요."

은희가 말했다.

"고정관념이 아니라 이것은 하나님의 창조질서에 어긋난다는 말이지요."

경수가 개입했다.

"어떻든 우리 둘에게는 이 삶이 평안하고 행복한 걸 어떻게 해, 사랑의 하나님께서는 우리가 이렇게 살고 있으면 창조질서에 어긋난다고 벌주실까?"

그는 창조질서에 대한 그 나름의 해석이 정연했다. "창조질서가 무엇인가? 하나님은 대자연을 혼돈(chaos) 속에서 질서(cosmos)를 찾아 창조하셨다. 그리고 마지막에 인간을 하나님의 형상대로 그러나 남녀를 다르게 창조하시고 보기기에 아름답다고 말씀하셨다. 남녀는 각각 다른 모습으로 서로 돕고 하나님께 영광을 돌리며 살게 창조하신 것이다. 그러니 '이것은 남자가 할 일, 저것은 여자가 할 일'이라고 인간 중심으로 선을 그으며 자기주장을 하고 살 이유가 없다. 인간 중심의 생각을 버리고 하나님이 보시기에 아름답게 살면 그것이 에덴의 삶이 아닐까? 서로 행복하게 살고 하나님 보시기에 아름다운 삶은 그것이 바로 하나님의 창조질서에 맞게 사는 일이다."

그런 사이에 경수의 아내가 돌아왔다. 경수가 이층에 대고 "마미가 왔다."라고 소리치자 애들이 뛰어 내려와 포옹했다. 경수가 친구와 부인을 소개했다.

"잘 들었습니다. 지금 신혼이시라구요?"

"네, 너무 늦게 신혼 실습을 하려니 부끄럽기도 하고 어렵네요."

그들은 대화가 무르익자 경수는 김 박사에게 말했다.

"나 지금 가까운 시장에 가려는데 너 같이 갈래? 오늘 밤 스테이크 요리 어때?"

김 박사는 남자가 시장을 보러 간다는 말에 좀 어리둥절했으나 곧 분위기를 깨닫고 따라나섰다.


집안에 둘이 남게 된 은희가 말했다.

"남편이 가정 일을 보시니 너무 좋네요. 그런데 어때요? 좀 미안한 생각이 안 드세요?"

"그이가 집안일을 보기 전에는 가정일로 너무 싸웠어요. 그러나 역할이 바뀌자 이제는 너무 행복해요. 미안하기도 하니까 내가 더 잘해 주게 되구요."

"저는 반대예요. 그이는 어떻게 가장의 권위를 내세우는지, 친정에서 저희에게 사준 집이 있거든요. 그런데 거기서 살자고 해도 기겁을 하고 반대해요. 처가 도움은 싫다는 거지요."

"고지식하고 좋은 분이네요."

"남편 되신 분은 토요일 하루 나가는 것으로 만족하시나요?"

"이제는 토요일도 안 나가겠대요."

"왜요?"

"자꾸 아기를 하나 더 낳아 달래요, 자기가 잘 기르겠다구요. 그래 그렇게 되면 토요일에, 나 혼자서 아기 셋을 볼 수 없으니 골프는 포기해야 한다고 했더니 그렇게 하겠대요."

"어머 그렇게 아기를 좋아하세요? 그래서 어떻게 했어요?"

"지금 나 임신 중이에요"

"입덧 안 하세요?"

"저는 입덧이 없어요."


남편들이 돌아오자 그들은 밖에 나가 스테이크를 구웠다. 식사를 마치고 떠날 때가 되었는데 은희가 말했다.

"우리 여기서 하룻밤만 자고, 밤내 결혼생활 상담을 하고 가면 안 돼요?"

"좋아요. 집에 방 있어요. 불편하지만 않으시면…"

경수 부인의 말에 김 박사가 얼굴을 붉히며 말했다.

"당신 무슨 소리를 하는 거요. 신혼부부가 염치도 없이."

그러면서 손을 잡아끌었다.

경수가 데려다주어 호텔 방에 들어오자 김 박사는 말했다.

"아니, 그 자식 집이 그렇게 좋아요?"

김 박사는 노골적으로 마음에 안 드는 표현을 했다.

"경수 씨 아주 존경스러워요. 애, 하나만 더 낳아주면 토요일 휴가도 포기하겠다고 그랬대요. 당신 마음에 안 들어요?"

"뭐야! 그런 말까지 했어요? 그 자식, 아주 많이 변했구먼, 우리가 잘못 찾아온 것 같아요."

김 박사는 불안을 감추지 못하고 말했다. 젊은 아내를 맞은 자기 앞날이 걱정스러워졌기 때문이었다.

김 박사가 떠날 때는 주말이었는데 친구 경수가 승용차로 그들을 배웅했다. 출국 절차를 마치고 얼마 동안 그들은 대기실에 앉아있었다.

"너 남자 망신은 다 시키고 있구나. 정말 가장으로 그렇게 살아도 후회 없겠어?"

김 박사는 떠날 때도 친구의 재능을 아껴서 한마디 했다.

"넌 한국에 가더니 많이 보수주의가 되었구나. 지금은 가부장적 권위주의 시대가 아니야. 성차별을 없애자고 얼마나 여성 인권 운동이 활발히 전개되고 있는데. 한국에서도 가정폭력, 성폭력 때문에 서서히 여성의 목소리가 높아지고 있을걸."

"나도 여성을 집에 가두어 두고 노예처럼 취급하는 것은 안 된다고 생각해. 그러나 결혼은 부부가 한 말을 타는 것인데 앞에 타는 사람과 뒤에 타는 사람이 있어야 할 게 아니야? 하나님이 인간을 창조하실 때 남자 갈비뼈로 여자를 만드셨다는 것은 무슨 뜻이야. 여자는 남자를 돕는 배필로 만드셨는데 앞자리에 앉아 남자를 좌지우지하는 것은 반대야."

이번에는 은희가 끼어들었다.

"앞자리 뒷자리 하는 것이 잘못된 생각이지요. 기독교인은 하나님께서 선두에 서서 인도하시고 우리 부부는 그분의 음성을 듣고 따라가야 하는 것이 아니에요?"

"맞아요. 요즘은 근육과 힘의 시대가 아니고 정보화 시댑니다. 또 여성도 교육수준이 높아지고 사회참여도 활발해져서 남편에 대한 경제의존도도 사라졌어요. 그런데 여성이라고 가정폭력을 참아내며 성희롱을 받고 살면 그냥 있겠어요? 아마 길거리에 나서는 여성단체가 더 많아질걸요?"

김 박사는 쌍방 공격을 받는 것 같아 불안하고 기분이 언짢아져서 일어났다.

"경수야, 만나서 반가웠다. 잘 지내고 어부인께 고마웠다고 전해주라."라면서 출찰구로 향했다. "너 그래도 동양 사람의 긍지는 갖고 살아야 한다."라고 끝까지 한마디 했다. 그러자 경수가 그의 귀에 대고 말했다.

"신부 잘 도와주어라. 그리고 다독거려. 나는 아내를 위해 뭐든 다 해줄 수 있는데 애 낳는 것은 해줄 수 없잖니."

# 내가 죄인이라고

<br>

∴

<br>

윤 씨 할머니는 100살을 2년 앞둔 할머니였다. 이분을 딸 되는 박 집사가 모시고 살고 있었다. 박 집사도 70이 넘었으므로 이 집에 두 할머니가 사는 셈이었다. 이웃 사람들은 윤 씨 할머니를 왕 할머니, 박 집사를 할머니라고 불렀다. 박 집사의 남동생이 서울에서 어머니를 모시고 살았는데 그분이 낙상한 뒤로는 며느리와 손자며느리에게 화를 자주 내고 잔소리를 심하게 하여 결국 딸인 박 집사가 마지막 효도를 할 셈으로 모셔 온 것이다. 왕 할머니는 정신이 총명하고 매사에 부지런하여 잠시도 그냥 앉아있는 분이 아니었다. 동생네 집에 있을 때도 지하층에 세 들어 사는 사람들에게 여러 가지 간섭을 하러 내려가다가 계단에서 발을 헛디뎌 낙상하여 엉덩이뼈가 골절되고 걷지 못하게 되어 누워 지내게 되었다.

박 집사가 어머니를 모셔 오게 된 것은 동생네 가족을 돕기 위한 것도 있지만 어머니를 전도하여 예수를 믿게 하기 위해서였다. 세상 뜨는 날이 그리 멀지 않았는데 예수를 영접하지 않은 것이 가장 가슴 아픈 일이었다. 그러나 선뜻 교회에 가자는 말을 하지 못했다. 왕 할머니는 예수 믿는 사람을 싫어했다. 일찍이 자기를 버리고 떠난 영감이 예수를 믿었기 때문이었다. 그러나 박 집사는 기회를 엿보다가 휠체어를 타고 교회 나들이를 하지 않겠느냐고 물었다. 너무 방에 누워있어서 욕창이 날 지경인 어머니가 외출한다면 좋아할지도 모른다고 생각했기 때문이다. 의외로 왕 할머니는 선선히 가보자고 했다. 교회가 어떤 곳인지 궁금했던 모양이었다. 박 집사의 집은 교회 근방이어서 교회까지 휠체어를 밀고 가면 20분이면 갈 수 있는 거리였다.

한 청년의 도움을 받아 교회로 모시고 갔다. 교회에서는 100살이 가까운 할머니가 휠체어를 타고 나왔다고 크게 환영하였다. 왕 할머니는 호기심이 많아서 교회에 들어오자 주위를 한 바퀴 돌아보더니 하나님이 보이지 않는다고 어디다 모셔 두었느냐고 물어보았다. 교회에는 십자가 밖에 사람이 만들어 놓은 신상은 없다고 설명하였다.

"봐야 믿지 아무것도 없는 허공에 대고 무슨 기원을 한다냐?"

"사람이 만들어 놓은 것은 허수아비 같아서 말도 못 하고 걸어가도 못 해요. 갖다 놓으면 그 자리에 그냥 있는 신상인데 그런 신상 모시는 것보다는 살아 있는 하나님이 훨씬 낫지 않아요?"

왕 할머니는 무슨 말인지 못 알아듣겠다는 듯 얼마 동안 말이 없었다. 그러더니 찬양단이 예배 전 CCM 형태의 찬양을 시작하자 신기한 듯 바라보고 있더니 또 말했다.

"저것이 무슨 짓이라냐? 너무 시끄럽고 요란해서 귀신이 왔다가도 도로 도망가 버리겠다. 서양 귀신은 저렇게 야단법석을 떨어야 좋아한다냐?"

그러더니 구경 그만하고 가고 싶다고 말했다.

"어머님, 예수님 믿으러 온 것이지 구경 온 것 아니어요. 좀 진득이 참고 계셔요."

할머니는 정말 구경을 온 듯했다. 기도할 때도 고개를 숙이지 않고 이곳저곳을 돌아보았다. 또 헌금할 때는

"너도 복채를 넣었냐?"라고 물어보았다.

"이것은 복채가 아니라 하나님께 감사해서 바치는 돈이어요."

"니가 감사할 것이 무엇이 있간디? 나허구 쌈만 하는디. 앞으로 잘 봐달라고 바치는 것 아니여?"

왕 할머니는 귀도 밝고, 정신도 맑고, 이론이 정연했다. 그녀는 이렇게 교회를 한 번 구경하고 오더니 다시는 나오지 않겠다고 했다. 목사가 천국 생명책에 그녀 이름을 기록해 달라고 기도까지 했는데 왜 교회를 안 나가느냐고 말했지만, 휠체어로 근처 산책은 하러 나가도 결코 교회는 가지 않았다. 평생 아프기 전까지는 절에 가끔 시주나 하며 살았는데 예수를 믿게 하기는 참 어려운 일이라는 생각이 들었다. 집에서 조금씩 구원의 도리를 가르치는 수밖에 없다고 박 집사는 생각했다. 교회에 가자고 또 권했더니 할머니는 대답했다.

"나는 예배당이 마음에 안 든다. 거기 가면 그 보기 싫은 영감이 떠올라 더더욱 싫다."

"아버지 생각나세요?"

"그놈이 왜 생각나냐?"

왕 할머니는 영감을 붙들어 놓고 호령하며 농사를 시키려 했지만, 한학을 한 그는 그렇게 농사나 짓고 농촌에 있을 분이 아니었다. 결국, 남매를 남겨 놓고 집을 나가버렸다. 그때부터 왕 할머니는 성질이 거칠어졌고 화를 잘 냈다. 억척같이 농사를 지으며 밭맬 때는 직접 나서서 일했는데 어린 아들은 집안에 넣고 열쇠를 채우고 나갔기 때

문에 집에 와 보면 울다가 지쳐서 방구석에 쓰러져 있곤 했다. 영감이 떠나도 포기하지 않고 수소문해서 찾아 나섰다. 용케 만나서 며칠 밤을 자며 설득했으나 영감은 또 도망쳐버리고 그때 어린애만 하나 잉태해서 돌아왔다. 지금까지 서울에서 어머니를 모셨던 애가 그 막내였다. 둘째는 어머니의 잔소리를 참다못하여 가출했는데 만주 어느 곳에 산다는 말만 있을 뿐 생사가 불분명했다. 왕 할머니의 성품 때문에 가정이 평온하지 못한 편이었다.

"아버님은 예수를 잘 믿었기 때문에 천당 가셨을 거예요. 어머니도 천당 가고 싶지 않으세요?"

"너나 잘 믿고 천당 가거라. 나는 가끔 법당에 시주나 드릴란다."

"어머니, 법당에 시주한다고 극락에 가는 것이 아니어요. 적선한다고 자기 죄가 없어지는 것이 아니어요. 내 힘으로는 내 죄를 어떻게 할 수가 없어요. 예수님만이 우리 죄를 깨끗하게 해 준답니다. 예수를 믿고 회개를 해야 천당에 간다구요."

"너는 죄, 죄 하는데 내가 무슨 죄를 지었다고 회개를 해."

"사람은 누구나 태어날 때부터 죄인이어요. 그래서 예배당에 가서 죄를 회개하면 하나님이 우리에게 성령을 주시고 거듭나게 해서 죽으면 천국에 데려가는 거라구요."

"미친 짓거리다. 성한 사람을 죄인으로 만들어서 회개하라고 하는 데가 교회라냐? 어디 세상사람 모두에게 물어보아라. 나 윤영동(왕 할머니의 이름)이 죄지은 일 있냐고."

박 집사는 답답해서 가슴을 치고 싶었다. 왜 인간은 다 죄인이라는 것을 안 믿을까? 아담과 하와가 하나님께 죄를 지어 이 세상으로 쫓겨날 때부터 인간은 죄를 지어 하나님과 원수가 되었다. 그래서 하나님과 화해하려면 죄를 회개해야 한다. 교회에서 그렇게 가르치지 않았는가? 어머니를 하나님의 백성으로 만들려면 먼저 자기가 죄인인 것을 알아야 한다. 건강한 사람에게는 의원이 필요하지 않은 것처럼 병자가 되어야 의원을 찾게 된다. 술 고주망태는 자기가 술 중독에 걸린 사람이라는 것을 알고 이 병을 고쳐야 한다는 생각이 있어야 건강해진다. 그런데 어머니는 죄인이라는 것을 인정하지 않는다. 어떻게 예수를 믿게 할 것인가?

"어머니, 꼭 죄를 지어야만 죄인이 아니어요. 하나님 말씀을 순종하지 않으면 죄인이여요."

"무엇이 하나님 말씀인데?"

박 집사는 성경을 들어 보였다.

"이 성경에 쓰여 있는 것이 다 하나님 말씀이어요."

"그래 너는 거기에 써진 대로 다 순종하고 사냐?"

"그럴 수 없어요. 누구도 다 순종하고 살 수는 없어요."

"그러면 다 죄인이구나."

"그렇지요. 미워하는 것도 죄요, 화내는 것도 죄요, 자기가 옳다고 하는 것도 죄여요."

"다 허무맹랑한 소리다. 너나 믿어라."

박 집사는 어머니가 자기를 죄인이라고 인정하지 않은 것이 답답하고 안타까웠다. 어머니를 죄인이라고 인정시키는 일은 빛이 어둠이라고 우기는 것만큼 어려운 일이었다. 하긴 아담이 죄를 지었기 때문에 모든 인류가 죄인이 되었다는 말을 누가 믿겠는가? 자기가 죄인이라고 인정하지 않고도 천당은 가는 것이 아닐까?

박 집사는 나이 든 할머니 집사들에게 물어보았다.

"집사님은 죄를 회개하고 예수를 믿었어요?"

"무슨 소리여?"

"집사님은 죄를 회개한 뒤 예수를 믿었느냐고요."

"잘 모르것는디. 그러면 어떠고 저러면 어띠여? 믿으면 그만이지."

그렇지. 그렇게 따지지 말고 믿으면 되지. 아무 생각 없이 수십 년 동안 믿고 있는 사람도 있지 않은가? 아무것도 따지지 말고 어머니를 다시 교회에 모셔 가자. 그런데 어떻게 교회에 모셔 갈 것인가?

"처음에 교회는 어떻게 나왔어요?"

"지금은 돌아가셨는디. 강 권사라고 있었어. 그 사람이 예배당 한 번 나와 보라고 해서 나왔지."

"예배당이 싫다는 생각은 안 들었어요?"

"예배당 싫어서 떠난 사람 많지. 나는 그냥 버릇되어서 계속 다니는 거유."

"집사님은 성령도 받고 거듭나기도 했어요?"

"나 그런 것 잘 모르는디. 나는 집사님처럼 똑 떨어지게 예수 안 믿었어. 아마 꾸준하게 다녔으니께 성령도 받고 거듭나기도 했겠지."

박 집사는 지금은 외국에 가 있는 며느리를 따라 교회에 출석하기 시작했는데 60이 넘어서 세례를 받았다. 그때 그 나이에 십계명을 다 외운 사람은 박 집사밖에 없었다고 모두 말했었다. 구역예배, 성경공부 등에는 한 번도 빠진 일이 없었다. 그래서 교회에서 박 집사를 똑 소리 나는 집사라고 모두 불렀다. 그런데 똑소리 나면 뭘 하는가? 어머니 한 분도 교회로 인도하지 못하는데.

박 집사는 기도하기로 하였다. 누구든지 지혜가 부족하거든 모든 사람에게 후히 주시고 꾸짖지 아니하시는 하나님께 구하면 주신다는 성경 말씀이 생각났기 때문이다. 새벽 기도에 빠짐없이 나가서 기도하기 시작했다. 성수주일하고 십일조도 꼬박꼬박 내고 교회에서 시키는 것은 다 했다. 그래야 기도를 들어줄 것 같았기 때문이었다. 옆에서 아무리 울고 소리 지르고 기도해도 그것은 들리지 않았다. 다만 어머니만 구원해 달라고 기도했다. 삼 남매를 두고 소박맞아 혼자서 눈물로 자녀를 기른 어머니였다. 저세상에서나 한을 풀고 천국에 가셔야 할 분이 어머니였다. 이제 자기의 힘으로는 어쩔 수 없는 문제이니 하나님께 맡길 수밖에 없는 일이었다.

그렇게 총기가 있던 왕 할머니도 식욕이 없어지고 음식을 못 들게 되자 곧 돌아가실 것만 같았다. 누나에게 맡겨 두고 임종하게 할 수 없다고 막냇동생이 차로 모시러 왔다. 떠나기 전에 목사에게 이 교회에 등록도 했으므로 세례를 받게 할 수 없느냐고 말했더니 예수님을 영접하지 않은 사람에게 세례를 줄 수 없다고 했다. 그러나 한 번 와서 예수를 믿느냐고 물어봐 달라고 애원하였다. 목사가 와서 "윤영동 할머니, 예수님을 믿으십니까?" 하고 묻자 손사래를 하고 고개를 돌려 버렸다. 할 수 없이 앞으로 예수를 영접할 수 있게 해 달라고 기도하고 목사는 떠났다.

"어머니, 예수 믿고 천당에 가야 나도 만나고 또 아버지도 만나실 수 있을 텐데."

그러자 왕 할머니는 버럭 화를 냈다.

"듣기 싫다. 그 영감탱이 이야기."

박 집사는 어머니가 결코 아버지를 싫어하지 않는다고 생각했다. 어머니의 회갑 잔치 때 아버지를 모셔 와 잔치를 한 일이 있었다. 그때 말은 하지 않았지만 흐뭇하고 흥분한 것 같았다. 그러나 반가운 표정을 하지 않았다. 사진을 찍을 때는 나란히 앉게 했는데 서로 얼굴을 돌리고 사진을 찍어서 오래도록 자녀들의 놀림감이 되었다. 아버지는 나이가 들어 새로 혼인한 작은 집에서도 푸대접을 받는 것 같았다. 그래서 왕 할머니가 잡았다면 다시 같이 살 수도 있었다. 그러나 왕 할머니는 끝내 아무 언질도 주지 않고 하루 상봉으로 끝났다.

동생 집으로 간 뒤, 박 집사는 두 번 더 위급한 소식이 전해져서 상경했다. 그러나 그때마다 며칠씩 묵고 귀가했다. 어머니는 수명이 길었다. 그러나 두 번째에는 정말 곧 떠날 것만 같았다.

"어머니 예수 믿으세요."라고 말해도 힐끔 쳐다볼 뿐 거역할 힘도 없어 보였다.

세 번째 위급한 통지가 왔을 때는 박 집사는 교회 목사를 모시고 상경했다. 이번에는 꼭 임종하실 것인데 임종 예배를 드려 주셔야 한다고 부탁했다. 지난번 꿈에 어머니 방에 백합화가 가득 있는 것을 보았는데 위독하다는 소식이 왔다고 말했다. 박 집사는 평소에 생각지도 않은 것을 꿈에 보면 꼭 무슨 일이 생겼다.

박 집사가 목사와 함께 도착했을 때 남동생이 말했다. 어머니가 계속 무엇인가를 찾고 계셨는데 누나를 찾는 것 같았다고 했다. 진즉 가실 텐데 지금까지 연명하고 계신다는 것이었다. 박 집사는 목사와 함께 가까이 갔다.

"어머님, 예수님 믿고 천당 가십시오. 아버지 보고 싶지 않으세요?"

할머니는 딸의 목소리를 듣고 안도의 숨을 쉬듯 잠깐 얼굴이 환해지며 박 집사의 손을 꼭 잡았다. 이제 딸과 싸울 힘도 없어졌다는 생각을 하자 불이 꺼져가듯 사그라지는 어머니의 모습이 서글퍼졌다. 박 집사는 눈물을 글썽이며 목사를 바라보았다.

"윤영동 할머니, 예수를 믿으십니까?"

왕 할머니는 아무 말도 하지 않았다. 그러나 그것은 긍정의 표시라는 것을 박 집사는 알고 있었다.

"목사님, 어머니가 인정하셨어요. 임종예배를 드려 주세요."

박 집사와 목사는 찬송하고, 성경을 읽고, 드디어 목사는 윤영동 할머니의 영혼을 예수님께서 받아주시라고 기도했다. 박 집사는 아멘, 아멘을 연발했다.

"내 딸아, 오늘 네가 나와 함께 낙원에 있으리라."

하는 주님의 음성이 들리는 것 같았다.

# 내 손으로 밥을 지어주고 싶다

:

임봉녀 할머니가 백두산·두만강 국경지대 여행에 동참하기로 했다. 여든다섯도 넘은 할머니였지만 북한의 국경지대라도 가보고 싶다는 임봉녀 할머니의 간절한 청을 거절하지 못하여 그 아들 김길상이 동행한다는 조건으로 이 여행에 참석시키기로 했다. 2000년 남북 이산가족 상봉 때 아들을 만난 임봉녀 할머니는 다시 한번 만나 볼 수 있을까 하고 기대했으나 기회가 오지 않자 죽기 전에 이북 국경지대라도 보고 싶다고 말했다. 6·25 때 실종된 아들을 만난 것은 꿈과 같은 기쁨이었지만 그것도 잠깐이요 수년간 영영 만날 수 없다는 것이 그녀를 더 안타깝게 했다. 아들에게 자기 손으로 밥 한 끼라도 따뜻이 해주고 싶다는 것이 소원이었다. 생사를 확인했으면 전화는 어려울지라도 이제 서신이라도 교환할 수 있어야 하지 않겠는가? 감옥에 있는 죄수도 검열을 통해 서신을 교환하고 사식을 넣어 줄 수도 있는데 남북한 가족은 왜 다시 만나면 안 되고 안부도 전할 수가 없는가?

그러나 국가에서는 남한만도 이산가족 수는 767만 명에 달하며 직접 분단을 경험한 이산가족 수도 123만 명이나 되어서 이들에게 공평하게 한 번이라도 만나게 해 주려면 한 번 만난 가족에게는 다시 만날 기회를 줄 수 없다는 것이 통일원의 방침이었다.

임봉녀 할머니는 자기는 다 늙어서 쓸모가 없으니 이북으로 보내주면 죽기까지 아들에게 밥이나 지어주고 살고 싶다는 것이었다. 남쪽에 있는 아들들은 자기 나름대로 살게 되었으며 함께 지냈기 때문에 50여 년을 만나지 못하고 몽매에도 잊지 못한 아들 곁으로 자기를 보내주면 되지 않겠는가? 자기 같은 사람에게 사상과 이념이 무슨 소용이 있는가? 또 인간은 살고 싶은 데서 살아야 하는 것이 아닌가? 이제 살 만치 산 노인이 누구의 눈치를 보고 묶여 있어야 하는가? 이런 생각이었다.

## 1.

임봉녀 할머니는 나이에 비해 훨씬 건강하였다. 그래서 인천에서 심양을 통해 연길까지 비행기로 여행하는데 아무 탈이 없었다. 그녀는 평생 외국 여행이라고는 이번이 처음이었다. 비행기도 남편이 살아 있을 때 제주도를 가보고 이번이 두 번째 비행기 여행이었다. 그러나 멀미도 없이 젊은 사람 못지않게 건강하였다. 심양에 와서 시간이 남아 한국인 거리인 서탑에 가서 그녀는 깜짝 놀랐다. 거리가 한국과 조금도 다름이 없었기 때문이었다. 모든 간판이 한국어였고 상점, 음식점 등이 한국과 같았으며 그곳 사람들은 다 한국말을 하는 것이었다. 그녀는 북한에 있는 자기 아들도 이곳에 와서 산다면 얼마나 좋을까 하고 생각했다. 그러면 가끔 와서 함께 살며 따뜻한 밥도 자기 손으로 지어줄 수 있겠다는 생각을 한 것이다. 6·25 때 그가 떠난 뒤 행여 집으로 들어올까 해서 문도 잠그지 않고 놋그릇에 밥을 담아 털실로 짜서 만든 그릇 덮개로 씌우고 아랫목 이불 속에 넣어놓고 얼마나 오래 기다렸던가?

그 아들은 성질이 급해서 싸움을 잘하고 그럴 때면 늘 제 아버지께 매를 맞고 집에서 쫓겨나기도 했었다. 그럼 고개 하나를 넘으면 있던 큰 댁에 피해 있었는데 그녀는 아들의 버릇을 고쳐야 한다는 남편의 독특한 처벌 방법 때문에 아들을 데리러 가지도 못했다. 남편의 분노가 가라앉기까지 기다리면서 반찬과 국물을 남겨 놓고 가서 달래어 데려온 뒤 따뜻한 밥을 하고 국을 데워서 따로 차려주곤 했었다. 남편은 칠 남매 중에서 왜 그 애만 그렇게 미워했던 것일까? 아마 그가 자기 성격을 가장 많이 닮았기 때문이었을 것이다. 6·25가 되자 그는 집을 뛰쳐나가 버렸다. 똑같이 사랑했지만 제일 사랑을 느껴보지 못했던 아들이 이렇게 멀리 떠나 버린 것이다. 임봉녀 할머니는 어떻게 하면 그에게 자기의 한결같은 사랑을 전해 줄 수 있을까 하고 늘 안타까워했었다.

그녀는 그가 칠십 리 떨어진 초등학교 교정에서 인민군 훈련을 받고 있다는 소식을 듣고 아직 갓난아이인 딸을 업고 걸어가서 그를 만났다. 그런데 아무것도 해 줄 수가 없었다. 만나고 싶은 일념으로 거기까지 걸어갔는데 수중에는 돈도 없었고 그를 빼내 올 계책도 없었다. 그냥 쳐다보면서 "건강해야 한다."라고 한마디 했을 뿐이었다. 그는 아버지를 미워해서 떠난 것이 아니었다. 그는 부모와 형제들을 사랑하고 있었다. 그래서 행여 자기라도 그곳에 가 있으면 가족들이 덜 다칠까 봐서 그리한 것이 분명했다.

휴전되고 포로 교환이 시작되었다. 그래서 신문의 명단을 다 뒤졌지만, 그의 이름은 없었다. 철수 도중 사망한 것이 분명했다. 그러나 임봉녀 할머니는 그의 생일마다 미역국을 끓였다. 그때 가족 중에서 웬 미역국이냐고 묻는 사람은 아무도 없었다. 그렇게 수년이 지난 뒤 그녀는 가끔 먼 산을 바라보고 앉아있을 때가 많았다. 꿈을 꾸었는데 돼지들이 홍수에 마구 떠내려가는 것을 보았다는 것이다. 그래서 한 돼지를 가까스로 구해내서 잘 먹여주고 왔다는 것이었다. 그 아들은 돼지띠였다.

임봉녀 할머니는 자기가 죽기 전에 그 아들을 다시 한번 만나고 따뜻한 밥 한 끼를 먹여주었으면 좋겠다는 생각을 하며 서탑의 이곳저곳을 그 생각만으로 걸어 다녔다.

"어머님, 참 잘 걸으시네요."

일행 중 한 사람이 말했다.

"걸음은 잘 걷지라우."

그녀는 미소하며 짧게 대답했다. 같이 가고 있던 아들도 그냥 미소만 지었다. 그녀는 버스비를 아껴서 삼십 리 길을 걸어 시장에 갔고, 올 때 짐이 무거울 때만 버스를 탄, 그런 전형적인 시골 어머니였다.


2.


연길 공항에는 연변 조선족이 한 사람 안내인으로 나와 있었다. 그는 시인이었다. 이 모임은 한·중 문학 세미나로 중국 작가협회가 한국의 기독교 문인협회 회원을 초청하는 형식으로 되어있었다. 임봉녀 할머니는 아들 길상이 회원이어서 따라나선 것이다. 저녁 리셉션에는 그들과 아무 상관이 없었지만, 아들 따라 저녁을 먹었다. 한국 여행객이라면 잘 들른다는 〈해당화〉라는 음식점이었다. 이 음식점은 북한이 경영하는 음식점으로 북한 여인들이 호스티스로 한복을 입고 식당에 나와 노래도 부르고 손님 접대도 하므로 북한에 가볼 수 없는 한국 여행객들이 북한을 방문한 것 같은 대리 만족으로 이곳을 잘들리는 모양이었다. 그 호스티스들에게 무슨 특별한 정보라도 얻을 수 있을까 해서 여러 가지 물어보지만, 한국에서 가지고 있는 지식이상으로 이북에 대해 얻을 수 있는 것은 없었다. 그러나 김일성 배지를 가슴에 착실히 달고 나와 북녘 노래를 부르는 것을 듣는 것만으로도 만족했다.

임봉녀 할머니는 이상한 광경을 본 느낌이었다. 북한처럼 그렇게 꽉막혀 있는 나라에서 어떻게 이렇게 호화로운 음식점을 중국에서 경영할 수 있는가? 이곳에 나와서 장사할 수 있는 사람들은 어떤 사람들인가? 또 그 종업원으로 이곳에 나올 수 있는 사람들은 어떤 사람들인가? 자기 아들은 왜 이런 사람들 속에 끼어 나올 수는 없는가? 이북에도 자기 손녀가 있다고 들었는데 그런 애들도 이곳에 나올 수도 있지 않을까? 그렇다면 그들에게서 부모의 소식을 직접 들을 수도 있을 텐데……

아들 길상은 어머니를 붙들고 설명하기에 바빴다. 이런 음식점은 다 나라에서 돈을 벌어들이기 위해 훈련된 당원들을 보낸 것일 거다.

종업원들도 마찬가지다. 따라서 이곳에 나온 요리사들은 다 기술자들이다. 기술이 없는 형이 어떻게 요리사로 같이 나올 수 있겠는가? 또 설령 기술이 있고 딸들이 예쁘다 할지라도 남한에서 올라온 사람들은 성분이 불량하다고 배제되었을 수도 있다. 그곳에서 무사히 잘 살아 있는 것만으로도 만족해야 하지 않겠는가? 만날 수 있는 길은 누군가 북한으로 들어가는 일인데 거의 불가능하다. 북한에 과학기술대학이 설립되면 초빙교수로 누가 갈 수 있을지 모르지만, 미국이나 중국 등 외국 시민권을 가진 사람이면 모르지만, 한국시민권을 가진 사람은 세계적 석학이 아니라면 입국이 거의 불가능할 것이다. 가뜩이나 어머니는 갈 수가 없다.

대개 이런 설명이었다.

"어머님은 백두산이나 두만강 변을 지나는 것만으로 만족하셔야 할 것입니다."

"하나님도 할 수 없다냐?"

"그분도 이것만은 어쩔 수 없을 것 같아요. 어머니가 오래 사셔서 통일을 기다리는 수밖에요."


다음날은 연변과학기술대학에서 연변민간문예가협회 주석 등이 참석한 한·중 세미나가 열리는 때였다. 그동안 임봉녀 할머니는 일행이 주의시킨 대로 호텔에서 아무 곳에도 가지 않고 방으로 날라다 주는 식사를 하면서 방안을 뒹굴뒹굴하였다. 아니 뒹굴뒹굴한다기보다는 어떻게 하면 아들을 만날 수 있을까 하고 궁리하고 있었다는 것이 옳은 표현이었다.

3.

　다음날 백두산을 향할 때는 날씨가 흐렸다. 맑은 날에도 백두산은 그 신령한 자태를 잘 나타내지 않는다는데 흐린 날씨로 여간 걱정되는 것이 아니었다. 그러나 4시간 남짓 달리는 동안 여러 가지 북한 이야기가 나왔다. 안내로 왔던 조선족 시인이 장황하게 북한의 어려운 사회상을 이야기하기 시작한 것이다.

　1990년대가 가장 어려울 때였는데 먹을 것이 없어 굶어 죽는 사람이 부지기수였다. 쌀이 없어 나무껍질을 벗겨 먹어, 산에 얼마 남지 않은 나무들은 고사했다. 나무껍질은 삶아도 삶아도 너무 딱딱해서 먹을 수가 없어 삶다가 꺼내어 방망이로 두들기고 다시 삶고 이러기를 몇 번 한 뒤 다음에는 양잿물을 넣어서 부드럽게 한 다음 먹는다. 젊은 부부가 부모에게 효도하고 애들 기르다가 먹지 못해 먼저 죽고 노부부와 애들이 다음에 죽었다. 어딜 가도 굶어 죽은 사람들의 사체가 곳곳에서 눈에 띄었다. 국경감시자가 좀 소홀하게 생각하는 어린 애들이 두만강을 건너가 중국 땅에서 구걸하고 돌아와 끼니를 이었는데 이런 길거리를 헤매는 꽃제비들이 무수히 많았다. 살 수가 없는 처녀들은 안내자에게 돈을 주고 두만강을 건넜는데 두만강은 수심이 낮아 가슴에 와 닿을 정도인 곳도 많다. 그러나 국경경비가 심해 안 볼 때 해치우고 볼 때는 날래게 숨는 빨치산 수법을 써야 한다. 어떨 때는 굶으며 몇십 리를 걸어야 하고 도강한 뒤로도 중국 공안에게 붙들리지 않기 위해 낮에는 숨어 살고 밤에만 행군하는 일을 계속해야 한다. 큰 도시에 와서도 친척이 있으면 몰라도 그러지 않을 때는 한

족(漢族) 집에 팔려가 성폭행을 당하고 드디어는 다른 곳으로 팔려가 또 노리개가 되고 노동하며 짐승 같은 생활을 해야 한다. 그러다가 중국 공안원에게 붙들리면 도강 죄로 북조선으로 송환되는데 그때에는 맞아 죽거나 병신이 되는 경우가 많다. 〈민족 반역자 새끼〉라는 매도와 함께 구둣발과 각목으로 피투성이가 되게 얻어맞고 종래에는 농포집결소라는 곳에서 강제노동을 시킨다. 붙들려온 여자 중 임신한 자들은 반역자가 〈중국 씨종까지 배어왔다〉고 욕하며 발길로 배를 차서 하혈하고 죽는 경우도 많다.

안내원은 자기가 북한에 있는 친척을 찾아간 이야기를 계속했다.

쌀을 가지고 갔더니 밥을 지어 내놓았는데 왜 그렇게 흰 쌀이 검은 쌀이 되었는지 처음에는 의심했다. 그러나 그것은 검은 쌀이 아니라 그렇게 많은 파리 떼가 도망갈 줄 모르고 밥그릇 위에 붙어 있었기 때문이었다. 또 밤에 잠을 자려고 불을 끄면 어디서 나타났는지 공수작전이나 하는 것처럼 빈대들이 천정에서 뚝뚝 떨어져 와 몸을 뜯어 먹는다. 진실만 말하고 거짓말 말라고 할지 모르지만, 이것은 내가 보고 겪은 진실이다.

임봉녀 할머니는 이야기를 듣는 동안 가슴이 후려 파이는 아픔을 느꼈다. 어쩌면 그렇게 한 나라가 둘로 나누어져 다르게 살 수가 있을까? 좀 나누어 먹고 살 수는 없을까? 어쩌자고 그곳에 가서 이런 고생을 하고 살아야 하는가? 그래서 자기 아들은 그렇게 담배를 너무 피우고 술을 많이 마시나보다고 생각했다. 그 손은 못이 박히고 굳어진 늙은 농부의 손이 아니었던가?

화룡을 지나면서부터 비포장이었지만 울창한 원시림을 볼 수 있었다. 임봉녀 할머니는 젊어서 압록강 변의 목재들에 대해 들었던 이야기를 상기했다. 그곳은 산림이 얼마나 울창한지 백두산부터 벌목을 시작하여 압록강 하류까지 다 베고 나면 다시 백두산에는 울창한 산림이 자라있었다고 동화처럼 이야기하던 그 압록강 변의 산림 이야기 말이다. 이런 산길을 지나 이도백하(二道白河)를 지나자 장백폭포가 보이는 백두산 마루에 도착하였다. 이야기로만 듣던 백두산에 도착했다. 운 좋게 날씨는 쾌청해졌다. 그러나 주변에서는 우산과 우비를 팔고 있었다. 아래쪽은 쾌청하지만 위로 올라가면 비가 온다는 것이었다. 점심 후 그들은 백두산 등정을 시작하였다. 여기서부터 천지까지는 지프로 30분쯤 올라가야 하는데 길이 구불구불하고 운전이 거칠어 임봉녀 할머니는 안 올라가는 것이 좋겠다고 일행들이 권했다. 또 올라가더라도 거기서부터 도보로 가파른 길을 올라야 정상에 갈 수 있는데 할머니는 어렵다는 것이었다. 그러나 그녀는 여기까지 왔으니 정상은 갈 수 없을지라도 그 가까이까지라도 지프로 가보겠다고 우겼다. 인솔 책임자는 불의의 사고가 있을까 봐 걱정했으나 끝까지 어른 말을 거역하지는 못했다.

위로 올라가자 안개가 자욱하게 끼어 앞이 잘 보이지 않았고 보슬비도 내리기 시작했다. 목욕재계하지 않은 등산객이 많아선지 영산은 그 모습을 감추어버린 것이다. 모두 지프에서 내렸다. 이 차들은 순서대로 서서 관광을 마친 다음 사람들이 타기를 기다리고 있는 것이었다. 임봉녀 할머니는 비록 건강했지만, 비포장도로를 너무 거칠게 운전하여 달려왔기 때문에 현기증을 일으키고 있었다. 임봉녀 할머니와 아들은 지프에서 등산을 포기하고 앉아 기다렸다.

돌아와서 장백폭포를 구경하고 유황 냄새나는 하류에서 뜨거운 물로 달걀을 쪄서 파는 것을 구경하고 또 사 먹곤 했다. 그녀는 마치 꿈을 꾸고 있는 것 같았다. 모든 것이 상상도 할 수 없는 것이었다. 죽어서 아들을 만나러 가는 길에 보고 느끼는 광경 같았다. 이렇게 끝없이 꿈길을 걷고 가다가 갑자기 아들을 만날 수 있었으면 좋겠다고 생각했다.

그날 밤 자면서 깊은 잠이 들지 않아 횡설수설한 꿈을 많이 꾸었는데 아들은 만나지 못하고 전혀 뜻밖에 친정 동생을 만났다. 그는 장남이라고 신학문을 했는데 어느 날 농사를 짓는 아내와 두 아들을 남겨두고 감쪽같이 땅을 팔아 그 돈을 챙겨 집을 나가버렸었다. 북간도로 갔다는 소문이 있었는데 그 뒤로 소식이 끊어져 죽은 것으로 알았는데 그 동생을 만난 것이다.

"누님이 여기에 웬일이십니까?"

"자네는 지금까지 살아 있었어?"

"죄송합니다. 저는 불효자식입니다. 아내와 아들을 홀어머니에게 맡기고 와 버렸으니…

"그래 살아 있었어?"

그러면서 얼굴을 만지려 하는데 그는 사라져 버렸다. 어떻게 지금까지 까마득하게 잊고 있었던 동생이 나타난 것일까? 그는 살아 있을 리 만무했다. 지금쯤이면 그도 80이 다 된 노인일 텐데 친척과 조상의 묘를 버리고 떠나 이 외딴곳에서 살아남아 있을 리가 없었다. 그녀는 자기도 죽을 때가 다 되어 저승 객이 된 동생을 만난 것으로 생각했다.

4.

연길로 돌아오면서 그들은 용정, 일송정, 해란강 등을 돌아보았다. 일송정에는 큰 소나무가 있었는데 한국의 독립투사들이 늘 그곳에 모여 회의를 했기 때문에 폭격했는데 그래도 소나무가 죽지 않아서 나무에 약을 주입해서 죽여버렸다 한다. 지금은 그곳에 늦게 심은 작은 소나무 하나와 팔각정의 정자가 서 있었다. 일행들은 감격스러운 듯 멀리 보이는 해란강을 바라보며 선구자의 노래를 불렀다.

일송정 푸른 솔은 늙어 늙어 갔어도
한 줄기 해란강은 천년 두고 흐른다.
지난 날 강가에서 말달리던 선구자
지금은 어느 곳에 거친 꿈이 깊었나.

21세의 망명 청년이 작곡했다는 것 때문에 더 가슴이 저리는 가곡이라고 말하며 일행들이 노래를 부르고 있는 동안 임봉녀 할머니는 전날 꿈에 보았던 동생을 생각했다. 그도 이 용정 바닥을 헤맸을까? 한국 농부들은 땅을 빼앗기고 광활한 농토가 있다는 북간도로 들어왔고 청년들은 징병을 피해 또는 항일 운동을 하다가 쫓겨서 이곳 만주로 왔다. 그리고 아예 독립투사가 된 것이다. 한국에는 김좌진 장군이 일본 군인을 종횡무진 산을 누비며 섬멸했다는 전설 같은 소문이 입에서 입으로 전해지고 있었다. 그런 독립운동의 고장을 돌아본다는 것이 꿈같고 신기했다. 아마 동생은 독립투사도 되지 못하고 역 척같은 농군도 되지 못하고 그냥 떠돌이로 있다가 어디에선가 객사한 것이 아니었을까 하고 생각했다. 기구한 운명들을 타고나서 왜 이렇게 가족의 사랑을 모르고 헤어져 살다가 죽는 것일까 하고 안타까웠다. 해방되어 살아 있었으면 남한으로 가족을 찾아 내려올 수도 있었을 것이었다. 그러나 그는 아마 금의환향할 처지가 되어있지 못했거나 이곳에서 아내를 얻어 자식을 낳고 살고 있었을지도 모른다고 생각했다. 힘이 없고 짓밟히며 사는 사람이 어떤 선택권이 있었겠는가? 만일 살아 있었다면 그가 살 수 있는 곳에서 최선을 다해 살아남았을 것이 틀림없다. 가족들을 끌어모아서 한 지붕 밑에서 살 수는 없다. 신의 돌봄에 맡길 수밖에 없다.

일행은 용정을 지나 도문으로 왔다. 도문은 두만강에 접경한 도시치고는 큰 곳이었다. 누군가가 조선 숙종 때 세운 백두산 경계비에 "동은 도문으로 경계로 삼고, 서는 압록으로 경계를 삼는다"라는 글귀가 있어 도문이 중국 도시가 되고 압록강과 두만강이 국경이 되었다는 고사를 설명했다. 어떻든 북한과 중국이 교역하는 도문 대교는 아름답게 잘 꾸며져 있어서 세관 다리 역할을 하고 있었다. 이차 선으로 중앙선은 황색으로 북한까지 점선이 그려져 있었다. 여러 작은 강줄기들이 합해져서인지 두만강도 다른 곳보다는 수심이 깊고 강폭도 넓어 두만강답다는 생각이 들었다. 임봉녀 할머니는 이 강이 범람한 모습을 보고 있었다. 이 강에서 돼지들이 떠내려갈 때 자기가 죽을힘을 다해 한 돼지를 끌어냈었다고 꿈과 현실을 혼동하고 있었다.

중국과 북한을 잇고 있는 다리 중간까지가 중국 소유이고 그 남쪽은 북한 소유였다. 그 지점까지 키가 10척도 넘은 노란 기둥이 양편에 열 걸음 정도의 간격으로 서 있었고 그 꼭대기는 전등이 들어있는 우윳빛 유리 커버가 오므라진 호박꽃 모양으로 매달려 있었다. 남쪽으로는 그 기둥이 서 있지 않았다. 마치 부자 나라와 가난한 나라를 상징하고 있는 듯이. 그 너머로는 북한 집들이 보였는데 그 어느 곳보다도 그래도 볼만한 마을이었다. 그쪽에도 국가 안전 보위부 사람인지 행인인지 몇 사람 걸어 다니는 그림자가 보였다. 일행은 기념사진을 찍으려고 되도록 최남단까지 걸어가 포즈를 잡았다. 한발만 남쪽으로 디디면 북한이라는 지점까지 걸어가 아슬아슬한 긴장감을 가지고 사진을 찍으려고 각종 포즈를 취했다. 그런데 갑자기 요란한 호루라기 소리가 나고 중국 공안원이 달려오고 있었다. 무슨 일인가 하고 뒤를 돌아보니 임봉녀 할머니가 경계선을 넘어 남쪽 북조선 땅으로 걸어가고 있는 것이 보였다. 벌써 몇 걸음 걸어가서 북한의 안전 보위부 사람이 그녀를 붙들고 있는 것이 보였다. 인솔자는 얼굴이 새파랗게 질려 그 할머니를 돌려보내라고 고래고래 소리를 쳤는데 할머니와 보위부 사람은 뒤도 돌아보지 않고 걸어가고 있었다. 따뜻한 밥 한 끼를 지어주고 싶어 임봉녀 할머니는 가버린 것이었다.

# 박 권사와 고난 설명서[3]

:

산돌교회의 박 권사는 아침 산책을 하다가 도로를 주행하는 차를 열심히 좇고 있는 작은 요크셔테리어를 보고 웃음이 나왔다. 도대체 어쩌자는 것인가? 승용차와 단거리 경주라도 하겠다는 것인가? 용기는 가상하다. 그래 그 차를 붙잡아 야곱이 천사와 씨름하듯 문명의 이기와 씨름이라도 하겠다는 말인가? 어림없는 일이다. 그렇게 생각하고 있는데 꼬마 개는 이내 기권을 하고 달려가는 차를 물끄러미 쳐다보고 있었다. 무엇 때문에 자기가 그렇게 숨차게 달려갔는지 반성이라도 하는 듯이.

그 꼬마 개가 바로 박 권사 자신의 모습하고 같다고 생각했다. 자기도 무척 바쁘게 정신없이 뛰어 왔다. 그런데 지금은 훌쩍 나이가 들어서 팔십이 가까워졌다. 차가 달리니 개가 따라 달린 것처럼 자기도 옆에 사람들이 분주하게 달리니 달린 것뿐이었다. 박 권사가 평생 가지고 있던 직업은 전업주부였다. 남편 시중과 애들 시중을 들며 살았다. 젊어서는 남편의 근무지를 따라 셋방을 전전하며 이사하는데 바

---

3)  이 작품은 기독교문학(2007.04.)에 실린 「알고 살았나」를 개명 개작한 것이다.

빴고 사 남매를 낳아서 기르는 데 정신이 없었고, 옷을 해 입히고, 월 동준비를 하고, 나중에는 시장을 누비며 용돈을 아꼈다. 가계부 대신 항목별로 봉투를 만들어 한 달 예산액을 넣어놓고 봉투가 비면 그 항목 지출은 끝이었다. 그렇게 하지 않으면 자녀들 학비를 댈 길이 없었다. 애들이 크자 교회 일에 열중하게 되었다. 자기가 열중하려 해서가 아니라 교회가 그녀를 그냥 두지 않았다. 성가대도 하고 주일학교 학생도 가르치고 새벽기도도 나가고 철야기도도 하고. 나이가 들자 어른이 맡아야 한다고 중보기도회 회장, 교회 여전도회 회장, 전국 여전도 연합회 임원 등을 두루 거쳤다. 하나님의 은혜로 남편도 건강하고 자녀들도 다 복을 받았으니 주의 일은 할 수 있는 데까지 해야 한다는 생각이었다. 그런데 자기를 향한 하나님의 목적을 깨달아서 그 푯대를 향해 달려온 것도 아니었다. 공부한 사람들의 말에 의하면 자기는 하나님께서 맡기신 사명을 깨닫지도 못하고 지상명령이 무엇인지도 모르고 산 것이었다. 알고 산 것이 아니고 살다 보니 이곳까지 온 것이다. 권사로서 잘못된 삶을 산 것일까? 그것도 아니었다. 하나님의 뜻을 거역하며 산적도 없었으며, 내 고집을 세우고 하나님께 떼를 써서 제 뜻을 이루며 살아온 것도 아니었다. 박 권사는 모르긴 해도 그렇게 욕하지 않고 욕먹지 않고 하나님이 싫어하지 않는다고 생각되는 대로 사는 것이 기독교인의 삶이라고 생각하고 있었다.

20년이 넘게 살고 있던 아파트를 떠나 지금 이사 온 곳은 완만한 산등성 위에 세워진 실버타운 같은 아파트다. 호화로운 아파트라는 뜻이 아니고 도시에서 멀리 떠나 노인들이 살기 좋을 만한 아파트라는 뜻이다. 그러나 지금까지 다니던 산돌교회에서 멀어졌다. 늙을수록 교회 가까이 와서 새벽기도, 철야기도, 중보기도, 환자 심방, 기도원 방문 등을 해야 한다는데 교회를 멀리 떠난 것이다. 어떤 사람들은 이곳이 행정중심도시에서 가까운 거리에 있어 앞으로 아파트 경기가 좋아질 것이라는 전망 때문에 이사했다고 하지만 천만의 말씀이다. 박 권사는 이 새롭게 된 도시가 더는 발전하는 것을 싫어한다. 나이 들어 무슨 돈 욕심이 생겨 집 장사를 할 생각이 났겠는가? 다만 요란하고 빠르고 귀가 아픈 소음들 속에서 행여 경쟁에 질세라 눈에 불을 켜고 사는 모습을 피해 온 것이다. 사람의 손이 덜 닿은 산과 들을 바라보며 여생을 하나님과 함께 살고 싶었다. 지금, 마치 요크셔 테리어가 달려가는 차를 물끄러미 쳐다보고 있는 것처럼 과거의 자기는 세상일을 위해 너무 정신없이 뛰어다녔다는 생각을 하는 것이었다. 그녀는 세상일에 분주했지 하나님을 진정으로 사랑하지는 않았다고 생각했다.

*

이사를 오기 전에 박 권사는 건강검진을 하였다. 국민 연금공단에서 시행하는 것인데 두 번 이상 무시해 버리면 아예 다음부터는 건강보험 혜택이 없다는 말도 있어서 검진을 받아보자고 날짜를 정했다. 몇 가지 의례적인 검사를 끝낸 뒤 가정의학과 교수에게 최종 상담을 받으러 갔는데 그는 매우 사람이 좋아 보였다. 몇 가지 질문 뒤 가까이 와서 남편 목과 자기 목을 뒤에서 만져 보았는데 자기 목의 갑상선 주변에 혹이 만져진다고 말하며 흔히 있는 일이니까 너무 걱정하지 말고 나가면서 예약을 하고 초음파사진을 찍어 보라는 것이었다. 박 권사는 무슨 초음파사진이냐고 예약 접수를 무시했다. 초음파사진은 보험도 적용이 안 되고 비싸다는 말이 생각났기 때문이었다. 종합병원이란 이상한 곳이다. 꼭 진찰하면 눈이 나쁜 것 같으니 상담을 해보아라, 위 사진을 찍어 보는 것이 좋겠다는 등 공연한 것을 하나씩 끄집어내어 예약하라고 하는데 그때마다 돈이 들고 또 실제 가보면 피를 뽑고 검사를 하고 사진을 찍는 등 법석을 떨지만, 끝에는 대단치 않다고 약국 처방을 써 주고 마는 것이었다. 이젠 그런 꼬임에 넘어갈 수 없다고 생각했다.

며칠 지나자 박 권사가 동네 병원에 골다공증약을 처방해 받으러 갈 때 남편은 박 권사더러 초음파사진을 찍어 보라고 했다. 께름칙했던 터라 그 말에 넘어가 마을 병원이 값이 좀 싸다는 이유로 사진을 찍은 것이 잘못이었다. 사진을 찍고 나자 줄줄이 할 일이 기다리고 있었다. 그 결과는 갑상선 주변에 3개의 혹이 있는데 하나는 크기가 1.9cm 정도이며 깨끗하지 않고 지저분해서 악성일 가능성이 있다는 것이었다. 그러면서 다시 종합병원에서 상담을 받아보라는 권고를 받았다. 그녀는 아예 이런 결과를 무시해 버릴 생각이었다. 그녀 주변에도 갑상선 근처에 혹이 대여섯 개 있다는 사람이 있었는데 생활하는데 아무 지장이 없는 것을 알고 있었고 또 갑상선에 문제가 있는 사람은 갑자기 열이 나기도 하고 노곤하고 무력증에 빠지기도 한다는데 자기는 그런 증상이 하나도 없었기 때문이었다. 늙으면 자연 아프게 마련인데 공연히 사진을 찍어서 오히려 심란해졌다고 생각했다. 그러나 그것이 혹 암이라면 어떻게 할 것인가?

어떻게 알게 되었는지 교회의 중보기도 팀이 나이 든 안수 권사, 방언 권사들을 모시고 여 전도사의 차를 타고 들이닥쳤다. 이 안수 권사는 자기도 젊었을 때 갑상선 문제로 항상 목이 쉬어 있었는데 30년도 전에 그녀는 미국에 자녀를 방문하러 갔다가 부흥목사의 안수를 받고 씻은 듯이 그 증상이 없어졌다는 것이다. 그때는 그 유명한 부흥목사의 안수 받기가 얼마나 어려웠는지 강사 목사가 자는 집 문 앞에 앉아 꼬박 밤을 새우고 아침 일찍 강사가 나올 때 안수를 받았다는 것이다.

그러면서 박 권사도 갑상선 주변에 있는 종양이 어떤 것인지 모르지만 비록 암이라 할지라도 믿고 안수를 받으면 하나님께서 그런 혹 하나쯤 씻은 듯이 없애버릴 수 있다는 것이었다. 안수 권사는 박 권사를 베개를 베고 눕게 한 뒤 환부에 손을 대고 목이 아프도록 누르고 안수하며 큰 소리로 기도하기 시작했다. 팀원들이 모두 통성으로 기도하고 또 방언으로도 기도했다.

그러나 그들이 떠난 뒤 박 권사는 자기의 종양은 없어지지 않으리라 생각했다. 자기는 중보기도 회장까지 지냈지만, 자기중심적인 사사로운 기도까지 하나님이 들어주시리라는 생각은 할 수가 없었다. 물론 있는 암이 없어지는 초자연적인 현상은 일어날 수 있다. 그러나 자기처럼 부흥사 침소에서 밤을 새우며 기적을 사모하는 열심마저 없는 사람에게는 이런 기적은 일어날 수 없다고 생각했다.

*

외국에 있는 아들과 전화하는 가운데 갑상선 이야기를 하자 그는 주저하지 않고 바로 수술하라는 것이었다. 그러면서 자기의 잘 아는 내분비내과 의사를 소개까지 하였다. 박 권사는 자기 몸에 칼을 대는 것을 몸서리칠 만치 싫어하였다. 그래서 암 중에서 가장 느린 거북이 암이 갑상선 암이라는데 자기는 이미 늙을 만치 늙었으니 암과 함께 살겠다고 말하면서 어떤 할머니는 노환으로 돌아가신 뒤에야 갑상선 암이 있었다는 것을 안 일도 있었다고 말하며 의사 상담을 거부했다. 그런데 모든 것은 자기 생각대로 되지 않았다. 며칠 있자 병원에서 전화가 왔는데 아들 친구 되는 의사라면서 면담시간을 예약해 놓았기 때문에 접수하고 자기를 만나러 오라는 것이었다. 마을 병원에서 찍은 사진을 보고 싶다는 것이었다.

내분비내과의 과장은 갑상선 초음파사진을 보더니 나타난 혹이 악성인 것 같지만 정확히 알 수 없으니 미세침흡입 세포검사를 해보라고 했다. 혹에다 가느다란 주삿바늘을 찔러 넣어 세포를 꺼내어 조사해 보는 것이라고 했다. 혹에서 조직을 떼 내어 조사할 수도 있지만, 그것은 출혈도 있고 더 아플 뿐 아니라 세포검사로도 충분히 양성과 악성을 구별할 수 있다는 것이었다. 박 권사는 알레르기 반응을 일으키며 수술 안 하고 약물로 치료하는 방법은 없느냐고 물었다.

"글쎄, 그런 혹을 갑상선 결절이라고 하는데 대부분 95%가 양성이어서 그것이 커지지 않은 이상 그대로 두어도 괜찮을 때가 많습니다. 그러나 악성이면 수술하는 것이 제일 좋습니다."

"약물치료나 방사선 치료로도 잘 낫는다고 하던데요."

"그것도 세포검사를 해본 뒤에 결정합시다."

이렇게 되면 세포검사까지는 어쩔 수 없는 순서인 것 같았다. 이 종합병원은 검사 예약환자가 너무 많아 빨리하기 위해서 외부에서 검사해 오라고 검사의뢰서를 써 주었다.

소개한 병원에 가자 접수창구에서 〈검사의뢰서〉를 보더니 비용이 좀 드는데 알고 있느냐고 위협하듯이 말했다. 유방 전문 클리닉이었는데 젊은 여인들이 끊임없이 드나들고 있었다. 갑상선 암은 유방으로 잘 전이되어서 이 병원에서도 세포검사는 잘할 수 있다는 것이었다. 차례가 되자 의사는 다시 한번 갑상선 초음파사진을 찍으며 모니터로 그 혹의 크기를 재서 혹 하나하나를 보여주었다. 그런 뒤 미세침으로 세포를 흡입하여 검사하겠다고 보호자는 나가 있으라고 했다. "내가 언제 내 미래를 알고 내 뜻대로 살았나? 모든 것을 맡기고 따라갈 수밖에 없다"라고 박 권사는 체념하듯 일이 진행되는 대로 자신을 맡기기로 했다.

며칠이 지나자 종합병원에서 검사결과를 가지고 나오라는 연락이 왔다. 박 권사는 왜들 그렇게 서두르는지 모르겠다고 짜증을 냈다. 비록 암으로 결정이 되더라도 자기는 봄에 날씨가 따뜻해지면 받고 싶다고 남편에게 말했다.

"정말 악성이라면 빨리 제거해 버려야지 무엇 때문에 그걸 보물처럼 갖고 있으려는 거요?"

"그렇게 두고 있으면 자연히 혹이 없어질지도 모르잖아요?"

"그것이 더 커지거나 다른 곳으로 전이되어 수술하기 어려운 부위에 자리 잡고 앉을지 누가 알겠소?"

"어떤 사람은 병원에서 포기한 암 환자인데 기도만 해서 완전히 없어진 경우가 있대요."

"그래도 지금까지의 모든 순서는 하나님께서 그렇게 하라고 인도해 주신 것 같지 않소?"

결국, 박 권사는 사형 선고라도 받는 심정으로 내분비내과로 결과물을 가지고 갔다. 그 의사는 진단의뢰서의 내용을 읽더니 단번에 수술해야 하겠다고 말했다. 세포검사는 95% 정확하다는 것이었다.

"공연히 암도 아닌 것을 칼을 잘못 대서 더 악화시킬 수 있잖아요?"

"그러나 악성 결절은 그냥 두면 다른 곳으로 전이될 수도 있으며 그것이 아주 많이 커지면 수술도 어려울 뿐 아니라 주위조직을 압박하여 음식물 삼키기가 어렵거나 호흡곤란을 느낄 수도 있습니다."

"악성 결절이 아닐 확률이 5%는 되지 않아요? 수술해서 아닐 때는 어떻게 해요?"

"아니면 더 좋지요. 암 조직이 남아 있을 염려가 없어서 갑상선을 제거하고 호르몬만 제대로 공급하면 큰 문제가 없습니다. 어떻게 하시겠습니까? 제가 잘 아는 외과 의사에게 부탁해 놓을 테니 예약하고 가시겠습니까?"

그는 대단찮은 일 처리하듯 말했다. 병원에 오면 선택의 여지가 없었다. 다음 환자는 기다리고 있고 '예.' '아니요.'를 빨리해야 할 처지였다. 예약해 놓고 상담은 다음으로 미룰 수 있는 일이었다. 마치 뒷사람에게 밀려 앞으로 나가는 기분으로 그녀는 과장실을 빠져나왔다.

외과 의사 진료를 예약하고 상담을 받은 것은 일주일쯤 뒤의 일이었다. 외과 과장은 사진과 차트를 보더니 곧 수술 날짜를 잡자고 말했다.

"선생님 저는 전에 심근 경색으로 수술을 받은 일이 있는데 수술해도 괜찮겠습니까?"

"그래요? 언제 일입니까? 오 년쯤 되셨군요."

하고 두꺼운 차트를 뒤적이더니 말했다. 박 권사는 모든 검사와 수술을 이 종합병원에서 했기 때문에 그렇게 기록한 책자가 두꺼운 것이었다.

"그럼 가시기 전 몇 가지 검사를 더 하고 가십시오."

하고 검사물 체취, 심전도, 폐 기능 검사, 외과 의사 면담 예약 등 몇 가지를 기록해서 주며 우선 접수하고 다 검사를 마치고 돌아가라는 것이었다. 접수창구에 갔더니 남편의 월 퇴직 연금 7%는 되는 금액을 덜컥 검사료로 부과하는 것이었다. 박 권사는 남편에게 미안하기도 하고 필경 쓸데없는 검살 텐데 또 해야 하는 것이 속상했다.

검사를 하고 돌아왔더니 교회의 여전도회 회원들이 심방 와 있었다. 벌써 교회에 박 권사가 수술한다는 소문이 무성하게 났다. 아니 소문이 조금만 새나가도 중보기도 팀이 놓칠 리가 없었다. 예부터 이 중보기도 팀은 남을 위해 기도하는 것이 기쁨이어서 뭐 기도할 일이 없을까 하고 찾는 것이 그들의 낙이었다. 방언을 받으면 누구 기도해 줄 사람은 없나 하고 기도할 일을 찾고 싶어진다는 것이었다.

박 권사는 사실 중보기도 팀과는 적성이 잘 맞지 않았다. 먼저 중보기도라는 용어가 마음에 들지 않았다. 하나님과 사람 사이에 화해를 가져오게 하는 기도를 중보기도라고 하며 이는 유일하신 중보자 예수님만 하실 수 있는 일인데 왜 평신도인 자기들이 나서서 하나님과 죄인 사이의 중보자가 되려고 하는지 너무 당돌해 보였다. 목사님이 부흥회를 나가면 모두 중보기도를 하자고 소리높여 기도를 하는데 목사님과 하나님 사이에 자기가 들어가야 할 자리가 있는가? 이 기도회를 '합심 기도회'라고 고치자고 말했으나 아무도 들어주지 않았다. 명칭이 무슨 상관인가? '중보기도회'라는 이름으로 남을 위해 기도하면 된다는 것이었다. 그들은 암이 흔적도 없이 사라지게 해 달라고 기도하였다. "하나님, 그렇게 되면 얼마나 좋겠습니까? 저도 그렇게 되기를 바랍니다. 그러나 제게 지혜를 주시고 하나님이 인도하시는 대로 순종할 수 있는 믿음을 주시옵소서." 하고 박 권사는 따로 기도하였다.

"아무것도 아직 결정된 상태가 아닙니다. 저를 위해 너무 시간 내시지 말고 교회 건축할 일도 있는데 그를 위해 적극적으로 기도해 주십시오."

그렇게 타이르고 그들을 돌려보냈는데 마음은 심란하였다.

\*

외과 의사 면담시간에 갔더니 차트를 훑어보고 정확한 수술 날짜를 정해 주었다. 전날 오후에 와서 입원하고, 다음날 바로 수술을 하자는 것이었다. 전신마취를 하고 수술을 한다는데 잘 깨어날 수 있을 것인지, 갑상선을 다 떼 내고도 무사히 살 수 있는 것인지 막상 날을 잡고 보니 가슴이 너무 떨렸다.

어차피 늙으면 겉 사람은 낡아지기 마련이다. 내 몸은 옛날 내 몸이 아니다. 충양돌기는 진즉 떼어냈고, 다리도 부러져서 쇠를 박았고, 혈관은 좁아져서 스턴트 시술을 했다. 이제는 갑상선을 떼어낼 것이다.

내 몸은 낡아지고 그 속에 살아 있는 영혼만 상대적으로 말똥거릴 뿐이다. 자기 영혼이 조금씩 망가진 다른 육체로 이사 다니다가 최후에는 육신을 다 버리고 하늘나라로 갈 때가 올 것이다. 그는 이런 생각으로 마음을 달랬다.

그녀는 사는 동안 이사도 많이 다녔다는 생각을 하였다. 결혼해서는 광주에서 부엌을 사이에 둔 두 칸 방에서 시누이와 시동생을 데리고 살았다. 시집을 간다는 것은 큰 변화다. 부모의 집을 떠나 낯선 집으로 가서 사는 불안은 이루 말할 수 없다. 아브라함이 하나님의 부르심을 받아 갈 바를 알지 못하고 떠난 것처럼 떠난 첫 살림이었다. 거기서 또 아무도 아는 사람이 없는 전주로 떠났다. 만삭인 배를 안고 누가 기다린다고 그곳에 간 것인가? 그러나 그곳에 예수병원이 있었고 남편의 친구가 그 병원의 의사로 있어 삼 남매를 거기서 출산하였다. 이것은 자기가 계획한 앞날이 아니었다. 먼 훗날 그것이 하나님은 왜 그렇게 하셨는지 가르쳐 주셨다.

남편이 뒤늦게 만학을 시작하자 어린 애들을 안고 시골 시부모 댁으로 이사를 했다. 남편도 없이 시부모 댁에 가는 것이 얼마나 불안했던가? 그러나 그곳 넓은 뜰과 채소밭과 마을을 돌아 흐르는 개울을 보며 아이들은 자연 속에서 자랐고 시누이와 시어머니의 사랑으로 애들을 잘 길렀었다. 또 미국으로 이사했다. 가보지 못한 미국을 갈 때 얼마나 떨렸던가? 혹 고아가 될세라 갈아타는 곳에 사람을 나오게 하여 길 안내를 받고 혹 아무도 못 만날 경우를 생각해서 길 안내를 부탁하는 영어 쪽지를 손에 쥐고 미국으로 떠났다. 지금은 할머니가 되어서도 혼자서 잘 가는 미국을 왜 그렇게 떨었는지 모르겠다.

만나와 메추라기로 먹여 주시던 그곳에서의 7년은 고통스럽고 힘든 일도 있었지만 지나고 난 뒤에는 복 받은 삶임을 깨달았다. 사는 장소가 달라졌다고 내 영혼이 달라진 것이 없다. 새로운 거주지로 옮길 때마다 미지의 환경 때문에 불안해했다. 그러나 이런 불안과 고통은 시간이 가면서 자기들을 향한 하나님의 비전이라는 것을 깨달았다. 그런데 지금 새롭게 느끼는 것은 그녀가 들어가 사는 육체가 조금씩 조금씩 낡고 무력한 육체로 바뀐다는 것이었다. 자기는 건장한 육체로부터 부속품을 다 갈아 끼운 중고차와 같은 육체로 한 단계씩 이사하며 살고 있다는 생각이 들었다. 낡아진 장막 속에 이사하며 사는 것은 자기 뜻대로 되는 것이 아니다. 자기가 어디가 어떻게 망가진 육체 속에 살게 될 것을 알고 사는 사람이 어디에 있겠는가? 자기 뜻으로 할 수 있는 일이 아니었다. 그러나 새 환경을 극복하며 살다 보면 이 모든 것이 하나님의 은혜인 것을 깨닫는 날이 또 오게 될 것이라는 확신이 박 권사에게는 있었다.

박 권사는 수술을 하루 앞두고 입원실에 들어가기 전 집안일을 하기 시작했다. 소파의 쿠션과 참대 시트를 다 세탁해서 갈아 끼우고 청소를 하고 반찬을 만들어 냉장고에 채우고 생선국을 끓여 몇 개의 우유 팩에다 넣어 냉동고에 집어넣었다. 그리고 남편이 "죽으러 가느냐?"고 핀잔을 주는데도 아랑곳하지 않고 쌀은 어디에 있고 반찬은 어디에 넣어 두었는지 남편에게 일일이 설명했다. 전신마취를 하는데 안 깨어나면 그냥 죽는 것으로 생각했다. 자기 이름으로 된 저금통장 하나 없이 남편을 의지하고 살아왔으니 통장 비밀번호를 가르쳐 줄 것도 없었다.

그날 밤 병실에 자리를 잡았는데 얼마 있으니 수술동의서에 사인해야 한다고 보호자를 불렀다. 박 권사는 남편을 붙들고 지금이라도 수술을 그만두고 집으로 가자고 했다. 아무 중상도 없고 건강검진 때 의사가 만져 보지만 않았어도 안 해도 될 수술이라고 말했다. 혈액검사만으로도 암을 예견할 수 있다는데 자기의 혈액검사는 정상이었다고 말했다. 그러나 남편은 듣지도 않고 동의서에 사인하고 병실로 돌아왔다.

어떻게 알았는지 중보기도 팀이 또 찾아왔다. 병실을 알리지도 않았는데 어떻게 알았느냐고 물었더니 병원에서 환자 찾기는 식은 죽 먹기라고 했다. 이런 일에는 이골이 난 팀원들이었다. 그들은 찾아와서 많은 이야기를 했다. 그동안 여러 방자를 위해 기도했기 때문에 들은 이야기가 많았다. 수술하고 나면 풍선에 바람 빠진 것처럼 힘이 없고 의욕이 없어지며 밥맛도 떨어질 수 있다고 말하며 그녀를 불안하게도 했고 또 어떤 이는 자기가 아는 대학교수는 다발성 혹이라고 여러 개 있는 혹을 떼 냈는데 일주일 후부터는 강의도 했다고 위로가 되는 말도 했다.

그러나 이제 수술을 결심하고 하나님께 맡겨버린 그녀에게 모든 이야기는 큰 뜻이 없었다. 하나님께서 자기를 위해 하시는 일은 자기에게만 해당하는 일이며 자기만 감당할 일이었다. 종내에는 이 중보기도 팀의 한 사람 한 사람에게도 홀로 감당할 일이 생길 것이었다. 한때는 박 권사도 남을 위해 기도한다고 큰 사명감에 우쭐했던 때도 있었다. 그러나 자기가 병자가 될 것은 생각지도 못했다. 중보기도 팀에는 남자가 낄 자리가 없었다. 남자들은 다 직장 일로 바빠서 교회에

늘 모일 수가 없었다. 만일 행위로 구원을 얻는다면 남자들은 다 지옥에 갈 사람들이었다. 반면, 여자 성도들의 가장 보람된 활동이라면 새벽기도, 철야기도, 중보기도, 교회 내의 구역 봉사 등이 돋보이는 활동이었다. 또 그들이 없으면 교회는 움직일 수 없었다. 그 일들은 세상 사람들로부터 그들을 성스럽게 구별할 수 있는 활동이어서 꼭 장려해야 할 일이었다.

그러나 겉으로 드러난 이 현상을 너무 강조하면 그것이 경건의 훈련 전부인 줄 알고 교회의 본질을 왜곡하게 된다. 남자 없이 여자만으로 구성된 하늘나라를 하나님은 원하지 않으신다. 남자들은 왜 교회에 모이지 못하는가? 직장인은 교회에 모이기가 힘들다. 남성들은 모이지 못해 하나님의 일을 못 한다고 등산모임, 회식 모임, 골프 모임 등을 주선한다. 그러나 일회적으로 모이면 무얼 하는가? 등산 이야기, 먹는 이야기, 정치 이야기들로 꽃피우면 그것으로 되는가? 그런 모임을 만들기보다는 자기의 일터에서 하나님의 아들로 살며 하나님의 말씀을 상고하며 주를 닮아가려고 애쓰며 구원해 주신 주의 은혜에 감사하며 살면 그것으로 되지 않겠는가?

박 권사는 자기 남편도 그런 모임은 안 갖지만, 하나님 나라의 백성이라고 말하고 싶었다. 새벽에 성경 보고 기도하고 가정예배 드리고 교회에서 말씀 듣고 성경 묵상하고 신앙 상담하고 교제하고… 그러면 되는 것이 아닌가 하고 언제나 남편을 변호하는 편이었다.

중보기도 팀은 이번에는 생긴 암도 말끔히 지워달라는 기도는 포기하고 의사들에게 환자를 맡기기로 했는지 주께서 친히 의사의 손을 빌려 집도해 달라고 기도하고, 후두나 기관, 혈관 등 손상이 없이 깨끗이 수술이 되게 해 달라고 기도하였다. 수술 중 출혈이 심하지 않게 하시고 지혈이 잘되게 해달라고 할 때는 칼이 갑상선을 잘라내는 모습이 연상되어 두렵고 떨리었다. 또한, 나이가 많으니 마취가 잘 되고 후유증 없이 말짱하게 깨어나게 해달라고 기도할 때는 박 권사는 이것이 이생의 끝인가 하고 눈물이 났다. 이들은 갑상선에 대해서도 의사만큼 전문가인 것에 놀랐다.

"두려워 말라 내가 너와 함께 함이니라 놀라지 말라 나는 네 하나님이 됨이니라 내가 너를 굳세게 하리라 참으로 너를 도와주리라 참으로 나의 의로운 오른손으로 너를 붙들리라"라는 성경 말씀으로 권고할 때는 마음에 천국의 평안이 와서 담대한 용기가 생기는 것 같았다.

*

막상 수술하러 들어가는 시간에는 두려움이 없고 평안했다. 수술실 안으로 들어갈 때 "하나님만 의지하시오"하는 남편의 목소리가 들려 왔다. 마취가 시작되자 졸음이 오고 무의식 상태가 되었다. 얼마나 되었을까? 눈을 뜨니 그곳이 회복실이라고 했다. 무사히 수술을 견디어 낸 것이었다. 그러나 아직도 꿈속 같았다. 얼마나 지났을까 간호사가 와서 이동 침대를 밀고 밖으로 나왔다. 남편이 곁에 서서 웃으며 손을 잡았다. 그리고 간호사와 함께 이동 침대를 침실로 옮겼다. 결국, 살아났는가? 병실 침대로 옮겨 누운 뒤 자기가 혼자서 그 어마어마한 수술을 치러 낸 것이 꿈만 같고 이제 딴 세상으로 들어온 이방인 같은 생각이 드는 것이었다. 얼마 후 자기 목의 절제 부분에 두툼하게 붙어 있는 붕대와 수술 부분을 통하여 피를 배출해 내는 가느다란 PVC 관을 보면서 자기가 갑상선을 떼어 낸 환자라는 것을 실감했다.

다시 중보기도 팀이 찾아왔다. 그들은 기도만 하고 끝나는 것이 아니라 꼭 응답을 확인하는 사람들이었다. 남편이 수술 경과를 설명했다. 수술은 30분 정도밖에 안 걸리며 회복하는 데 두 시간 이상 걸린다는 말을 들었기 때문에 박 권사가 수술실에 들어갔을 때 대기실에서 기다리며 전광판을 보고 있는데 환자 이름이 나오고 바로 뒤에 붉은색으로 〈수술 중〉이리는 글이 떴는데 30분이 아니라 두 시간이 지나도 계속 수술 중이었다고 설명했다. 그래서 남편은 수술이 뭔가 원활하게 안 되는 것이 아닌가 하고 걱정하기 시작했다는 것이다. 그런데 두 시간이 지나자 한 사람 두 사람 환자명 뒤에 〈회복 중〉이라는 글귀가 뜨기 시작했는데 그녀 이름 뒤에는 계속 〈수술 중〉이라는 글만 떠 있었다고 말했다. 그때 맨 밑 전광판을 보니 환자가 〈중환자실〉로 옮길 때는 〈회복 중〉이라는 글이 안 뜰 수 있다고 쓰여 있었다고 말했다. 그때부터 남편은 걱정이 되기 시작했다는 것이다. 공연히 하기 싫은 사람을 수술하라고 강권한 것이 아닌가 하고 가슴이 떨리기 시작했다는 것이다. 그런데 두 시간 이십 분쯤 될 때 〈회복 중〉이라는 글이 떴는데 얼마나 기뻤는지 "하나님 감사합니다."라는 말이 절로 튀어나왔다고 말했다.

중보기도 팀은 나이 많은 환자를 무사히 수술해서 병실로 보내준 하나님께 감사하였다. 그들은 기도하고 응답받는 기쁨으로 "할렐루야"를 외치며 기뻐하였다. 언제나 기도하면 응답을 확인하는 팀원들이었다. 중보기도 팀을 바라보며 박 권사는 그들이 중보기도 팀이라 하건 합심 기도팀이라 하건 그 해석을 두고 시비를 가리고 싶은 생각이 없어졌다. 그들이 기적을 바라든 복 받기를 바라든, 자기중심적이든 말꼬리를 잡고 따지고 싶은 생각이 없어졌다. "구하라. 찾으라. 두들기라."라는 말씀에 순종하여 충성스럽게 살려는 모임을 칭찬해 줄 수밖에 없다고 생각했다.

박 권사는 갑상선을 떼어낸 자기가 딴사람이 된 것 같은 느낌이 드는 것이었다. 남편과 함께 또 여생을 살겠지만 앞으로 살 삶은 새 삶이라는 생각이 들었다. 자기 영은 이제는 달라진 몸으로 이사 와서 사는 삶이기 때문이었다. 이제 이 육체가 영영 쓸 수 없게 되면 낡아서 쓸모없게 된 육신은 버리고 주님 곁으로 가야 할 것이다. 지금 그 예비 연습을 하는 것이라는 생각이었다. 옮겨 다닐 때마다 불안했지만 앞일을 알고 옮긴 적이 있었는가? 내 뜻이 아니지만 필경 하나님의 인도로 새로운 곳으로 옮길 때마다 살다 보면 하나님의 은혜인 것이 새삼스럽게 깨닫곤 했었다. 이번에도 자원해서 이곳까지 온 것은 아니었지만 주의 인도로 이곳에 왔으니 또 한 번 하나님의 은혜로 남은 삶을 살게 되리라고 믿고 감사하였다. 이 수술은 고난도 아닌 한순간의 두려움이었지만 "고난은 이메일로 오고 하나님의 고난 설명서는 배편으로 온다."라는 말이 있는데 수술이 다 끝난 뒤 박 권사에게 찾아온 고난 설명서는 또 무엇일까 궁금해졌다. 놀랍게도 그것은 갑상선 암을 챙겨 주는 보험료였다. 남편이 학교 재직 중 보험 설계사의 강권에 못 이겨 가입하고 오랫동안 잊고 있었던 것인데 그것이 갑상선 암을 보장해서 효자 노릇을 한 것이다. 남편의 퇴직 월 연금의 5배는 되어 액수로 고난 설명서가 되어 되돌아왔다. 그것이 또 걱정하던 교회 건축헌금으로 쓰이게 될 줄은 생각지도 못한 일이었다.